TROIS SOURIS AVEUGLES

DANS LA MÊME COLLECTION

Ed McBain, *Blanche comme une petite fille*, 1995

Tabitha King, *Chaleurs*, 1995

Ed McBain

TROIS SOURIS AVEUGLES

traduit de l'américain
par Jean-Pierre Quijano

Éditions Ramsay

Titre original : *Three Blinded Mice*

À Lou et Alice Weiss

1

Tous les matins, réveil dans des draps moites, une humidité à couper au couteau. La ligne rouge sang du thermomètre marquait déjà 24 degrés et elle allait grimper à plus de 35 degrés avant la fin du jour. En août, la chaleur était impitoyable.

Il pleuvait tous les après-midi, cinq minutes ou une heure. Des torrents de pluie qui dégringolaient d'un ciel lourd et noir. L'asphalte fumait sous l'assaut de la pluie. De gros nuages de vapeur tentaient vainement de s'élever. Mais la pluie ne donnait pas de fraîcheur, et la chaleur persistait.

Pas de répit non plus la nuit. Même après le coucher du soleil, l'humidité restait là, et la chaleur aussi. Au mois d'août, il n'y avait pas un souffle d'air en Floride, ni le jour ni la nuit. On souffrait.

La pièce sentait le sang.

En principe, le sang n'a pas d'odeur, mais, cette fois, l'odeur était puissante. Ou peut-être n'était-ce que la puanteur de cette chair jaune éventrée. Dehors, les insectes jacassaient dans les palmiers nains. Pleine lune ce soir. On pouvait facilement lire le cadran d'une montre sans lumière. 11 h 20. Et la trotteuse continuait d'avancer. Il attendait que Ho Dao Bat rentre de *La Pagode*. Il l'attendait pour lui dire bonne nuit.

Les deux autres dormaient à poings fermés, mais les yeux grands ouverts.

Une petite blague, excusez-moi.

Désolé, vlaiment désolé, missié, dolmez bien.

Bientôt, ce serait le tour de Ho Dao Bat.

Mort en plein mois d'août, par une nuit chaude et humide. Désolé, vlaiment désolé, clétin.

La maison se trouvait dans un quartier de Calusa connu sous le nom de Petite Asie, ainsi nommé car beaucoup d'Orientaux s'y étaient installés depuis quelques années. Dans une ville qui n'était pas particulièrement réputée pour son hospitalité envers les gens de couleur, tous les Chinois, Japonais, Coréens ou Vietnamiens qui arrivaient finissaient invariablement par atterrir dans ce quartier, entre les avenues Tango et Langhorn, juste à l'ouest du boulevard Tamiami. Au début du siècle, il n'y avait qu'un bordel et un saloon sur ce quadrilatère d'un hectare. Maintenant, on y comptait plus de trois douzaines de minuscules bicoques de bois éparpillées parmi les palmiers nains. Remplies d'Orientaux. Les nuits comme celle-ci, ils étaient tous dehors, espérant vainement une brise qui leur rappellerait un village de montagne à l'autre bout du monde.

Désolé, pas de blise.

Seulement petit couteau.

Tu vois joli couteau ?

Une lame scintilla dans le clair de lune qui inondait la pièce. Les deux petits hommes étaient morts par terre, ils baignaient dans leur sang, de chaque côté du lit le plus proche de la porte. Trois petits lits dans la pièce du rez-de-chaussée, et partout la puanteur du jaune, la puanteur du rouge, la puanteur du sang. Un calendrier au mur, une jolie petite Chinoise en kimono qui souriait timidement par-dessus son éventail. Un kimono rouge, couleur de la chance, couleur du sang, mais où était donc passé Ho Dao Bat ? Le travail ne serait pas terminé tant que Ho n'aurait pas eu son compte.

Encore un coup d'œil à la montre.

11 h 30.

Allez, Ho. Viens donc, viens faire joujou avec le couteau.

Dehors, quelque part, on riait. Des rires qui planaient dans la quiétude de la nuit, flottaient dans l'air, entraient par la fenêtre ouverte dans la chambre où les deux hommes étendus par terre ne les entendaient pas. Une voix chantonna quelque chose d'inintelligible à propos de la nuit, et il y eut encore des rires, hommes et femmes qui riaient, étrangers d'un autre monde qui s'amusaient dans cette nuit embuée de Floride, allez, viens faire joujou avec le couteau, Ho, viens dire bonjour au couteau.

L'attente.

Le temps qui passe.

Le vrombissement d'une mouche qui découvre le sang des cadavres.

Ho va bientôt arriver. Ho Dao Bat, le troisième petit homme du triumvirat. Le chef. Le suiveur, ce soir, car les autres l'ont précédé sur le chemin de la perdition, les deux autres allongés par terre qui attendent sans rien voir et sans rien dire que Ho vienne les rejoindre. Allez, Ho, viens donc à la petite fête, tu vois comme les deux autres aiment la bouffe ? Ils en ont plein la gueule.

Encore une petite blague, faut me pardonner.

D'autres mouches.

Une escadrille de mouches fonce à travers la fenêtre ouverte par laquelle un moment plus tôt entraient une bouffée de rires, un babillement de voix, elle cherche la piste d'atterrissage en bourdonnant, fait le tour des visages aux orbites ensanglantées. La chambre bourdonnait de mouches qui buvaient avidement, une véritable frénésie de mouches, prends *ça* sur ta langue de Jaune, prends *ça*, Ho Dao Bat !

Et le couteau brandi.

Ça !

Encore.

Tout à coup, des pas sur l'allée de gravier.

Quelqu'un s'approche de la porte.

La haute silhouette grisonnante et fripée de l'inspecteur Morris Bloom se découpait dans la lumière du matin qui entrait à flots dans la pièce. Pas le temps de se raser quand le commissariat central lui avait téléphoné à 7 heures pour lui dire qu'on avait découvert trois cadavres dans une pièce, apparemment un meurtre rituel. Pas le temps de chercher dans la penderie un costume bien repassé. À peine le temps de mettre une chemise propre et le costume de coton tout fripé posé sur la chaise, près de la commode, à peine le temps de nouer une cravate à la va-vite et de téléphoner à Rawles pour lui donner l'adresse.

Les deux inspecteurs étaient debout côte à côte dans la lumière. À l'autre bout de la pièce, le légiste tentait vainement de chasser les mouches qui grouillaient sur les cadavres. Travail ingrat. Rawles, tiré à quatre épingles. Costume tropical chamois, chemise citron pâle, cravate à rayures brun et or, mocassins marron foncé.

Rawles était plus grand et plus fort que Bloom. Un mètre quatre-vingt-treize, cent huit kilos à la pesée, un de ces Noirs majestueux comme des montagnes que les gens préfèrent éviter en traversant la rue. Bloom, un mètre quatre-vingt-cinq, quatre-vingt-dix-neuf kilos, le nez cassé et les jointures hypertrophiées d'un boxeur de rue, n'était pas non plus le genre de type avec qui vous auriez eu envie de discuter le coup dans une ruelle obscure. Ensemble, ils formaient une équipe redoutable, à ceci près qu'il leur était presque impossible de jouer au tandem gentil flic-méchant flic, étant donné qu'ils avaient tous les deux l'air de méchants flics. Quand même une petite différence. Dans les yeux sombres de Bloom semblait toujours flotter une lueur indéfinissable de tristesse, détail tout à fait regrettable chez un homme de la police.

– Joli, joli, dit Rawles.

En temps normal, il n'était pas porté sur l'ironie, mais les cadavres étendus en travers de la pièce réclamaient une bonne dose d'humour noir, si vous ne vouliez pas aller vomir dehors. La dernière fois qu'il avait vomi, c'était à l'occasion d'une croisière mouvementée à destination des romantiques Bermudes, en compagnie d'une sténographe du tribunal. De son côté, Bloom était marié depuis pas mal de temps déjà et ne faisait plus tellement de croisières dans les romantiques Bermudes. La dernière fois que lui avait vomi, c'était samedi soir, après avoir mangé du poisson qui n'était pas de la dernière fraîcheur au *Marina Lou's*. On était maintenant le mardi matin, et il sentait comme l'envie de vomir encore un petit coup.

Les trois hommes allongés par terre avaient la gorge tranchée.

Et on leur avait arraché les yeux.

Et on leur avait coupé le pénis pour le leur coincer dans la bouche.

Rwales avait vu des choses semblables dans les jungles du Viêt-nam. Les types du Viêt-cong faisaient ça aux biffins américains. C'était lui qui avait pensé à l'hypothèse d'un assassinat intra-racial. Une communauté asiatique, la façon dont les corps étaient mutilés. Alex McReady, le sergent qui avait répondu le premier à l'appel radio de la voiture qui patrouillait le secteur Charlie, croyait plutôt à une affaire de drogue, probablement avec des connexions jamaïquaines. Les bandes jamaïquaines qui s'étaient infiltrées dans certaines régions de la Floride étaient connues pour la férocité de leurs assassinats. Et tout le monde savait que, dans leurs pays d'origine, les Asiatiques fumaient de la came comme si c'était de l'eucalyptus.

Bloom n'était pas convaincu. Cette affaire ne lui semblait pas reliée à la drogue, jamaïquaine ou autre. Rawles avait peut-être raison d'y voir un lien avec la communauté asiatique, mais il n'est quand même pas nécessaire d'être Asiatique pour faire des choses innommables à un autre être humain, mort ou vif.

Il s'approcha du légiste qui bouclait son sac. Un essaim de mouches se mit à tournoyer autour de la tête du médecin lorsqu'il se releva. Les deux hommes tentèrent de chasser les bestioles.

– Pour la petite histoire, dit le légiste, puisque vous le savez sûrement déjà, les trois sont morts d'un sectionnement de la jugulaire. Pour les yeux et le reste, c'était certainement après.

– Travail bien fait ?

– Vous voulez parler de la petite chirurgie ?

– Oui.

– Non, un vrai boucher. Pendant que j'y pense, j'ai retrouvé tous les yeux, sauf un. Je les ai mis dans un bocal, sur l'appui de la fenêtre. Vous voudrez peut-être vous en débarrasser avec les corps.

Bloom eut encore envie de vomir.

– Regardez donc un peu ça, dit Rawles en s'approchant.

Il tenait à la main un portefeuille d'homme en cuir.

Le téléphone sonnait lorsque Matthew sortit de la douche, mardi matin. Il noua une serviette autour de sa taille, cria : « j'arrive, j'arrive » et courut vers sa chambre en éclaboussant tout sur son passage. Il décrocha l'appareil au moment où le répondeur se mettait en marche.

– Allô, ici le 349-3777, disait sa voix. Si vous désirez...

– Ne quittez pas, dit-il, j'écoute.

– ... laisser un message...

– J'écoute, répéta-t-il.

– ... au premier bip...

Saloperie de machine...

– ... je vous rappellerai dès que possible. Merci d'avoir appelé.

– Je suis toujours là, dit-il, ne raccrochez pas.

La machine fit un bip.

– Allô ?

– Papa ?

Il se l'imagina à l'autre bout du fil. Quatorze ans. Un grand échalas de fille, débordant de toute son énergie d'adolescente, les cheveux d'un blond un peu plus clair après un été au soleil, des yeux aussi bleus qu'un lagon des Antilles. Sa fille, Joanna. Qui voulait devenir neurochirurgien et qui s'entraînait en nouant des bouts de ficelle dans des boîtes d'allumettes. Joanna. Qu'il aimait à en mourir.

– Salut, chérie ! lança-t-il, rayonnant. J'allais t'appeler un peu plus tard. Et que... ?

– Promesses, toujours des promesses.

Un sourire espiègle sur les lèvres, sûrement.

– Je suis sérieux. J'ai rendez-vous à 10 heures avec un client potentiel, mais je voulais...

– Comme ça tu fais toujours les chiens écrasés ?

Ce sourire moqueur encore, il en était sûr.

– J'espère que tu profites bien de l'été.

– J'adore le coin. Mais il n'y a pas de garçons, papa.

– Vraiment désolé.

– En fait, il y en a *deux*. Le premier est un intello bigleux et l'autre a douze ans. Mais j'ai fait la connaissance d'une fille très gentille. Elle s'appelle Avery, je trouve ça plutôt joli, et elle fait partie de l'équipe de natation de son école, à New York. Tu savais qu'ils avaient des équipes de natation à New York ? Moi pas. Elle m'apprend des tas de choses, par exemple à nager quand la mer est *très* mauvaise. Est-ce que tu as une idée de ce que la mer est froide par ici ? Eh bien, elle, elle se baigne au moins une heure par jour, et ça ne la dérange pas du tout. Des vagues partout, un vrai *requin*, cette fille. Tu devrais la voir, papa. Avery Curtis. Souviens-toi de son nom, elle gagnera une médaille d'or aux jeux Olympiques un de ces jours. Et puis, c'est une Balance, son anniversaire est le 15 octobre.

– La date de naissance des grands hommes, répondit Matthew sans développer sa pensée.

– Maman me dit de te dire bonjour, elle est en train de faire des crêpes.

– Dis-lui bonjour de ma part.

– Est-ce que tu veux lui parler ?

– Naturellement, pourquoi pas ?

– Une seconde.

Susan Hope, l'ex-épouse de Matthew. Brune, yeux songeurs dans un visage ovale, cheveux châtains coupés façon porte-avions qui donne de la gîte, lèvres si pleines qu'elle avait toujours l'air de faire la moue, ce qui lui donnait l'allure d'une beauté un peu boudeuse.

– Allô ?

Susan Hope.

– Allô, on me dit que tu fais des crêpes.

– Bonne idée, non ?

Il se l'imagina en train de faire la grimace. La cuisine n'avait jamais été le passe-temps favori de Susan.

– Comment ça va, là-bas ?

– Pas d'hommes.

– Dommage...

– Mmm... Pourquoi ne viendrais-tu pas passer un week-end ? La maison est immense.

– Trop dangereux.

– Qui dit ça ?
– Toi.
– C'est vrai.
– On se disputerait devant la mioche.
– Probablement.
– Certainement.
– Tu me manques parfois.
– Toi aussi.
– Pas souvent, parfois.
– Moi aussi.
– C'est quand même un peu triste qu'on ne puisse pas se supporter plus de quelques jours.
– Oui.
– Bah !... Je suppose que c'est mieux comme ça.
– Oui.
– Tu n'es pas de cet avis ?
– Si. Qu'est-ce qui te tracasse, Susan ?
– Je ne sais pas. Mais nous avons passé de bons moments ensemble. Et je n'ai pas l'impression d'être vraiment en vacances quand il n'y a que moi et Joanna ici.
– Qu'est-ce que tu veux...
– Alors, si par hasard tu passais dans le coin de Cape Cod un de ces jours...
– Ce n'est pas très probable.
– Tu pourrais me voir en train de faire des crêpes.
– Hum...
– Tu sais, je suis toute nue, avec des talons hauts et un petit tablier.
– Naturellement.

Mais les mots avaient produit l'effet escompté. Il se l'imagina aussitôt dans ses chaussures de cuir blanc à talons hauts, petit tablier immaculé noué à la taille, la bavette dévoilant à moitié ses seins, les cordons de la ceinture pendant sur ses fesses nues. Une spatule à la main.

– Repasse-moi Joanna.
– Trouillard.

Mais il savait qu'elle souriait.

Et il souriait lui aussi.

– Vous vous êtes bien défoulés, tous les deux ? demanda Joanna.

– Ça ne te regarde pas.

– Je ne vous comprendrai jamais.

– Mais si, lui promit Matthew. Quand tu auras soixante ans et que nous aurons tous les deux les deux pieds dans la tombe.

– Ne plaisante jamais sur *ça* !

– Ma chérie, il faut que je m'habille. Je te rappelle dans l'après-midi, d'accord ?

– Non. Avery et moi, on va aller à une surpatte de débiles, dans le vain espoir d'y rencontrer de nouveaux garçons. Je commence à me dire que le petit mec de douze ans est plutôt mignon. La déchéance...

– Et moi, je commence à trouver que tu es plutôt mignonne, répondit Matthew.

– La flatterie ne vous mènera nulle part, jeune homme.

Sans doute ce sourire sur ces lèvres, pensa-t-il. Comme sa mère.

– Salut, ma chérie. Je te rappellerai plus tard.

– Je t'aime, papa.

– Je t'aime moi aussi, répondit-il avant de raccrocher.

Puis il regarda le réveil sur la commode. Il s'habilla à toute allure.

Matthew n'avait jamais vu quelqu'un à l'aise dans des fringues de détenu. Et Stephen Leeds ne semblait pas faire exception à la règle. Blond, athlétique, un mètre quatre-vingt-treize, pas loin de cent kilos, et le treillis que l'administration lui avait gracieusement fourni, une bonne taille en dessous, lui donnait l'air d'être ficelé dans une camisole de force. On lui avait refusé la libération sous caution, en raison du caractère odieux des actes qu'on lui reprochait. Il allait bien falloir qu'il se fasse à cette tenue, car il n'en changerait pas de sitôt.

C'était le 16 août, deux jours après que la voiture Charlie avait répondu à un appel d'un plongeur chinois qui s'était arrêté au numéro 1211 de l'avenue Tango pour prendre ses trois amis et les conduire au travail.

– Vous les avez tués ? demanda Matthew.

– Non, répondit Leeds.

– Au procès, vous aviez menacé de les tuer.

– C'était au procès. Juste après le verdict. J'étais en rogne. Les gens disent n'importe quoi quand ils sont en rogne.

– Il aurait quand même mieux valu vous abstenir.

– C'est ce que je vois maintenant.

– Mais maintenant, vous dites que ce n'est pas vous. Pas vous qui les avez tués.

– Exact.

– Une idée de qui aurait pu faire le coup ?

– Non.

– Vous n'auriez pas payé quelqu'un pour les tuer, par hasard ?

– Non.

– Vous n'auriez pas demandé à quelqu'un de les tuer pour vous, par amitié, pour rembourser une dette, je ne sais pas...

– Non. Je n'ai rien à voir avec cette histoire.

– Vous en êtes bien sûr ?

– Absolument.

– Où étiez-vous lundi soir ? La nuit des meurtres.

– Chez moi. Avec ma femme.

– Quelqu'un d'autre avec vous ?

– Non. Pourquoi ? Sa parole ne suffit pas ?

– C'est votre femme, répondit simplement Matthew.

Il observait l'homme. Il essayait de lire son innocence ou sa culpabilité dans ses yeux bleus. Car il n'accepterait pas de le défendre s'il le croyait coupable. Aussi simple que ça. Dans ce monde, il y avait suffisamment d'avocats prêts à défendre les assassins et les voleurs. Matthew Hope ne faisait pas partie du lot. Et il n'en ferait jamais partie.

– Vous comprenez que ça se présente plutôt mal...

– Oui.

– On a trouvé votre portefeuille sur les lieux du crime...

– Je ne sais pas comment il a pu atterrir là-bas.

– Mais c'est le vôtre, sans aucun doute possible ?
– Oui.
– Avec votre permis de conduire...
– Oui.
– Avec vos cartes de crédit...
– Oui.
– Le vôtre, sans l'ombre d'un doute. L'avocat général n'aurait pas besoin d'autre chose. Votre portefeuille par terre, dans une pièce où trois hommes accusés d'avoir violé votre femme...
– Je n'étais pas dans les parages...
– ... et acquittés plus tard...
– Mais c'étaient eux les coupables.
– Pas d'après le jury.
– Le jury s'est trompé. Ils l'ont violée.
– De toute façon, la question n'a plus d'intérêt pratique. Vendredi dernier, tous les trois ont été acquittés. Et vendredi dernier, vous avez menacé de les tuer, devant des centaines de témoins. Et lundi soir, surprise, on les tue. Et on retrouve votre portefeuille sur les lieux.
– Oui.
– Alors, dites-moi pourquoi je devrais vous défendre ?
– Parce que je suis innocent.

Un regard clair comme de l'eau de roche. Assis au bord de son lit étroit, les yeux levés vers Matthew. Et Matthew debout en face de lui, contre le mur blanc de la cellule, barbouillé de graffitis par une centaine de détenus qui sont passés ici avant Leeds. Innocent ou coupable ? Décide-toi. Parce qu'une fois que tu acceptes de t'occuper de lui, c'est cuit, tu ne peux plus reculer.

– Une idée de comment votre portefeuille s'est retrouvé dans cette chambre ?
– Non.
– Vous vous étiez aperçu que vous n'aviez pas votre portefeuille dans la journée de lundi ?
– Non.
– Quand l'avez-vous vu pour la dernière fois ?

– Je ne me souviens pas.

– Quand avez-vous payé quelque chose la dernière fois, ce jour-là ? En liquide ou avec des cartes de crédit ?

– Quand je suis allé louer un film, je crois.

– C'était quand ?

– Quand je suis rentré à la ferme. Je suis fermier.

Façon de parler. Leeds avait hérité de mille deux cents hectares de bonnes terres agricoles, en bordure de la route de Timucuan Point. Son père, Osgood, était mort six ans plus tôt. Il était le petit-fils de Roger Leeds, l'un des premiers colons à s'installer dans la région, dans le sud-ouest de la Floride. L'homme qui avait acheté des centaines de milliers d'hectares à une époque où la terre ne valait qu'une bouchée de pain. La famille était encore propriétaire de lotissements pour maisons mobiles à Tampa et d'un lot d'immeubles en plein centre de Calusa.

– J'allais voir mon courtier, répondit Leeds. Il a son bureau rue Lime.

– Le monde est petit, répondit Matthew en souriant. Moi aussi.

– J'y vais tous les jours.

– Ah bon... Moi aussi.

– J'y suis resté une heure à peu près, précisa Leeds.

Une façon comme une autre de vous faire comprendre ce que veut dire le mot *riche*.

Matthew revint à la raison qui l'avait amené dans cette cellule.

– À quelle heure avez-vous vu votre courtier lundi ?

– Vers 3 heures. Jessie m'avait demandé de louer un film en rentrant...

Jessica Leeds. Elle avait téléphoné à Matthew la veille au soir, après la mise sous écrou, quand le juge avait refusé la libération sous caution. Elle avait expliqué qu'on lui avait dit qu'il était le meilleur avocat pénaliste de Calusa – un point que Benny Weiss aurait sans doute contesté chaudement – avant de lui demander s'il acceptait de défendre son mari. Raison pour laquelle il était là ce matin.

– Alors, je me suis arrêté au magasin vidéo...

– Lequel ?

– Vidéo Plus ? Vidéo Extra ? Tous ces noms se ressemblent. Boulevard Tamiami, près de la rue Loyd. Juste avant le carrefour du pont de Whisper Key.

– Et vous avez loué quel film ?

– *Casablanca.* Jessie adore les vieux films. Nous l'avons regardé ensemble dans la soirée. Après le dîner.

– Et vous êtes sorti pendant la soirée ?

– Non.

– Vous vous êtes couché à quelle heure ?

– Vers 8 h 30.

– Ce n'est pas un peu tôt ?

– Nous nous sommes mis au lit pour regarder le film.

– Vous n'avez pas dormi tout habillé ?

– Non. Tout habillé ? Non, naturellement. Sûrement pas !

– Vous vous êtes déshabillé avant de vous mettre au lit, c'est ça ?

– Oui, naturellement.

– Qu'est-ce que vous avez fait de votre portefeuille ?

– Eh bien... Je suppose, je suppose que...

Matthew l'observait. Tout à coup, l'incertitude. Un geste tout bête qu'on fait tous les jours de la semaine. Pas sûr maintenant, parce que sa vie pourrait dépendre de ce qui est arrivé à ce portefeuille. En Floride, l'assassinat est passible de la chaise électrique. Matthew attendait.

– Normalement, je le pose sur la commode. Avec mes clés et ma monnaie. Je suppose que j'ai fait la même chose ce soir-là.

– Mais vous n'en êtes pas sûr.

– Eh bien, non. Parce que...

À nouveau, une légère hésitation.

– Parce que j'ai fait du bateau dans l'après-midi. Je l'ai peut-être laissé là-bas.

– Sur le bateau ?

– Oui. Un Med de douze mètres. Je suis allé faire une petite balade avant le dîner.

– Et vous pensez que vous auriez pu laisser votre portefeuille sur votre bateau ?

– C'est possible.

– Ça vous est déjà arrivé ?

– Je le range parfois dans le cockpit. Pour qu'il ne risque pas de tomber à l'eau.

– Mais est-ce qu'il vous est arrivé de le laisser sur votre bateau ?

– Une seule fois.

– Vous aviez oublié votre portefeuille sur votre bateau ?

– Oui.

– Et vous pensez que c'est ce qui aurait pu arriver lundi dernier ?

– Oui. Et quelqu'un l'a probablement pris là-bas. Autrement, comment est-ce qu'il aurait pu... ?

– Quand vous êtes-vous aperçu que vous l'aviez perdu ?

– Mardi matin. Quand la police me l'a montré. Lorsqu'ils sont venus chez moi.

– À quelle heure ?

– Vers 9 heures. Ils m'ont montré le portefeuille et m'ont demandé si c'était le mien. Je leur ai répondu que oui et ils m'ont dit de les suivre au commissariat central.

– Ce que vous avez fait, naturellement.

– Oui.

– Sans résistance.

– Sans résistance.

– Monsieur Leeds, connaissez-vous le quartier de Calusa que l'on appelle la Petite Asie ?

– Oui.

– Avez-vous jamais été là-bas ?

– Oui.

– Quand ?

– Quand on les a arrêtés.

– Qui ?

– Les trois hommes qui ont violé Jessie.

– Savez-vous où se trouve le 1211 de l'avenue Tango ?

– Oui.

– Est-ce que c'est là que vous êtes allé lorsqu'on a arrêté ces hommes ?

– Oui.

– Donc, vous connaissez bien cette adresse.

– Oui.

– Vous connaissez bien la maison.

– Oui.

– Êtes-vous jamais entré dans cette maison ?

– Non. Tout ce que j'ai fait, c'est de passer devant en voiture. Pour voir où ils habitaient. Pour voir où ces animaux vivaient.

– Vous n'avez pas été dans cette maison la nuit des assassinats ?

– Non.

– Ni avant les assassinats ?

– Non.

– Quel âge avez-vous, monsieur Leeds ?

– Quarante et un ans.

– Avez-vous été dans l'armée ?

– Oui.

– Quand ?

– Pendant la guerre du Viêt-nam.

– Dans une unité combattante ?

– Oui.

– Avez-vous déjà vu des corps mutilés comme ceux des trois victimes ?

– Ils ont eu ce qu'ils méritaient.

– Répondez à ma question, s'il vous plaît.

– Vous n'avez pas le droit de les appeler *victimes !* Ils ont violé ma femme ! On devrait donner une médaille au type qui les a tués.

Yeux bleus perçants comme des rayons laser, lèvres retroussées sur des dents blanches et régulières, poings serrés. Fais-le s'avancer à la barre, fais-le répéter ce qu'il vient de dire, et la prochaine chaise sur laquelle il va s'asseoir risque bien d'être électrifiée.

– Monsieur Leeds, au Viêt-nam, est-ce que... ?

– Oui, j'ai vu des soldats américains dans le même état.
– Les yeux arrachés...
– Oui.
– Les parties génitales...
– Oui. Ou l'index. Les Viets avaient l'habitude de couper l'index, le doigt qui appuie sur la détente, une sorte d'avertissement. Parfois la langue. On a retrouvé des hommes avec la langue coupée... Nous leur faisions la même chose, vous savez, reprit-il, après un instant d'hésitation. Un type de ma compagnie s'était fait un collier avec des oreilles de Viets. Il le portait au combat.
– Et vous, avez-vous jamais fait quelque chose de semblable ?
– Jamais.
– Vous en êtes sûr ?
– Je n'ai jamais fait quoi que ce soit qui ressemble à ça. C'était déjà suffisamment horrible...
Un long silence.
Dans le corridor, derrière la porte de la cellule, Matthew entendait deux policiers qui discutaient. L'un d'eux se mit à rire.
– Monsieur Leeds..., reprit Matthew.
Il le regardait encore dans les yeux. Il sondait ces yeux. Est-ce qu'il avait tué les hommes accusés d'avoir violé sa femme ? Pour réparer ce qu'il considérait comme un déni de justice ? Ou bien avait-on déposé son portefeuille sur les lieux de ces crimes commis pour une ou plusieurs autres raisons, par une ou plusieurs autres personnes ?
– Monsieur Leeds, dites-moi encore que vous n'avez pas tué ces trois hommes.
– Je ne l'ai pas fait.
– Répétez toute la phrase.
– Je n'ai pas tué ces trois hommes.

À Calusa, pendant les mois de canicule, vous pouvez vous estimer heureux de vous en tirer avec deux douches par jour et deux chemises. Les jours particulièrement chauds et humides, le mode d'emploi est le suivant : douche et chemise le matin avant de sortir, douche et chemise au bureau après le déjeuner, puis une troisième douche et un troisième changement de chemise quand vous rentrez chez vous. Ce soir-là, sous la douche, Matthew se demandait s'il avait pris une bonne décision.

La pluie avait commencé à tomber, comme elle le faisait toujours tôt ou tard dans l'après-midi, au point que vous n'aviez pas besoin de calendrier et que vous auriez pu même régler votre montre en vous fiant sur elle. Une averse torrentielle, comme d'habitude. La Floride n'est pas le pays des demi-mesures. Quand le vent souffle, il souffle avec la force d'un ouragan. Lorsque le soleil décide de taper, il vous cuit la couenne. Et quand la pluie tombe, elle tombe – à pleins seaux.

Il ne devrait probablement même pas être sous la douche, pensa-t-il. Un éclair entre par la fenêtre, et je grille sur place. Benny Weiss rirait dans sa barbe du bizarre accident, puis exprimerait publiquement son profond chagrin. Skye Bannister, le procureur général, déclarerait à la presse que Hope était un adversaire de talent, perte irremplaçable pour toute la communauté, excellent avocat, homme de bien. Son ancienne épouse, Susan, verserait d'énormes larmes de crocodile. Les femmes qu'il avait connues depuis le divorce viendraient à l'enterrement, tout de noir vêtues. Et elles jetteraient des roses rouges tachées de leurs larmes sur son cercueil. Hélas, pauvre Matthew, je le connaissais bien. Fauché par un éclair dans la force de l'âge.

Hélas, pauvre Matthew.

Particulièrement s'il avait pris une mauvaise décision aujourd'hui.

Il rouvrit le robinet et le jet lui piqua la peau, comme une poignée d'aiguilles. Il rinça le savon et la crasse. Il essaya aussi de rincer les doutes qui planaient encore dans sa tête. Le fait que l'homme connaissait les lieux du crime, son portefeuille dans la chambre, l'horreur du Viêt-nam, sa rage pour ce qu'avait subi sa femme, l'expression publique de cette rage, sous la forme d'une menace de mort adressée aux trois hommes – mettez tout cela dans les mains de Skye, et l'administration pénitentiaire allait avoir bientôt une solide facture d'électricité à payer.

Il ferma le robinet.

Il sortit de la baignoire, prit une serviette, vit son image fugitive dans le miroir au-dessus du lavabo, secoua la tête en signe de désapprobation. Il avait pris cinq kilos au cours de son récent voyage en Italie. Cinq kilos qui se voyaient. Quand vous faites un mètre quatre-vingt-trois, vous pourriez penser que quelques malheureux kilos de plus auraient eu le bon sens de se répartir à peu près également sur toute cette hauteur. Mais non, ils s'étaient tous rassemblés autour de sa taille, tous les cinq. Et pourquoi donc les hommes et les femmes ne grossissent-ils pas aux mêmes endroits ? Pour les hommes, c'est toujours le ventre. Pour les femmes, les fesses. Bizarrerie de la nature. Son visage n'avait pas changé depuis qu'il était parti en voyage cependant, un visage étroit de renard avec des yeux brun foncé, de la même couleur que ses cheveux mouillés qui collaient sur son front. Dans un monde d'hommes d'une beauté spectaculaire, Matthew se trouvait vraiment très moyen. *Ma che posso fare ?* pensa-t-il, et il fit un sourire à son image dans le miroir.

Lorsqu'il était rentré à son bureau, lundi, il avait dit : « C'est moi, me voilà. »

Et son associé, Frank, lui avait répondu : « Certains ne s'étaient même pas rendu compte de ton absence. »

C'était lundi.

Et hier, Jessica Leeds lui avait téléphoné.

Et voilà, c'est reparti, en avant la musique, une fois de plus sur la brèche, oh merde...

Dehors, dans la rue, un hurlement de freins. Puis un grand boum. Quelque chose qui cogne dans quelque chose. Métal contre métal. Il s'empara du peignoir blanc pendu derrière la porte, l'enfila et sortit en courant de la salle de bains, traversa pieds nus toute la maison, puis se précipita dans la rue. Il avait laissé son Acura Legend flambant neuve devant chez lui. Au lieu de la rentrer au garage. Parce qu'il savait qu'il allait ressortir ce soir et qu'il ne voulait pas se donner la peine de...

Toute neuve.

Trente mille dollars, roues comprises.

Il en avait pris livraison quinze jours plus tôt, juste avant de partir à Venise. Pour remplacer la Karmann Ghia qu'il conduisait depuis Dieu sait combien d'années. Aérodynamique, racée, bleu fumée, sièges de cuir, toit ouvrant et un ordinateur qui vous disait quand la bête commençait à avoir soif. Et quand vous écrasiez le champignon de cette petite merveille, vous passiez de zéro à cent en huit secondes pile, objectif Lune.

– Mon Dieu ! s'exclama la femme en sortant de la petite Volkswagen rouge qui avait embouti l'aile arrière gauche de l'Acura flambant neuve et bleu fumée qui avait coûté trente mille dollars à Matthew quinze jours plus tôt.

Il fit au pas de course toute l'allée qui menait de la porte au trottoir, fulminant, prêt à l'étrangler, même si c'était une grande blonde avec des jambes super, du tonnerre la môme, yeux bleus, debout sans parapluie sous la pluie féroce. Son regard allait de l'aile de l'Acuna au pare-chocs de la VW, puis aux traces de pneus sur l'asphalte ruisselant de pluie. Des traces qui définissaient clairement le cap suivi par la petite voiture avant qu'elle n'aille faire son carnage. La jeune femme secouait la tête, comme émerveillée par l'étrangeté de l'événement. Une robe de soie rouge, de la couleur de la voiture, des souliers rouges à talons hauts, la pluie qui crépitait sur la chaussée, la pluie qui la mitraillait sans pitié, ses longs cheveux blonds de plus en plus trempés, trempés, trempés, Matthew se trouva fort bien d'être en peignoir.

– Je suis vraiment désolée, dit-elle.

– Désolé, mon cul, répondit-il.

– J'ai voulu éviter le chat, dit-elle.

– Quel chat ? dit-il.

Et de toute façon, pensa-t-il, qui s'en fout du foutu chat ! Pensée qu'il regretta aussitôt. Il y avait bien longtemps, un chat qu'il aimait de tout son cœur s'était fait happer par une voiture – et il en était mort. Alors, non, il n'aurait pas préféré qu'elle frappe le chat au lieu de son automobile flambant neuve, racée, aérodynamique, bleu fumée. Mais *quand même !*

– Il traversait la rue, continuait-elle en parlant toujours du foutu chat. J'ai freiné tant que j'ai pu et... je suis désolée. Vraiment, vraiment désolée.

Flambant neuve, se disait-il.

Trente mille dollars.

– Je suis avocat, dit-elle. Je sais ce qu'il faut faire...

– Moi aussi.

– Ah bon ? Parfait, ça va faciliter les choses. Est-ce que je peux voir votre permis de conduire... ou bien... votre carte d'assurance... une pièce d'id...

– Vous êtes sûre que vous allez bien ? demanda-t-il brusquement.

– Oui, très bien. Merci. Un peu mouillée, mais bien.

– Voudriez-vous entrer ? Nous pourrions nous occuper de tout...

– Non, merci. Je suis invitée et je suis en retard.

– Je me disais... pourquoi ne pas nous mettre à l'abri de la pluie ?

– Vous savez, je ne peux pas être tellement plus mouillée que ça.

Elle était effectivement trempée. Sa robe lui collait à la peau. C'était la scène en Afrique, pensa-t-il, la stupéfiante starlette tombe dans un bassin, au pied d'une chute d'eau, et lorsqu'elle sort de l'eau, ses seins transparaissent à travers ses vêtements trempés. Matthew voyait effectivement ses seins à travers la robe rouge trempée. Il tourna la tête.

– Pourquoi ne pas... heu... au moins nous asseoir dans la voiture, d'accord ? Pour ne pas rester sous la pluie. Quand même. C'est absolument idiot de rester ici sous la pluie. Tous les papiers vont être mouillés.

– Oui, vous avez raison. Je n'y avais pas pensé.

Il fit le tour de la VW pour s'avancer vers la porte de l'Acura, côté conducteur, et il allait l'ouvrir lorsqu'il se souvint...

– Elle est fermée, dit-il. Mes clés sont chez moi. Et mon portefeuille aussi.

Normalement, je le pose sur la commode. Avec mes clés et ma monnaie.

– Ah bon, dit-elle se baissant pour enlever une chaussure, puis l'autre. Elles sont complètement fichues, expliqua-t-elle tandis qu'elle le suivait chez lui, pieds nus dans les flaques d'eau qui balisaient l'allée, une chaussure dans chaque main. Flambant neuves, précisa-t-elle. Deux cents dollars.

Flambant neuve, se disait-il.

Et il jeta encore un coup d'œil à l'endroit où la VW avait enfoui son nez dans l'aile de l'Acura. Puis il secoua la tête, ouvrit la porte et s'effaça devant elle.

– Entrez, dit-il. S'il vous plaît.

Et il se rendit compte au son de sa voix qu'il n'avait pas totalement réussi à réprimer sa colère.

Elle s'en rendit compte.

– Je suis vraiment désolée, fit-elle.

Elle avait l'air d'un rat qu'on sort de l'eau. Ses cheveux pendouillaient mollement des deux côtés de son visage, son mascara coulait sous ses yeux bleus, sa robe avait l'élégance flasque d'un sac de pommes de terre. Tout à coup, il se sentit emporté par une vague de sympathie.

– C'est un accident, dit-il gentiment. Des choses qui arrivent.

– Oh *merde!*

Il la regarda, très étonné.

– J'ai laissé mon sac dans la voiture. Avec mon permis de conduire. Et le certificat d'assurance est dans la boîte à gants.

– Je vais aller les chercher.

– Non, ne soyez pas ridicule. Je suis déjà complètement trempée.

– Moi aussi.

– Oui, c'est vrai,, mais...

– J'en ai pour une seconde, dit-il en ressortant sous la pluie.

Il secoua encore la tête lorsqu'il passa devant l'aile arrière de l'Acura dans laquelle la VW était toujours blottie. Flambant neuve, pensa-t-il. Sur le siège du passager, il trouva un sac à main fait de grosses billes rouges et, dans la boîte à gants, une pochette de plastique qui contenait, entre autres choses, les papiers de la voiture. Il ressortit sous la pluie, son peignoir complètement trempé, les cheveux plaqués sur la crâne, parfaitement et totalement ridicule.

Elle était debout juste derrière la porte lorsqu'il entra. Comme si elle avait peur de violer davantage son intimité. Il téléphona à la police, signala l'accident, puis ils échangèrent permis de conduire et certificats d'assurance, ce qui lui permit d'apprendre qu'elle s'appelait Patricia Demming, qu'elle avait trente-six ans et qu'elle habitait 407, avenue Ocean, sur Fatback Key, une petite île qui formait en fait un quartier de la ville.

La pluie avait cessé lorsque la voiture de police arriva. Un seul agent en uniforme ; à Calusa, la police patrouille en solo. Ils lui donnèrent tous les détails de l'accident, puis s'assurèrent que la voiture de Patricia Demming pouvait encore rouler. Matthew la regarda faire marche arrière pour extirper son nez de son aile, puis disparaître au bout de la rue, en route vers sa réception.

Flambant neuve, se dit-il une fois encore.

2

– Écoute, je suis le seul Noir de Calusa avec un haut bol dégradé, disait Warren Chambers.

Matthew crut qu'il parlait d'une marque d'auto, peut-être. Hawball Degradey. Sans doute une décapotable anglaise. Les autos l'obnubilaient passablement ce vendredi matin. Il attendait un coup de téléphone de son assureur.

– La prochaine fois, je vais demander qu'on me fasse un porte-avions, continua Warren en passant la main sur le dessus de sa tête.

C'est alors que Matthew comprit qu'il parlait de sa coupe de cheveux. Un « bol dégradé », haut tant qu'à y être. En d'autres termes, un pot de fleurs perché à l'envers sur le sommet de sa tête, le reste de ses cheveux tondus à ras du cuir chevelu. Il ne crut pas utile de lui demander ce que le porte-avions pouvait bien être. Pour lui, les cheveux d'un homme étaient aussi sacro-saints que le saint des saints de son domicile ; les cheveux avaient suscité trop de batailles dans les années soixante. Les temps avaient changé, que diable.

– Et ce voyage ? demanda Warren.

– Fantastique.

– Et tu es rentré pour *ça* ? dit Warren en montrant le *Calusa Herald Tribune* étalé sur le bureau de Matthew.

Encore une photo de Stephen Leeds en première page ; le journal n'avait pas cessé depuis son arrestation. Le titre : LEEDS

VU PAR DES TÉMOINS. Et en sous-titre : *Nouvel interrogatoire de sa femme.*

– Qui sont ces témoins ? demanda Warren.

– Bannister ne m'a pas encore envoyé sa liste. Je vais faire un saut là-bas aujourd'hui.

– Tu penses qu'ils ont vraiment quelqu'un ?

– J'espère que non.

– Et pourquoi continuer à interroger sa femme ?

– C'est son alibi. Mais il y a une rumeur qui court en ville. À savoir qu'ils étaient tous les deux dans le coup. Leeds et sa femme.

– Ah, ah, fit Warren en hochant la tête d'un air songeur, comme si l'idée n'était pas si bête tout compte fait.

C'était un homme dans la trentaine. Sa voix douce, ses manières timides et réservées, ses lunettes d'écaille lui donnaient l'allure d'un comptable (même avec son haut bol dégradé) plutôt que celle qu'on prête d'ordinaire à un détective privé. Grand et mince comme une perche, ancien joueur de basket-ball à l'université du Missouri qu'il avait fréquentée pendant deux ans avant d'entrer à la police de Saint Louis, Warren avait encore des mouvements d'athlète et ne perdait jamais son élégance naturelle, même assis comme il l'était en ce moment. C'était un enquêteur méticuleux et un tireur d'élite ; Matthew l'avait vu descendre un raton laveur et un être humain avec le même aplomb. Ses yeux étaient de la couleur de sa peau, noirs comme de la bonne terre grasse, pensifs et sérieux tandis qu'ils regardaient Matthew.

– Et d'où vient cette rumeur ? demanda-t-il.

– Dans le *Trib* d'hier. Un type qui a écrit une lettre.

– Un cinglé ?

– Naturellement. Mais tu connais le *Trib.*

– Et cette fois, ils ont des comptes à régler.

– Ah bon ?

– Le père de Leeds a essayé un jour de prendre le contrôle du journal. Il y a dix ans, avant sa mort. Finalement, c'est une grosse chaîne du Sud qui a remporté le morceau. Mais l'éditeur est encore furieux contre le vieux.

– Où as-tu déniché ça ?

– Aux archives du *Trib*, répondit Warren avec un grand sourire.

– Et tu crois que la presse risque de mener la danse au procès, c'est ça ?

– Disons que tu pourrais commencer à penser à demander le renvoi devant une autre circonscription. Et comment Leeds explique-t-il la présence de son portefeuille sur les lieux ?

– Il dit qu'il l'a peut-être laissé sur son bateau.

– Quand ?

– Le jour des crimes, dans l'après-midi.

– Pas très solide, fit Warren en secouant la tête. Le type qui se prépare à commettre un assassinat ne commence pas par aller faire un tour sur le bateau de Leeds pour voir si par hasard il n'y trouverait pas un portefeuille.

– Pas nécessairement un portefeuille. N'importe quel objet personnel.

– Quand même...

– Quelque chose qu'il laissera sur les lieux. Pour compromettre Leeds. C'est quand même plus facile de monter sur un bateau que d'entrer dans une maison, Warren.

– C'est vrai.

– Nous devons découvrir comment ce portefeuille s'est retrouvé sur les lieux. Parce que, si c'est Leeds qui l'a laissé là-bas...

– Salut et bonjour là-haut, dit Warren.

– Hum, fit Matthew en hochant gravement la tête. Alors, ce que je voudrais que tu fasses...

– Où laisse-t-il son bateau ?

À Calusa, Floride, le parquet général était installé dans un ancien motel, juste en face d'un terrain de base-ball où l'équipe régionale s'entraînait autrefois au printemps, avant de déménager à Sarasota ; depuis, il n'était plus fréquenté que par de très modestes équipes locales, commanditées par des marques de bière. L'ancien motel se trouvait derrière ce qui avait été un jour le plus grand hôtel en ville. Vous pouviez encore voir les deux tours blanches de l'hôtel transformé en bureaux du quadrilatère circonscrit par les pavillons de l'ancien motel où besognait maintenant le personnel du procureur général.

À 11 heures, ce vendredi matin, le soleil frappait impitoyablement cette sorte de cour intérieure. Les pavillons de l'ex-motel formaient comme un rempart, empêchant l'air de circuler, cloisonnant le quadrilatère, lui donnant un peu l'allure d'une petite prison, suffocante, joyeusement plantée de palmiers, de bougainvillées et d'hibiscus couleur sang. À l'extérieur, une pancarte annonçait :

BUREAU DU PROCUREUR GÉNÉRAL
DOUZIÈME CIRCONSCRIPTION
Skye Bannister
807, boulevard Magnolia
Ouvert de 8 h 30 à 17 h 00
du lundi au vendredi

Matthew fut obligé de découvrir que le système de climatisation du bureau de Skye Bannister fonctionnait ; à cause de la paperasserie, il était souvent impossible d'entretenir convenablement les bureaux de l'administration publique à Calusa. La réceptionniste de Bannister, une jeune fille aux cheveux noirs dans le début de la vingtaine, lui demanda s'il venait pour la liste des témoins et les dépositions. Matthew lui répondit qu'il s'agissait bien de cela. La réceptionniste l'informa alors que le dossier avait été transmis à un avocat général et que Matthew pouvait s'adresser à la porte suivante, s'il le souhaitait. Bureau 17.

L'avocat général s'appelait Patricia Demming.

– Mon Dieu... fit-elle.

Elle avait l'air beaucoup moins mouillée ce matin-là que la veille au soir. Longs cheveux blonds ramenés en arrière en une queue-de-cheval nouée avec un ruban de la couleur de son chemisier, robe élégante, yeux d'un bleu stupéfiant. Elle portait aussi des souliers de cuir bleu à talons hauts, des bas-culottes bleus (pensa-t-il) et aux oreilles deux pierres turquoise montées sur argent. Pas de mascara ni de fard à paupières au travail, simplement du rouge à lèvres. Elle semblait décontractée, efficace, très avocat général, quoique immensément surprise de découvrir que Matthew défendait l'homme qu'elle était chargée de poursuivre. Matthew se dit que Skye Bannister se croyait suffisamment sûr de l'affaire pour la confier à une assistante. Et une *nouvelle*, en plus. Matthew allait et venait presque tous les jours dans les bureaux du procureur général, et il ne l'avait encore jamais vue.

– Et votre voiture ? demanda-t-elle avec un sourire.

– L'assureur doit me téléphoner aujourd'hui, en principe, répondit Matthew.

– J'ai eu de la chance de pouvoir rentrer chez moi hier soir, après ma réception. Apparemment, le moteur est fichu.

– Désolé pour vous. Et cette réception ?

– Très bien. Vous connaissez les Berringer ?

– Au bout de la rue. Oui.

– Très gentils.

– Oui. Médecin, c'est bien ça ?

– Dentiste, répondit-elle en lui faisant un autre sourire. Vous êtes ici pour la liste des témoins, je suppose. Et pour les dépositions.

– Oui, répondit-il en décidant que le moment était venu de retirer ses gants. Mademoiselle Demming, je dois vous dire que je n'aime pas du tout avoir des surprises quand j'ouvre le journal.

– Je suis tout à fait désolée, mais...

– Parce que, vous voyez, mademoiselle Demming, il est quand même un peu troublant d'apprendre qu'on communique des documents à la presse.

– Personne n'a communiqué de documents à la...

– ... avant même que l'*avocat* de l'intéressé n'ait vu...

– M. Bannister n'a fait que répondre aux questions qui lui étaient posées par...

– M. Bannister est chargé du dossier, ou bien vous ?

– Moi. Depuis ce matin. Mais hier...

– Mais hier, M. Bannister distribuait des communiqués de presse, c'est bien ça ?

– Faux. Un journaliste a téléphoné pour demander s'il y avait des témoins du...

– Et le procureur général a jugé bon de communiquer ces renseignements avant que *moi* je dispose de la liste des témoins, avant que *moi* je dispose de leurs dépositions.

– J'admets que la décision était peut-être prématurée. Chercheriez-vous la bagarre, cher monsieur ?

– Je cherche à protéger mon client.

– Le dossier m'a été confié ce matin. Je ne savais même pas que vous étiez l'avocat de la défense avant de vous voir ici. De toute façon, mon intention était d'envoyer les...

– Je suis ici maintenant. Je peux les avoir, s'il vous plaît ?

– Je vais demander à ma secrétaire de vous les remettre.

– Merci.

Elle décrocha le téléphone, appuya sur un bouton et demanda à une certaine Shirley d'apporter la liste et les dépositions des témoins dans l'affaire Leeds. Puis elle raccrocha et regarda Matthew :

– Il n'est peut-être pas nécessaire de commencer du mauvais pied, vous savez.

– D'accord.

– Je suis sérieuse. Si vous voulez, je vais demander à M. Bannister de me laisser m'occuper de tous les contacts avec la presse.

– J'en serais heureux.

– Alors, c'est fait.

– Dites-moi quelque chose...

– Bien sûr.

– Pourquoi vous a-t-il confié ce dossier ?

– Pourquoi pas ? Je suis tout à fait qualifiée.

– Je n'en doute pas, répondit Matthew en souriant.

– Et de plus, l'affaire est dans le sac, si vous me passez l'expression.

– Raison de plus pour que votre patron, l'Ambition faite homme, s'en occupe lui-même.

– Il a peut-être de plus gros poissons à pêcher, répondit-elle, mais elle se reprit aussitôt. Je suis désolée, pardonnez-moi. Ce n'est pas ce que je voulais dire.

– Qu'est-ce qu'il peut bien y avoir de plus gros qu'un honorable membre de la bonne société locale qui se met à tuer trois petits immigrants vietnamiens ?

– La suite dans les journaux, répondit-elle avec un sourire entendu.

La porte s'ouvrit.

Une rousse entra avec une liasse de papiers. Elle la déposa sur le bureau, puis demanda si elle pouvait encore être utile avant d'aller déjeuner. Elle lança un sourire à Matthew, et ressortit. Matthew regarda la première page du dossier. La liste des témoins. Puis il jeta un coup d'œil aux autres papiers, retenus par des agrafes. Deux. Des noms asiatiques tous les deux.

– Ils sont de quelle nationalité ? demanda-t-il.

– Vietnamiens.

– Ils parlent anglais ?

– Non. Il vous faudra un interprète. Et puis l'un d'eux n'est pas en ville en ce moment. Il est chez son fils, à Orlando.

– Quand doit-il rentrer ?

– Désolée, mais je n'en sais rien. Vous voulez un café ?

– Merci, mademoiselle Demming, mais j'ai rendez-vous pour le déjeuner, dans quelques minutes.

– Patricia, dit-elle.

Il lui lança un regard.

– Gardons le reste pour le grand cirque. Nous pouvons être adversaires sans être ennemis, n'est-ce pas ?

– Je suis sûr que oui, répondit-il. Patricia.

– Parfait. Comment vous appelle-t-on ? Matthew ? Matt ?

– Matthew, en général.

– C'est ce que vous préférez ?

– Pour être franc, oui.

– Alors, puis-je vous appeler Matthew ?

– Je vous en prie.

– Matthew, je vais envoyer votre client sur la chaise électrique.

Une fois dehors, Matthew entra dans une cabine téléphonique pour appeler son bureau. Il demanda à la réceptionniste, Cynthia Huellen, de lui passer Andrew, s'il vous plaît. Andrew Holmes, vingt-cinq ans, récemment diplômé en droit. Il venait de subir l'examen du barreau de Floride le mois dernier et il attendait maintenant de savoir s'il avait réussi. Andrew était docteur en droit de l'université du Michigan et gagnait actuellement quarante mille dollars par an, avec le titre d'assistant juridique, au cabinet Summerville & Hope, plus la promesse d'être augmenté à cinquante mille dès qu'il serait admis au barreau – ce qui ne faisait aucun doute, puisque Andrew avait été rédacteur en chef de la *Law Review* de son université et qu'il s'était vu décerner la mention très bien à sa soutenance de thèse.

Il finit par arriver au bout du fil, essoufflé.

– Désolé, j'étais au bout du couloir.

– Andrew, j'ai besoin de tout ce que tu pourras trouver sur Patricia Demming, l'avocat général qui s'occupe du dossier Leeds. Je veux savoir où elle a fait son droit, où elle a exercé avant de venir à Calusa, si elle s'est déjà occupée d'une affaire d'homicide, les résultats qu'elle a obtenus jusqu'à présent, son style au tribunal, etc., etc.

– Demming, c'est bien ça ?

– Demming. Deux m, i-n-g.

– Quel âge a-t-elle, d'après vous ?

– Trente-six.

– Et il vous faut ça pour quand ?

– Je rentre au bureau à 2 heures.

– Ah... je vois.

– Et puis, trouve-moi un interprète vietnamien. Je vais en avoir besoin pour parler aux témoins.

– Un interprète vietnamien, d'accord. Vraiment rien de plus facile à trouver dans ce bon vieux Calusa.

– Détecterais-je une pointe de sarcasme, Andrew ?

– Non, non, un interprète vietnamien, d'accord.

– Passe-moi Frank, s'il te plaît.

– Une seconde.

Un déclic au bout de la ligne, puis la voix de Cynthia qui disait « Allô ? », Andrew qui lui demandait d'appeler le bureau de M. Summerville, puis encore la voix de Cynthia, « Une seconde », et enfin celle de Frank :

– Matthew, où es-tu ?

– Je sors du parquet général. Bannister a confié le dossier à une certaine Patricia Demming. Ça te dit quelque chose ?

– Absolument rien.

– Andrew est en train de voir ça d'un peu plus près. J'ai dû faire des pieds et des mains pour obtenir la liste et les dépositions des témoins.

– J'ai vu le *Trib* ce matin.

– Deux témoins, Frank. Tous les deux Vietnamiens.

– C'est la guerre qui recommence, apparemment.

– Le courrier est arrivé ?

– Depuis longtemps.

– Quelque chose à propos de ma demande de communication du dossier du ministère public ?

– Encore trop tôt, Matthew.

– Je n'ai tout simplement pas envie d'être mis au courant le dernier, en lisant le journal.

– Tu veux que j'appelle Skye ?

– Non, je vais m'en occuper.

– Où vas-tu maintenant ?

– À la ferme, répondit Matthew.

Les fermes de Timucuan Point succombaient devant les bulldozers des promoteurs. Là où fruits et légumes poussaient en abondance autrefois, il y avait maintenant des lacs artificiels entourés de maisons avec piscines et courts de tennis. Des domaines, comme on disait. À une époque, vous faisiez cinq kilomètres à l'est de Calusa et vous vous retrouviez en rase campagne. Maintenant, il fallait faire au moins trente kilomètres dans la direction d'Ananburg pour voir des ranchs, des plantations d'orangers et des fermes.

Jessica Leeds avait invité Matthew à déjeuner, pour midi.

Il arriva à la ferme avec dix minutes d'avance – en août, les routes étaient pratiquement désertes –, passa devant les deux colonnes de bois du portail de l'avenue, puis stationna sa Ford de location à côté d'une Maserati rouge. La plaque minéralogique, une de ces plaques spéciales que les gens richissimes peuvent se procurer moyennant finances, disait simplement : JESSIE 1. Il supposa qu'il devait y avoir une JESSIE 2, mais elle était invisible. Au milieu d'un champ, un tracteur avançait lentement sur l'immense toile de fond du ciel bleu. Pas un nuage en vue. Pas encore.

La maison était immense, de plain-pied, totalement anarchique, ce genre de maison qui s'est agrandie au fil des années, pièce après pièce, avec corridors et passages reliant une aile à l'autre en zigzaguant par-ci par là, formant un véritable labyrinthe. Plusieurs portes s'ouvraient au petit bonheur la chance sur la façade capricieuse, mais la porte principale était clairement reconnaissable, peinte d'un rouge vif qui annonçait certainement l'entrée. Matthew s'en approcha et appuya sur le bouton de la sonnette. Un carillon retentit derrière la porte. Il attendit dans la chaleur de midi, espérant que cette porte fermée signifiait que l'intérieur était climatisé, espérant aussi que Jessica Leeds l'inviterait à retirer sa veste et à se mettre à l'aise – la porte s'ouvrit.

C'était une femme dans la fin de la trentaine, pensa-t-il, plus jeune que son mari de plusieurs années, grande et mince, bronzée, tenue décontractée, sandales, jupe, blouse blanche qui révélait une épaule nue.

– Monsieur Hope ? dit-elle en lui tendant la main. Entrez donc, s'il vous plaît.

Cheveux auburn, coupés à la garçonne, yeux verts, pommettes saillantes, large bouche, une main ferme et sèche. Ils se serrèrents brièvement la main, puis elle le fit entrer. Ses sandales claquaient sur le carrelage citron, frais aux pieds. Il s'était attendu à un plancher de bois. Un plancher chevillé. Après tout, c'était la campagne, c'était une ferme. Mais non, meubles modernes, cuir et acier inoxydable, encore une autre surprise.

Et ce qui semblait être un authentique Miró, dans le salon, au-dessus d'un sofa de cuir chocolat au lait.

– Vous prendrez bien quelque chose ? demanda-t-elle.

– Non, merci.

– De la limonade ?

– Ah... pourquoi pas.

– Allie ?

Une jeune femme sortit de ce qui devait être la cuisine. Elle portait un jean et un chemisier blanc dont le col bas était décoré de broderies rouges. Début de la vingtaine, se dit Matthew.

– Tu pourrais nous apporter de la limonade, s'il te plaît ?

– Oui, madame, répondit la jeune fille en souriant avant de disparaître dans la cuisine.

– Vous ne savez pas à quel point vous m'avez fait plaisir, reprit Jessica.

– Ah bon ?

– Oui, en acceptant de défendre mon mari. Asseyez-vous, s'il vous plaît. Et tombez donc la veste, si vous voulez.

– Merci.

Matthew enleva sa veste, la plia et la déposa sur un fauteuil en cuir. Jessica s'assit à une extrémité du sofa en ramenant ses longues jambes sous elle. Matthew prit place en face, dans l'autre fauteuil. Derrière la jeune femme, les portes-fenêtres coulissantes révélaient des hectares et des hectares de champs qui ondulaient jusqu'à l'horizon. Le tracteur avait disparu. Des arroseurs tournaient au-dessus d'innombrables rangs de plantes qui poussaient au soleil. Allie revint avec un plateau, un pichet de limonade et deux grands verres débordant de glaçons. Elle posa le plateau.

– Le déjeuner sera prêt quand vous voudrez, madame, dit-elle avant de repartir vers la cuisine.

Jessica remplit un verre et le lui tendit. Il attendit qu'elle se serve, puis ils se mirent à boire.

– Excellent, dit-il.

– Un peu plus de sucre ?

– Non, non, c'est très bien comme ça.

– J'aurais dû lui demander d'apporter le bol. Et des cuillers.

– Je vous assure, c'est parfait.

– Nous passerons à table quand vous voudrez. Déjeuner froid. Potage au concombre, poulet et tomates, du jardin naturellement.

– Magnifique...

– Alors, quand vous voudrez.

C'est alors qu'il comprit qu'elle était extrêmement nerveuse.

– Nous cultivons surtout des tomates, vous savez.

– Ah bon ? Non, je l'ignorais.

– Des tomates, mais nous faisons aussi des courges et des concombres. Le plus gros de notre production, c'est quand même la tomate. Tomates fraîches pour le marché. Nous cultivons mille deux cents hectares...

– Ça, je le savais.

– ... mille deux cents hectares de bonne terre, et nous employons trente-six salariés. En comptant les journaliers qui viennent pour la cueillette, c'est plus de trois ou quatre mille personnes que nous employons tous les ans. Une grosse entreprise, comme vous voyez.

– Effectivement.

– Oui...

Derrière elle, dans le lointain, le tracteur revenait lentement à travers champs. Et plus loin encore, à l'horizon, Matthew devinait les premiers signes de la pluie qui tomberait un peu plus tard, avec le ciel qui noircissait au nord.

– Nous avons vingt-trois tracteurs comme celui-là, reprit-elle en faisant un signe de tête dans la direction des champs, et presque autant de camions, dont quatre semi-remorques. Naturellement, il y a des exploitations plus grosses encore, mais pas beaucoup par ici, sur Timucuan Point. Et encore moins qui possèdent leurs propres serres et installations de conditionnement, comme nous avons les nôtres, près d'Ananburg. C'est là qu'est installé aussi notre bureau commercial, à Ananburg. Nous faisons de la tomate de bonne qualité – nous taillons les plants, nous posons des tuteurs, exactement comme en Arkansas. Nous ne laissons pas nos tomates mûrir sur pied comme on le fait généralement par ici, nous les cueillons vertes. Mais les nôtres sont meilleures, vous pouvez me croire. Enfin, je ne suis peut-être pas très objective. Notre chiffre d'affaires brut est de soixante millions de dollars par an, pour un bénéfice net de l'ordre de trente millions. Comme vous voyez, nos tomates doivent être vraiment bonnes, vous ne croyez pas ?

– Sans doute.

– À Calusa, les gens n'aiment pas tellement nous voir gagner autant d'argent – vous savez, personne n'aime *vraiment* les riches, vous ne croyez pas ? Surtout quand ils ont hérité de leur fortune. C'est pour cette raison que le journal nous en veut.

Ils sirotaient leur limonade en silence.

Tout à coup, l'horizon sembla s'obscurcir. L'averse arrivait plus vite que prévu.

– Vous avez vu le journal d'aujourd'hui ? demanda-t-elle.

– Oui.

– Ils disent qu'ils ont des témoins.

– Je sais. J'ai leurs noms.

– Ah bon ? fit-elle, surprise.

– Ils sont obligés de me les communiquer. Les noms de tous ceux qu'ils ont l'intention de citer au procès. Et nous devons faire la même chose.

– De qui s'agit-il ?

– Deux Vietnamiens. L'un d'eux a vu votre mari entrer, l'autre sortir.

– C'est ce qu'ils disent.

– Oui, naturellement. Et naturellement, nous contesterons tout ce qu'ils disent. En attendant, il serait allé là-bas à 11 heures...

– C'est absurde. Il était couché à côté de moi, endormi.

– Et il serait ressorti un peu après minuit.

– Stephen n'est pas sorti de toute la nuit. Nous avons dîné, nous avons regardé le film qu'il avait loué...

– Quel film ?

– *Casablanca.*

Exactement ce que son mari lui avait dit.

– À vrai dire, il s'est endormi avant la fin. Il était endormi à 9 h 30, 10 heures.

– À quelle heure est-il allé se promener en bateau ?

– Vers 5 heures.

– Et quand est-il rentré ?

– Eh bien... nous avons dîné à 6 h 30, 7 heures. Donc il était déjà rentré.

– Il est simplement allé faire une petite balade, d'après ce qu'il m'a dit.

– Oui, c'est exact.

– Il m'a également dit qu'il avait peut-être laissé son portefeuille à bord.

– C'est tout à fait possible.

– Selon lui, quelqu'un aurait pu le trouver sur le bateau.

– Hum... Ça me semble un peu tiré par les cheveux, vous ne croyez pas ?

– Et comment pensez-vous que ce portefeuille ait pu atterrir sur les lieux des crimes ?

– Je n'en sais rien. Je me suis posé je ne sais pas combien de fois cette question. Je n'ai pas de réponse. Stephen était ici avec moi. Mais on a retrouvé son portefeuille dans cette maison, à côté de ces trois...

Elle se mordit la langue juste à temps. Mais ses yeux verts, étincelant de colère, avaient prononcé le mot. Sa moue méprisante avait prononcé le mot.

– Madame Leeds, le ministère public va beaucoup insister sur le fait que vous êtes le seul alibi de votre mari. Et maintenant qu'ils ont ces témoins...

– Qui sont-ils ? Comment s'appellent-ils ?

– Je suis désolé, je ne m'en souviens pas. Je vous rappellerai de mon bureau, si vous...

– Non, je me demande simplement s'il s'agissait de parents, par exemple. La moitié des Vietnamiens de Calusa sont apparentés. Si ces deux-là...

– C'est une idée intéressante.

– Parce qu'il est parfaitement impossible qu'ils aient vu Stephen entrer ou sortir de cette maison. Totalement impossible. Ils mentent certainement.

– Ou ils se trompent.

– Alors, ils auraient dû se taire ! S'ils n'étaient pas sûrs ! Parce que j'espère que vous savez... j'espère que vous comprenez que ces... ces trois chiens...

Elle secoua la tête.

Elle secouait la tête, encore et encore.

– Excusez-moi, finit-elle par dire. Je suis désolée.

Il ne répondit rien. Il la regardait. Elle penchait la tête. Elle contemplait ses mains. Derrière elle, les nuages roulaient rapidement vers eux. Le tracteur revenait dans leur direction. La pluie allait bientôt commencer.

– Ils disent que j'étais de mèche avec lui, n'est-ce pas ? reprit-elle enfin.

Elle penchait toujours la tête. Elle jouait nerveusement avec ses doigts, une main prise dans l'autre, longs doigts aux ongles rouge sang.

– C'est ce que dit la rumeur, répondit Matthew.

– Et les témoins ? Est-ce qu'ils nous ont vus tous les deux ?

– Non. Simplement votre mari.

– Est-ce que ça veut dire que je suis innocente ?

– Un homme qui écrit une lettre à un journal...

– Eh bien, je suis coupable. Dans mon cœur, je suis coupable.

Elle releva la tête et le regarda droit dans les yeux.

– Dans mon cœur, j'aurais fait la même chose. Je les aurais égorgés, je leur aurais arraché les yeux, je leur aurais coupé les...

Elle se retourna tout à coup.

Un éclair zébra le ciel d'été. Un homme en chapeau de paille et salopette courait vers la maison, abandonnant son tracteur derrière lui. Le tonnerre gronda, un peu à gauche.

– Nous passons à table ?

La pluie tombait sur l'eau en rideaux opaques. Warren était debout dans le petit bureau de la marina. Il attendait Charlie Stubbs qui était allé faire le plein d'un Boston Whaler de huit mètres. C'était une des choses que Warren aimait en Floride. Le drame. Il y avait aussi du drame à Saint Louis, avec les tornades, mais ici l'action était plus variée. Et plus brutale. Un moment, le soleil vous brûlait les yeux, une minute plus tard il tombait un déluge de gouttes d'eau grosses comme des pièces de monnaie. Crépitement sur le quai de bois devant le bureau, tambourinement sur le toit de tôle, cataractes sur les jalousies de verre des fenêtres, coups de fouet sur les voiles des bateaux pris par surprise. Un temps à noyer les grenouilles.

Stubbs portait un poncho orange, un de ces trucs de plastique qui ne valent pas un clou par un temps de chien. Le poncho lui fouettait les genoux et le vent faisait de son mieux pour l'arracher. Stubbs était à genoux, imperturbable, un cigare éteint au coin de la bouche, le tuyau entre les mains, le pistolet distributeur enfoncé dans la gueule ouverte du réservoir du Walkaround. Warren était content de se trouver à l'abri.

Le propriétaire du bateau avait un short gris, un T-shirt blanc et des chaussures de sport brunes. Il était trempé jusqu'aux os. Mais il continuait à parler à Stubbs qui remplissait le réservoir, sans que Warren puisse comprendre un mot de ce qu'il disait. Stubbs hochait la tête de temps en temps pour faire savoir à l'autre qu'il l'écoutait. Finalement, il se releva, raccrocha le pistolet à la pompe, revissa le bouchon du réservoir du bateau, le ferma à clé, puis revint d'un bas rapide vers le bureau de la marina, enveloppé dans la tourmente de son poncho orange qui flottait au vent, suivi de l'autre homme, ruisselant de pluie.

Stubbs parlait lorsqu'ils entrèrent.

– ... j'attendrais encore une dizaine de minutes, si j'étais vous, disait-il.

– Moi, j'ai l'impression que ça va durer plus longtemps, répondit l'autre. Vous acceptez American Express ?

– Seulement Visa ou MasterCard.

– Alors il va falloir que je vous paie en liquide, répondit l'homme qui jeta un coup d'œil à Warren, puis sortit son portefeuille. Je vous dois combien ?

– Onze et soixante.

– Vous pouvez me faire la monnaie de vingt ? demanda l'homme en se retournant une deuxième fois vers Warren. Dites, vous voulez ma photo, ou quoi ?

– C'est à moi que vous parlez ? répondit Warren.

– Il n'y a que trois personnes dans cette pièce, et c'est bien vous que je regarde, non ?

– Je suppose.

– C'est mon argent qui vous intéresse ?

– Oh, oui. Je ne pense qu'à ça : vous taper sur la tête et vous piquer votre gros billet de vingt dollars.

Stubbs éclata de rire.

– Qu'est-ce qu'il y a de drôle ? demanda l'homme.

– Rien, répondit Stubbs qui riait toujours.

– Ce type me regarde en train de compter mon argent...

– Allez, du calme, fit Stubbs d'une voix bonhomme.

– Et comment voulez-vous qu'on sache ce qu'il a derrière la tête ?

Il tendit le billet à Stubbs et resta là, furieux, tandis que Stubbs ouvrait son tiroir-caisse pour lui rendre la monnaie. Il semblait se demander s'il avait vraiment envie de se disputer avec Warren ou pas. Il ne s'était toujours pas décidé quand Stubbs lui rapporta sa monnaie. Il la recompta, lança à Warren un regard furibond, puis sortit sous la pluie. Alors qu'il faisait reculer son bateau pour se dégager, il heurta une pile par l'arrière. Bien fait pour toi, pensa Warren.

– Ça vous arrive souvent ? demanda Stubbs.

– Trop, répondit Warren.

– Je pensais que ça n'existait plus.

– Sans doute. Mais où ?

– Alors, je me trompais. Les connards sont toujours là.

– Oui... fit Warren, puis il resta un moment silencieux. Vous me parliez de Leeds qui était sorti en bateau...

– Exact.

– C'était lundi après-midi, c'est bien ça ? Lundi, dans l'après-midi.

– Vers 5 heures moins le quart. Il est arrivé en voiture à peu près à cette heure-là. Le temps de détacher le bateau et de s'en aller, on peut compter dix minutes de plus.

– Et il est rentré à quelle heure ?

– Vers 6 heures ? À peu près...

– Il s'est amarré ici, le long du quai ?

– Comme d'habitude. Sa place habituelle, le poste numéro douze.

– Et vous avez quitté la marina à quelle heure ce soir-là ?

– Je ne m'en vais jamais. Je suis toujours là pendant la nuit. Ma maison se trouve juste derrière les hangars. Je n'en bouge pas.

– Est-ce que vous auriez vu quelqu'un monter à bord du bateau de M. Leeds après son retour, ce soir-là ?

– À part lui, vous voulez dire ?

– Oui, après son retour.

– Je sais, mais...

– Je veux dire : quelqu'un d'*autre*.

– Je sais bien. Mais c'est que je me suis endormi après quand il est rentré la deuxième fois.

Warren le regardait.

– Il est sorti deux fois en bateau, expliqua Stubbs.

– Comment ça ?

– Une fois dans l'après-midi, une autre fois plus tard dans la soirée.

– Quand ça, plus tard dans la soirée ?

– Eh ben, il m'a téléphoné vers 9 heures...

– Leeds ?

– Oui, oui, M. Leeds. Il m'a dit qu'il allait ressortir en bateau pour faire une petite balade au clair de lune, que je ne devais pas me faire de souci si je l'entendais sur le quai.

– Et vous l'avez entendu sur le quai ?

– Oui.

– À quelle heure ?

– Il est arrivé en voiture entre 10 heures et 10 h 30. Comme il m'avait dit.

– Vous l'avez vu ?

– J'ai vu sa voiture.

– Est-ce que vous l'avez vu *sortir* de la voiture ?

– Oui. C'était la pleine lune, et c'était bien M. Leeds, j'en suis sûr. Il a fermé sa bagnole à clé et il est parti tout droit vers son bateau.

– Il est rentré à quelle heure ?

– Je ne sais pas. J'étais endormi à minuit, donc il est sûrement rentré après. Le bateau était là le matin quand je me suis réveillé, amarré comme d'habitude.

– Quelle voiture conduisait M. Leeds ?

– Une Maserati rouge.

3

Grand et blond, sourire agréable aux lèvres, bronzé à longueur d'année, Christopher Howell était assez vieux à quarante et un ans pour donner l'impression aux joueurs du Tennis Club de Calusa d'être un adversaire relativement facile. Il était aussi suffisamment jeune à ce même âge pour paraître séduisant aux membres féminins du club. Le fait est qu'il pouvait battre les meilleurs joueurs que le club avait à lui opposer, et qu'il ne s'en privait pas. Mais il semblait avoir compris que personne n'aime qu'un joueur professionnel de tennis vienne s'attaquer aux dames mariées, de sorte que son attitude à l'égard des jeunes mères dans la trentaine qui accouraient prendre des leçons avec lui était tout à fait sérieuse et réservée. Si bien que les hommes ne se sentaient pas menacés – sauf par son service foudroyant et son revers féroce –, tandis que les femmes le respectaient pour son professionnalisme courtois. Né et élevé à Boston, Kit – comme il préférait se faire appeler – s'était installé à Calusa depuis près d'un an, mais il avait conservé l'accent de sa ville natale qui renforçait l'impression plaisante d'homme bien élevé qui se dégageait de lui. Matthew l'aimait beaucoup, même s'il se sentait un peu écrasé en sa présence.

Et ce samedi matin, son sentiment d'infériorité était particulièrement intense.

Peut-être parce qu'il avait trop dormi et qu'il n'avait pas eu le temps de se raser. Un homme mal rasé a l'air et se sent particulièrement sale en tenue de tennis. Blanc de rigueur, exigeait stupidement le règlement du club. Kit était magnifique dans son short immaculé, avec son splendide bronzage. Et il était rasé de près. Peut-être parce que étant blond, Kit n'avait pas besoin de se raser aussi souvent que Matthew. Tout bien considéré, il avait un peu l'air d'une sorte de Viking prêt à écraser un adversaire inepte avec sa hache de guerre. Et le fait qu'il avait trois ans de plus que Matthew ne faisait rien pour modifier le déséquilibre des termes de l'équation.

Selon l'associé de Matthew, Frank, la vie d'un homme se découpait en cycles de vingt ans. Un homme dans la vingtaine était jeune. Dans la quarantaine, mûr. À soixante, vieux. Et à quatre-vingts, mort. *Finito.* Avec les femmes, c'était un peu différent. Leurs vies à elles se découpaient en cycles de quinze ans. À quinze ans, la jeune fille était jeune, comme le disait bien son nom. À trente ans, c'était une vraie femme. À quarante-cinq, elle prenait de l'expérience. À soixante, de la bouteille. À soixante-quinze, elle était vieille. Et à quatre-vingt-dix, elle était encore là, bon pied bon œil.

Frank avait peut-être raison.

Matthew savait que si les choses étaient telles qu'il les désirait, hommes et femmes resteraient respectivement et éternellement âgés de trente-sept et vingt-neuf ans. Il avait maintenant trente-huit ans. Le début de la fin.

– ... contre un gaucher, disait Kit.

Il faisait son numéro, naturellement. Kit était droitier, mais il pouvait jouer aussi bien des deux mains. Certains joueurs disaient même que son service de la gauche était encore plus puissant. Aujourd'hui, il allait montrer à Matthew comment jouer contre un gaucher. Oh oui, Matthew mourait d'envie de commencer. Le bouton intérieur de la ceinture de son short avait sauté pendant qu'il s'habillait, et la culotte ne tenait plus maintenant que par le bouton extérieur. Matthew était sûr que son short allait tomber au moment où il essaierait de reprendre un boulet de Kit. La technique d'enseignement de Kit était simple. Pas de pitié. Pas de prisonniers. Il jouait comme si lui et son adversaire se trouvaient dans des camps opposés sur un champ de bataille chaudement contesté. Et ça marchait. Matthew jouait cent fois mieux depuis qu'il avait commencé à prendre des leçons en octobre dernier.

– Il y a des tas de choses dont vous devez vous souvenir quand vous jouez contre un gaucher, disait Kit, mais nous ne verrons que les deux plus importantes aujourd'hui, d'accord ?

– Naturellement.

Il se demandait combien il pouvait y en avoir en tout. Deux suffisaient amplement.

– La première, c'est qu'il est gaucher, continuait Kit. Vous avez pris un peu de poids, non ?

– Oui, fit Matthew en rentrant son ventre.

– C'est bien ce que je pensais.

Ce qui eut l'effet de mettre Matthew encore plus à l'aise.

– La plupart des gens contre qui vous jouez sont droitiers, reprit Kit, et vous savez donc exactement où placer votre service, vous savez exactement dans quelle position il frappera en revers, parce que c'est là que vous avez l'habitude de viser, pour éviter le coup droit. Bien. Contre un gaucher, vous devez tout de suite vous mettre dans la tête qu'il va *rester* gaucher pendant le reste de la partie, et que ça ne changera pas d'un poil.

À moins d'être Christopher Howell, se dit Matthew. L'ambidextre qui peut changer de main comme de chemise.

– Un gaucher est un gaucher et vraiment un gaucher, continuait Kit en souriant, et si vous hésitez ne serait-ce qu'une seconde avant de vous en souvenir, il prend l'avantage sur vous. Autrement dit, dès la première balle, vous devez vous faire entrer dans la tête qu'il est gaucher, absolument *gaucher,* et ne jamais l'oublier un instant. C'est la première chose.

Matthew bouillait d'impatience de savoir quelle pouvait bien être la seconde.

– La seconde, reprit Kit, c'est qu'un gaucher donne une courbe naturelle à son coup droit. Vous voyez la balle arriver vers vous en décrivant une courbe au-dessus du filet, comme une pierre qui ricoche sur l'eau. Si vous ne vous y attendez pas, tous vos retours vont être un peu décalés. Pour le moment, contentez-vous de vous souvenir de ces deux choses, d'accord ?

Il est gaucher-gaucher – ce qui veut dire que vous devez découvrir dès la première minute où se trouve son revers – et son coup droit a naturellement de l'effet. On commence ?

Il fut impitoyable.

Sans arrêt, il envoyait ses féroces services de la gauche dans le revers de Matthew, la balle frappait le court et soulevait un petit panache de poussière grise, puis rebondissait très haut, presque hors d'atteinte. Il lui fallut pratiquement un set avant de pouvoir renvoyer un service, mais la balle revenait ensuite à toute allure en décrivant cette « courbe naturelle du coup droit » dont Kit lui avait parlé, ou bien en revers, mais avec encore plus de puissance que le coup droit. Matthew avait beau se répéter que son adversaire était gaucher, gaucher, gaucher, plus il se le répétait dans sa tête et le faisait savoir à son bras, plus il avait de mal à découvrir où pouvait bien se trouver le foutu revers de Kit. *Whouap,* et la balle fonçait vers lui en décrivant au-dessus du filet une courbe large et plate qui ne lui semblait pas du tout naturelle, qui lui semblait même parfaitement antinaturelle si vous lui aviez demandé son avis, puis rebondissait comme si elle avait ricoché sur l'eau, tandis qu'il restait planté là, comme un empoté.

Et quand Matthew se souvenait enfin du foutu point de revers de Kit, il catapultait de toutes ses forces une balle en plein dans le mille, puis la voyait passer par-dessus le filet à près de cinq mille kilomètres-heure, basse, sèche, dans l'angle droit de la ligne de service ou en plein sur la médiane, un service digne d'un simple messieurs à Wimbledon, et Kit là-bas, frais comme un gardon, grand, bronzé, blond, dans son short toujours immaculé, sautillant d'une jambe sur l'autre, toujours prêt à riposter, le voilà qui rabat férocement sa raquette d'une seule main, et *whouap,* les cordes frémissantes entrent en collision avec la balle jaune qui revient à toute allure par-dessus le filet comme un train express bien assis sur ses rails, et Matthew se dit qu'il ferait bien de se pousser avant qu'elle ne lui arrache la tête, il essaie de l'éviter pour la renvoyer en coup droit, mais il se fait prendre en plein mouvement, ramène sa raquette contre sa poitrine et regarde la balle foncer vers Milwaukee, dans le Wisconsin, où elle soulève un autre petit panache triomphant de poussière grise, juste à l'intérieur de la ligne de fond.

À la fin de l'heure, Matthew était épuisé. Sa chemise dégoulinait de sueur, ses cheveux ruisselaient et collaient sur son front, son visage était rouge, ses tennis grises, et il avait l'impression que trois des cinq kilos pris en Italie s'étaient envolés. Il s'approchait du filet pour serrer la main de Kit lorsqu'il aperçut une femme qui ressemblait beaucoup à Jessica Leeds. Elle marchait vers le court d'entraînement clôturé par un grillage et il papillonna des yeux lorsqu'il se rendit compte qu'il s'agissait bel et bien de Jessica. Il se sentit tout à coup plus suant, malodorant, mal rasé, malpropre et avec un plus grand besoin encore de prendre une douche qu'à l'instant d'avant. Alors que la splendide femme rousse de son client se dirigeait vers le court dans une jupe plissée qui révélait ses longues jambes dans toute leur splendeur, toute fraîche dans son chemisier de coton orné d'un macaron Head un poil audessus du sein gauche, souriant et saluant de la main une autre femme tandis qu'elle se rapprochait encore, Matthew aurait voulu qu'un vaisseau spatial fonde sur lui pour l'emporter derechef sur Mars.

Puis il se demanda ce qu'elle pouvait bien fabriquer ici ce samedi-là, alors que son mari venait d'être accusé d'homicide, se demanda s'il était bien convenable qu'elle joue au tennis alors que lui languissait en prison, se demanda si quelqu'un du *Calusa Herald Tribune* était en maraude aujourd'hui, se demanda si sa présence ici serait mentionnée demain dans l'édition du matin, se demanda si sa présence ici pouvait aggraver le cas de son mari, à supposer que ce fût possible, se demanda pourquoi elle ne lui avait pas parlé de l'opportunité de paraître en public, se demanda tant et tant de choses au cours des quelques instants qu'il fallut à la femme de son client pour atteindre la porte grillagée, pousser le verrou et l'ouvrir.

– Bonjour, monsieur Hope, dit-elle en souriant. On dirait que Kit vous a un peu secoué.

– Oui, répondit Matthew.

– Il a bien joué, commenta Kit.

Compliment du dieu Tonnerre.

– Je suis désolée d'être en retard, dit Jessica.

– Aucune importance, répondit Kit.

– Heureux de vous revoir, madame Leeds, dit Matthew avant de se retourner vers Kit. Et merci, Kit. À la semaine prochaine.

– À la semaine prochaine, monsieur Hope.

Matthew glissa sa raquette dans sa housse, fit coulisser la fermeture Éclair, jeta sa serviette de toilette autour de son cou puis se dirigea vers le vestiaire des hommes. Derrière lui, il pouvait entendre les cadences régulières de Kit et Jessica qui s'échauffaient, le *twouack* de la raquette contre la balle, le *plop* plus sourd de la balle qui rebondissait sur la surface synthétique du court. Et il se demanda encore si elle avait eu une bonne idée de venir ici. Mais elle était là, pour le meilleur ou pour le pire, et l'on n'y pouvait rien pour le moment.

Il mit le cap sur les douches.

– On dirait que tu t'es encore trouvé un vrai canard boiteux, disait Frank d'un air morose.

Ils étaient dans les bureaux du cabinet Summerville & Hope, où Frank occupait une pièce d'angle comme le voulait son rang d'associé principal, même s'il n'avait que deux ans de plus que Matthew. Frank n'aimait pas travailler le samedi. Et il n'aimait pas non plus ce que Warren Chambers venait de leur apprendre. Apparemment, un homme du nom de Charlie Stubbs – le propriétaire de la marina Riverview, sur Willowbee Creek – avait vu Stephen Leeds arriver au volant d'une Maserati rouge à 10 h 30, la nuit des meurtres.

– Sauf s'il se trompe, dit Matthew.

– Je ne crois pas qu'on puisse se tromper avec une Maserati rouge, ou avec n'importe quoi de rouge d'ailleurs, répondit Frank.

Puis il se leva, contourna son bureau et s'approcha de Matthew, assis dans un fauteuil, pour le pointer du doigt comme un avocat général qui s'apprête à cuisiner un témoin hostile.

– Certainement pas en plein clair de lune, continuait-il. Ce qui veut dire que ton homme était sorti à 10 h 30, et qu'il ne dormait pas chez lui du sommeil du juste, comme il le prétend.

– Mon associé joue à l'avocat du diable, expliqua Matthew à Warren.

– Absolument pas, répliqua Frank. Je te conseille simplement d'abandonner ce dossier à l'instant même. Ton homme est aussi coupable qu'un péché mortel.

Frank Summerville se trompait souvent quand il essayait d'utiliser des expressions du Sud ; il aurait dû dire, *laid* comme un péché mortel. Mais c'était un New-Yorkais transplanté qui ne possédait pas encore très bien le dialecte de la région et les coutumes locales, un homme qui parlait constamment de retourner un jour dans la seule *vraie* ville de la planète. Londres, Paris, Rome, Tokyo ; des bourgades de ploucs aux yeux new-yorkais de Frank Summerville. Calusa ? N'en parlons même pas. Une chiure de mouche sur un tas de crottin d'éléphant, voilà ce qu'était Calusa, Floride. Une ville avec des prétentions culturelles, un climat détestable la majeure partie de l'année, une population composée à quatre-vingts pour cent de péquenots grands, forts et bêtes, d'origine locale, et à 19,99 % de péquenots grands, forts et bêtes venus du Midwest. Il détestait Calusa. Et il détestait ce que Calusa faisait aux gens. Calusa vous faisait le sang clairet et vous rouillait la cervelle.

– Il a une bonne vue ? demanda Matthew.

– Il ne portait pas de lunettes, si c'est ce que tu veux dire, répondit Warren. Et il a réussi à lire ce qu'il y avait sur la plaque d'immatriculation.

– À savoir ?

– JESSIE 1.

– De mieux en mieux, fit Frank en secouant la tête. Le nom de sa femme. De mieux en mieux.

Certaines personnes disaient que Matthew et son associé se ressemblaient. Il est vrai qu'ils avaient tous les deux les cheveux foncés et les yeux marron, mais à part cela...

Matthew avait trente-huit ans, Frank venait d'en avoir quarante. Matthew mesurait un mètre quatre-vingt-trois et pesait quatre-vingt-cinq kilos, avec ses nouvelles rondeurs italiennes ;

son associé, un mètre soixante-seize et cent soixante-douze kilos. Matthew avait un visage long et étroit, ce que Frank appelait une « tête de renard », par contraste avec son visage rond et plein, du type « tête de cochon ». De plus, Matthew était originaire de Chicago – deuxième ville des États-Unis pour tout le monde, sauf pour Frank, naturellement. Pour lui, il n'y avait pas de deuxième ville aux États-Unis ; il n'y avait que New York, et puis les autres villes du monde.

– Et pourquoi veux-tu qu'il soit sorti avec la voiture de sa femme ? demanda Matthew.

– Parce qu'il s'en allait tuer des gens, voilà pourquoi, répondit Frank.

– S'il est sorti avec son bateau, répliqua Matthew, alors il n'était pas en train de tuer dans la Petite Asie.

– À moins qu'il ait *stationné* son bateau, qu'il soit *sorti* dudit même bateau, et *ensuite* qu'il soit allé tuer des gens, dit Frank en le pointant encore une fois d'un doigt accusateur.

– Et pourquoi ? demanda Warren.

– Pourquoi ? Parce qu'ils ont violé sa femme. Tu trouves que ce n'est pas une raison ?

– *Pourquoi,* répéta Warren, pourquoi se passerait-il la main entre les deux fesses pour se gratter le coude ?

– Autrement dit, pourquoi n'est-il pas allé directement à la Petite Asie ? expliqua Matthew. Pourquoi tout ce bordel avec le tabeau ?

– Il allait tuer trois bonshommes, répondit Frank. Et tu crois qu'il aurait laissé derrière lui une piste que même un boy-scout aurait pu suivre ?

– De toute façon, c'est ce qu'il a fait, rétorqua Matthew. Une Maserati rouge avec le nom de sa femme sur la plaque d'immatriculation ? Si ce n'est pas une piste, Frank, je veux bien être pendu. C'est une sacrée piste, même.

– Non, ça s'appelle préparer un alibi, dit Frank. Tu l'as dit toi-même, il y a moins d'une minute. S'il était sorti en bateau, il n'aurait pas pu être en train de tuer des gens dans la Petite Asie.

Un ange passa.

– Tu n'aurais pas dû accepter cette affaire, reprit Frank. Je sais que je t'ai dit la même chose en d'autres circonstances, à propos de dossiers que tu as...

– Ah oui ? Ah bon ? fit Matthew en écarquillant les yeux, comme s'il ne savait pas de quoi l'autre parlait.

– Mais oui, ne fais pas l'andouille, répondit Frank. Mais cette fois, j'ai l'impression que tu t'es vraiment mouillé jusqu'au...

– Non, l'affaire se présente infiniment mieux que la dernière, dit Matthew. Tu ne crois pas, Warren ?

– Absolument. Le dernier dossier, c'était celui du type d'homme qui avait laissé ses empreintes digitales partout sur l'arme du crime. Cette fois, il s'agit seulement d'un portefeuille oublié sur les lieux du crime.

– Oui, c'est ça, rigolez donc, dit Frank. Ha, ha, très drôle. Mais pour quelqu'un qui a fait son credo...

– Credo, écoute bien, Warren.

– Oui, son credo de défendre uniquement les gens qu'il croit innocent...

– Mais je *crois* qu'il est innocent, Frank.

– Voyons donc, mais bien sûr qu'il est innocent, répliqua Frank d'une voix où le sarcasme suintait à grosses gouttes. N'importe quelle andouille voit bien qu'il est innocent. Son portefeuille est là, par terre...

– Pas là, là-bas, Frank.

– ... à côté de ces trois types qui se fendent d'un sourire de gorge étiré jusqu'aux oreilles...

– S'il te plaît, Frank, tu es dégoûtant.

– ... dont les yeux, foutre Jésus, roulent par terre comme des *billes*...

– Vraiment, dit Matthew, tu es dégueulasse, Frank.

– Tu veux du dégueulasse ? Alors, parlons d'un mari fou furieux qui leur coupe la bite et leur fout le bazar en plein dans la bouche ?

– J'espère au moins qu'il ne s'est pas trompé de bouche, fit Warren qui éclata de rire avec Matthew.

– Allez, riez, riez. Ha, ha, très drôle, riez, psalmodiait Frank.

Mais attendez un peu de voir ce que l'avocat général va faire avec trois bites.

– Remarque sexiste, Frank. Il se trouve que l'avocat général est une très jolie jeune femme.

– Encore mieux. Vous pouvez imaginer une jolie jeune femme en train de parler aux jurés de trois aveugles en train de bouffer leur propre biroute, nom de Dieu !

– Vraiment écœurant, fit Matthew qui repartit à rire.

– Ha, ha, allez-y, riez, messieurs. Riez, bande de clowns, riez, pérorait Frank d'une voix théâtrale. Mais ne venez pas pleurnicher plus tard.

– Frank ? fit Matthew.

– Oui, *quoi ?*

– Pourquoi aurait-il eu besoin d'un bateau pour se faire un alibi ?

– Comment ?

– Il avait déjà un alibi. Il était chez lui avec sa femme, toute la nuit. Alors, pourquoi le bateau ?

– Parce que c'est un foutu menteur, répondit Frank en hochant énergiquement la tête. Et un assassin par-dessus le marché, continua-t-il avec de nouveaux hochements de tête. Et tu es un crétin de le défendre.

Son bronzage n'avait pas encore déteint, mais il n'était en prison que depuis mardi. Encore une semaine à peu près, et la pâleur l'envahirait. Avec le regard qui va avec. Ce regard d'animal en cage qui s'empare de vos yeux la première fois qu'on vous met en prison. Un regard à la limite de la panique. Un regard de bête prise au piège, impuissante. Leeds n'avait pas encore ce regard. Ce serait pour plus tard. Quand viendrait la pâleur.

Le signe distinctif du criminel endurci est qu'il arbore sa pâleur avec une fierté qui frôle l'arrogance, et qu'il n'a jamais eu ces yeux d'animal pris au piège la première fois qu'on l'a arrêté. L'assassin, c'est encore autre chose. La plupart des assassins ne sont pas des criminels endurcis. Donc, ils attrapent la pâleur et le regard traqué comme les autres puis, soit les perdent lorsqu'ils sont acquittés, soit les gardent longtemps, longtemps, longtemps. En Floride, celui qui est reconnu coupable d'un assassinat ne les garde que jusqu'au jour de son exécution.

– Je veux que vous me disiez exactement où vous êtes allé et tout ce que vous avez fait lundi dernier, disait Matthew. Depuis le moment où vous êtes sorti du bureau de votre courtier jusqu'au moment où vous vous êtes couché.

– Pourquoi ? demanda Leeds.

– J'ai besoin de savoir, répondit Matthew.

Leeds poussa un grand soupir, comme si son avocat lui imposait une tâche fastidieuse et probablement inutile en lui demandant où il avait été et ce qu'il avait fait la journée des meurtres.

– Il pleuvait, dit-il. Il était à peu près 3 heures. Quand je suis sorti de chez Bernie. Bernie Scott, mon courtier. Il pleuvait des cordes...

... inondant les trottoirs et les rues, courant vers les égouts, noyant les routes. Leeds n'avait jamais été à l'aise au volant de la Maserati de sa femme, un véhicule trop tapageur à son goût, une bagnole de play-boy alors que c'est un fermier qui est au volant. La voiture s'appelle une Spyder, rien à voir avec l'araignée qui s'écrit avec un *i*, et elle se vend en principe quarante-huit mille dollars. Mais Jessie a marchandé et le concessionnaire la lui a laissée à quarante-quatre mille cinq cents. De zéro à cent en six secondes, capote de cuir noir, bois sur les portes, le tableau de bord, la console des vitesses, bouton de bois sur le frein à main et le levier de vitesse. Cuir chamois et tissu suédé pour les sièges, épaisse moquette noire par terre, vraiment trop luxueuse au goût de Leeds.

Il se sent encore moins à l'aise lorsqu'il la conduit sous la pluie, mais sa voiture est au garage depuis la semaine dernière, et ils n'ont que deux voitures, la sienne et celle de Jessie, si bien qu'ils partagent pour le moment la plus coûteuse des deux. Sa voiture à lui est une Cadillac Seville vieille de dix ans qu'il a laissée au garage pour faire changer la boîte automatique, une facture de deux mille cents dollars, mais il adore cette voiture, sa ligne, l'opulence qu'elle respire, il donnerait dix Maserati pour sa bonne vieille Cadillac.

Il s'arrête au magasin vidéo du boulevard Tamiami, pas très loin de la rue Lloyd, entre les rues Lloyd et Lewis, il se souvient de son nom maintenant, VideoTime. Le propriétaire est borgne, il a un bandeau noir et il s'appelle Roger Carson. Le temps de courir de la voiture à la porte, Leeds est trempé jusqu'aux os. Le magasin est presque vide à 3 h 15, quand il arrive. Une femme avec un bébé ficelé sur son dos fouille parmi les vidéocassettes. Carson est derrière le comptoir et regarde la pluie tomber, lugubre. Leeds se souvient qu'il s'est alors demandé si la pluie était bonne ou mauvaise pour le commerce des vidéocassettes.

Il dit à Carson ce qu'il cherche – il est venu ici exprès pour *Casablanca,* le film que Jessie veut regarder ce soir – et Carson fait le tour de son comptoir pour le conduire au rayon Classiques, ou Classiques du Cinéma, quelque chose du genre. Il trouve aussitôt la cassette et demande à Leeds s'il a déjà vu le film, Leeds lui répond qu'il l'a vu plusieurs fois à la télévision, et Carson lui demande alors s'il sait quelle est la meilleure réplique de tout le film ; et Leeds lui répond aussitôt : « Ramassez les suspects habituels ! » Et les deux hommes éclatent de rire. Les gouttes de pluie glissent sur la vitrine. La dame avec son bébé continue à chercher.

La pluie commence à faiblir à 3 h 30, tandis qu'il roule sur le boulevard Tamiami en direction de Timucuan, puis il tourne à l'est, vers la ferme. Les nuages s'effilochent, des taches de bleu commencent à apparaître çà et là. La route mouillée est toute noire devant lui, la voiture rouge si basse colle à la chaussée, le moteur ronronne, les pneus sifflent sur l'asphalte. Il finirait peut-être par aimer cette voiture, se dit-il, s'il pouvait jamais se résoudre à être infidèle à sa Caddy. L'idée de sortir en bateau commence à lui trotter dans la tête. Si le temps se lève. Conduire jusqu'à la marina, essuyer les sièges, sortir faire une petite balade. Peut-être jusqu'à Calusa Bay, et puis rentrer. Une demi-heure aller, une demi-heure retour. Si le ciel se dégage.

À 4 heures, vous n'auriez jamais cru qu'il avait plu. C'est comme ça à Calusa, au mois d'août. Le déluge, et puis plus rien, et la chaleur qui est toujours là, même si les champs scintillent de leur vert émeraude sous le soleil qui commence à baisser, sous le ciel balayé du dernier de ses nuages. Il demande à Jessie si elle aimerait venir avec lui en bateau, mais elle lui répond que non...

– Elle n'aime pas beaucoup le bateau, explique-t-il à Matthew. Elle n'a jamais vraiment appris à le manœuvrer, elle n'a jamais vraiment aimé se promener sur l'eau...

... et il refait toute la route dans l'autre sens jusqu'à Calusa. Il faut une vingtaine de minutes, à cette époque de l'année, pour aller de la ferme à la marina, porte à porte. En hiver, quand les touristes sont descendus du Nord et que les routes sont encombrées, il faut compter une demi-heure, parfois près de trois quarts d'heure. C'est à ce moment-là qu'il aimerait bien avoir une petite maison au bord d'un canal suffisamment profond, avec son bateau juste devant, pour sortir quand il en aurait envie. Pour aller et venir à sa guise. Libre. Mais il doit s'occuper de la ferme, naturellement, c'est son affaire, son gagne-pain. Il est fermier. La ferme, c'est ce que son père lui a laissé. Sa sœur de Tampa a reçu les lotissements de maisons mobiles et son frère de Jacksonville les immeubles de rapport. La ferme est très rentable, Leeds n'a jamais regretté de l'avoir reçue en partage.

La marina est un peu à l'écart de la rue Henley, juste après l'énorme entrepôt de jouets. Vous descendez le boulevard Tamiami en direction du sud, vous tournez à droite pour prendre la rue Henley et vous faites le tour du Domaine Twin Tree avant de vous engager sur la petite route de terre qui mène à la rivière. Charlie Stubbs appelle sa marina Riverview.

En fait, ce n'est pas une vraie rivière, plutôt un gros ruisseau, c'est tout. On l'appelle Willowbee Creek. Parfois, l'eau est si basse qu'on ne peut remonter qu'en canot pneumatique. Il faut que je me renseigne sur la marée, je vais téléphoner à Charlie, lui demander comment ça se présente, est-ce qu'il y a assez de fond ? Pas de problème en ce moment, juste après la pluie, et ce sera bientôt la marée montante, et son bateau ne fait qu'un mètre de tirant d'eau.

C'est un Mainship Mediterranean de douze mètres. Avec ses deux moteurs fixes Crusader à refroidissement par eau en circuit fermé, le Med est capable de taper près de trente nœuds, mais Leeds ne l'a jamais poussé jusque-là. Il aime ce bateau presque autant qu'il aime sa Caddy. Pour lui, son bateau, c'est le luxe. Il faut le croire en tout cas, parce qu'il lui a coûté près de 145 000 dollars. La Caddy est une vieille chaussure confortable, mais le bateau est une pantoufle de vair incrustée de diamants.

Un de ces après-midi.

Matthew sait exactement de quoi parle Leeds : il est sorti lui aussi en bateau par un jour semblable à celui que décrit Leeds, le ciel d'un doux bleu pastel, l'eau calme et lisse, verte avec des reflets mordorés, un oiseau qui crie quelque part sur la droite, brisant le silence, l'écho de son cri qui s'envole puis s'évanouit. Et à nouveau, le calme. À peine troublé par le bruit des moteurs du bateau qui tournent au ralenti.

Les deux rives de la rivière sont bordées de mangroves qui se reflètent dans l'eau. Plus loin, confondus dans le paysage, des palmiers nains, des sabals, de vieux arbres croulant sous les plantes grimpantes. Le bateau glisse sur l'eau. Un grand héron bleu guette sur la rive, soulevant délicatement ses pattes filiformes, l'une après l'autre. Des pancartes sur des pieux plantés de travers dans l'eau. ÉROSION DES BERGES. Il glisse. Il glisse. VITESSE RÉDUITE. Comme partout sur les voies navigables d'Amérique.

Leeds est debout derrière la roue, il sourit. Jean, T-shirt, joggeurs, casquette de nylon ajourée qu'on lui a donnée gratuitement il y a deux, peut-être trois ans, quand la *Brasserie Brechtmann* poussait très fort sa nouvelle Golden Girl Light. La casquette est jaune, avec deux *B* entrecroisés – *Brasserie Brechtmann* – dos à dos dans un cercle au-dessus de la visière. Parfaite pour faire du bateau. Leeds la met chaque fois qu'il sort. S'il fait un peu frais, il emporte aussi un coupe-vent jaune qu'il a acheté chez Sears. Mais il ne fait pas frais aujourd'hui. Une journée normale pour le mois d'août, insupportablement chaude et humide. Mais sur l'eau, c'est d'une beauté à couper le souffle.

Il déteste rentrer quand il est en bateau.

Il fait tout le chemin jusqu'à la baie de Calusa, passe lentement sous le grand pont, fait un large virage sur l'eau pratiquement déserte. Il se sent absolument seul au monde. Seul avec Dieu. Qui est extrêmement bon pour lui. Et il oublie, pour un petit moment au moins, qu'il y a autre chose dans le monde que la paix et la solitude.

Il est de retour à la marina à 6 h 20, puis reprend la Maserati pour rentrer. Il arrive chez à lui 7 heures moins le quart, à peu près. Pete rentre des champs, il lui fait signe de son tracteur et Leeds lui répond. Pete Reagan – aucun lien de parenté avec l'ancien président que Leeds *déteste,* soit dit en passant – est son contremaître, l'un des trente-six employés permanents de Leeds et de sa femme, un rouage indispensable dans ce qui est devenu une vaste entreprise, très profitable, depuis la mort d'Osmond Leeds, il y a six ans.

Au dîner, ce soir-là, Jessie a demandé à la cuisinière qui fait aussi office de femme de ménage, Allie – la femme de Pete –, de faire du homard bouilli, du maïs et une salade composée. Maïs de la ferme, comme la laitue, maïs cultivé à petite échelle, à la différence des tomates qui garniront aussi la salade. Ils prennent place pour dîner sous une véranda grillagée qui donne sur la piscine. La chaleur est étouffante, mais l'eau rafraîchira un peu l'air s'il devient irrespirable, et la bière bien fraîche dans les grands bocks givrés fait oublier la canicule. Et puis, Leeds est d'avis – et Jessie est d'accord avec lui sur ce point – que le homard doit se manger dehors, autour d'une longue table de bois.

Encore une belle journée pour Stephen Leeds.

Dieu est toujours bon pour lui.

– Quand êtes-vous ressorti avec le bateau ? demanda Matthew.

– Avec le bateau ? Qu'est-ce que vous voulez dire ?

– À quelle heure dans la nuit êtes-vous ressorti en bateau ?

– Je ne suis pas ressorti.

– Vous n'êtes pas allé à Riverview...

– Non.

– ... avec la voiture de votre femme...

– Non, pas du tout.

– Vous n'avez pas téléphoné à Charlie Stubbs... ?

– À Charlie ? Non. Et pour quoi faire ?

– Pour lui dire que vous alliez prendre le bateau et faire une petite balade au clair de lune...

– Une petite *balade* au clair de lune ?

– Une petite balade au clair de lune, exactement. Charlie Stubbs affirme que c'est ce que vous...

– Il se trompe.

– Vous ne lui avez pas téléphoné ?

– Je ne lui ai pas téléphoné.

– Vous ne lui avez pas dit de ne pas se faire de souci s'il entendait quelqu'un faire démarrer le bateau...

– Je vous dis que je ne lui ai pas téléphoné.

– Il affirme que vous l'avez appelé vers 9 heures.

– Non, j'étais déjà au lit.

– D'après lui, vous êtes arrivé à la marina vers 10 h 30...

– Je vous l'ai dit, il se trompe. Ou il ment. Jessie et moi, nous avons pris un verre après le dîner, puis nous nous sommes mis au lit et nous avons regardé le film. J'ai dû m'endormir, parce que tout ce dont je me souviens ensuite...

On frappe violemment à la porte. La sonnette. Le bruit des coups et la sonnette se confondent. Leeds s'extirpe des brumes de son sommeil, ouvre les yeux et voit Jessie qui enfile une robe de chambre. Le soleil entre à flots par la fenêtre de la chambre. La sonnette et les coups s'arrêtent subitement. Tandis que Jessie sort en courant de la chambre, il entend des voix au rez-de-chaussée. Puis Allie l'appelle, en bas de l'escalier.

– Monsieur ? C'est la police.

Deux, un plus grand que l'autre.

Un flic blanc et un flic noir.

– C'est votre portefeuille ? C'est votre portefeuille ? C'est votre portefeuille ? C'est votre portefeuille ?

C'est son portefeuille.

C'est effectivement son portefeuille.

Dieu a cessé d'être bon pour Stephen Leeds.

L'inspecteur s'appelait Frank Bannion et il travaillait pour le parquet général depuis trois ans déjà. Auparavant, il était dans la police de Calusa. Plus tôt encore, simple agent en uniforme, à Detroit. Il racontait à tous ses collègues qu'il avait fait des recherches pour Elmore Leonard, à Detroit. La vérité, c'est que Leonard traînait ses savates au commissariat, posait des questions, essayait de s'imbiber de l'atmosphère pour un de ses romans. Un jour, il avait posé quelques questions à Bannion, et Bannion lui avait donné quelques réponses. Ce qui l'autorisait maintenant à se pavaner comme s'il était le coauteur de ce foutu livre, avec son bon vieux copain Leonard.

Bannion était également très fier d'avoir encore toutes ses dents et tous ses cheveux. Il disait à qui voulait bien l'entendre que tous les hommes de sa famille – son père, ses frères, ses cousins du côté de son père – avaient perdu leurs cheveux et leurs dents à quarante ans. Bannion avait quarante-deux ans, et il avait encore toutes ses dents et tous ses cheveux. Ce qu'il attribuait au fait qu'il avait un jour mordu un cambrioleur aux fesses. Le cambrioleur sortait par la fenêtre quand Bannion l'avait ceinturé, puis mordu. Il avait des photos des marques de ses dents sur les fesses du cambrioleur pour le prouver, car l'avocat de la défense avait essayé d'obtenir le non-lieu en démontrant que Bannion avait fait preuve de brutalité excessive lors de l'arrestation.

Bannion racontait à Patricia Demming ce qu'il avait appris à la marina Riverview. Patricia l'y avait envoyé car Stephen Leeds avait répondu aux inspecteurs venus l'arrêter, Bloom et Rawles, qu'il avait peut-être laissé son portefeuille sur son bateau quand il était allé se promener dans l'après-midi du triple meurtre. Patricia voulait savoir si Leeds était vraiment sorti en bateau. Car a) si ce n'était pas le cas, il n'aurait naturellement pas pu y oublier son portefeuille, et b) si ce n'était pas le cas, alors il mentait, et s'il mentait sur ce point, alors il pouvait mentir aussi sur le reste. Du moins, c'est ce qu'elle tenterait de faire croire aux jurés.

Et on lui disait maintenant qu'il avait pris son bateau *deux fois* ce jour-là.

– C'est ce que Stubbs m'a dit, expliquait Bannion. Charlie Stubbs, le propriétaire de la marina, soixante-deux ans, un type avec des poils gris partout, Jonas dans sa baleine.

– Il vous a dit que Leeds était sorti *deux fois* en bateau ?

– Deux fois, confirma Bannion. La première fois dans l'après-midi, vers 4 h 30, la marée était encore bonne, la deuxième fois le soir, vers 10 h 30, quand la marée commençait à monter, ce qui veut dire qu'il a pu entrer et sortir sans problème.

– Est-ce que Stubbs l'a vu les deux fois ?

– Il l'a vu les deux fois. Il lui a parlé la première fois, mais pas la seconde, le soir.

– Vous avez l'impression qu'on peut lui faire confiance, comme témoin ?

– Vous feriez confiance à ma mère ?

– Tout à fait, mais je vous parlais de Stubbs ?

– Puisque vous me demandez, oui, totalement. Sobre, pas bête, très bon témoin si vous voulez mon avis.

– Et de quoi ont-ils parlé ?

– En fait, ils ont parlé *deux fois.*

– Je croyais que vous m'aviez dit...

– Trois fois, en réalité.

Patricia le regardait.

– Il arrive dans l'après-midi, il stationne sa voiture, il s'arrête au bureau de la marina pour dire à Stubbs qu'il va sortir en bateau, il discute le coup un petit peu, il parle de la chaleur et puis il s'en va. Stubbs le voit remonter la rivière et prendre le canal à droite, c'est-à-dire qu'il met le cap au nord en direction de la baie de Calusa. Il revient vers 6 heures, rediscute avec Stubbs, lui dit que c'était drôlement beau là-bas, seul au milieu de la nature avec Dieu et tout le tremblement. C'était la deuxième fois.

– Et la troisième ?

– À 9 heures du soir. Stubbs est toujours dans le bureau de la marina, en train de faire sa comptabilité, le téléphone sonne, Leeds au bout du fil. Il dit à Stubbs que c'est une bien belle nuit, qu'il a envie de faire une petite balade au clair de lune, qu'il ne veut pas...

– Ce sont bien ses mots ?

– Exactement. Il y avait de la lune le jour du triple meurtre, en passant.

– Parfait...

– Il dit à Stubbs de ne pas se faire de souci s'il entend le bateau sortir...

– C'est bien l'expression qu'il a utilisée ? Se faire du souci ?

– Oui, répondit Bannion en la regardant d'un air étonné. C'est important ?

– J'aime savoir ce que disent exactement les gens.

– Et c'est exactement ce qu'il a dit. Se faire du souci. Ou plutôt, c'est exactement ce que Stubbs a dit qu'il avait dit.

– Je comprends.

– Comme de fait, Leeds débarque à 10 h 30. Stubbs est rentré chez lui, il habite dans une petite maison à côté des hangars où on remise les bateaux sur des remorques. Il voit la voiture arriver...

– Quelle sorte de voiture ?

– Une Maserati. Stubbs m'a dit que c'était celle de la femme de Leeds. Il a d'ailleurs vu son nom sur la plaque d'immatriculation. Une Maserati rouge.

– Qu'est-ce qu'il y a exactement sur cette plaque ?

– Le nom de sa femme, Jessie, avec le numéro un.

– En toutes lettres ? Je veux parler du numéro.

– Je ne lui ai pas demandé.

– Il faudra lui demander. Et puis vous vérifierez avec le Service d'immatriculation.

– D'accord. Bon, Leeds sort de la voiture et va tout droit vers son bateau...

– Le nom du bateau ?

– *Felicity.*

– Un peu cucul, non ?

– Oui.

– Est-ce que le bateau est amarré par l'arrière ?

– Non. Pas quand j'étais là.

– Alors, Stubbs n'a pas pu voir le nom du bateau sur le tableau arrière, nous sommes bien d'accord ?

– De sa maison, vous voulez dire ? Non, je ne crois pas. Il était allé chercher une bière dans la cuisine lorsque Leeds est sorti en marche arrière. Les fenêtres de la cuisine donnent sur le quai, mais je ne crois pas qu'il a pu voir le nom.

– Ce que je cherche...

– Je vous suis. Vous voulez savoir si Stubbs a bien vu Leeds monter à bord d'un bateau appelé *Felicity,* plutôt qu'un autre type qui serait grimpé sur un *Lucky Lady* ou un *Étoile de mer.*

– Précisément.

– Je vais retourner là-bas, étudier le terrain pour savoir exactement ce qu'on peut voir et reparler au propriétaire.

– En plus, si Stubbs n'a pas parlé à Leeds...

– Oui... comment pouvait-il savoir que c'était Leeds et pas quelqu'un d'autre ?

– Est-ce qu'il vous l'a dit ?

– Il m'a dit que c'était Leeds.

– Mais comment savait-il que c'était Leeds ?

– La casquette. Et le blouson.

– Quelle casquette ? Quel blouson ?

– Une casquette que Leeds met toujours pour faire du bateau. Une casquette jaune, un gadget publicitaire qu'une compagnie de bière distribuait un peu partout il y a quelques années. Il la met tout le temps.

– Et le blouson ?

– Un coupe-vent jaune. Pressions sur le devant et aux poignets. Leeds l'avait le soir du triple meurtre.

– Obtenez un mandat de perquisition cet après-midi...

– Impossible avant lundi, quand le tribunal...

– Non, aujourd'hui. Débrouillez-vous pour trouver un juge...

– Ils n'aiment pas qu'on les dérange le samedi, mademoiselle Demming.

– Et moi, je n'aime pas qu'on fasse disparaître des pièces à conviction le samedi.

– Je sais d'où vous venez, mais...

– Il y a certainement quelqu'un de garde au palais de justice...

– Je vais essayer, mais...

– Ne vous contentez pas d'essayer, Bannion. Faites ce que je vous dis.

– Oui, madame.

– Ensuite, vous irez à la ferme et vous me ramènerez le blouson et la casquette.

– Oui, madame.

– À moins que sa femme ne les ait déjà brûlés.

– Patricia Lowell Demming, récitait Andrew, trente-six ans...

– Elle a l'air plus jeune, dit Matthew.

– Née à New Haven, dans le Connecticut, où son grand-père était juge à la Cour supérieure. Lowell Turner Demming. Ça vous dit quelque chose ?

– Non. C'est de là que vient son deuxième nom ?

– Sans doute. Mais Lowell veut dire « bien-aimé » en vieil anglais, si vous me permettez. Ce qui signifie peut-être que c'est remplis d'adoration que ses parents lui choisirent son nom...

– Effectivement...

– Elle a compris qu'elle allait se consacrer au droit quand elle a vu, à l'âge de sept ans, Gregory Peck dans *To Kill a...*

– Et où as-tu trouvé ça ?

– Dans une interview qu'elle a donnée au *Herald Tribune* lorsqu'elle est entrée au parquet général.

– C'est-à-dire quand ?

Andrew releva ses lunettes sur son front et consulta ses notes. Avec ses lunettes, il avait l'air d'un érudit, presque d'un juge. Avec les lunettes sur le front, il ressemblait plutôt à un jeune reporter qui fait les chiens écrasés. Cheveux foncés et bouclés, yeux bruns, nez aquilin, bouche un peu androgyne avec une lèvre supérieure mince et une lèvre inférieure charnue. Cynthia Huellen avait dit une fois à Matthew qu'Andrew lui rappelait Mick Jagger. Et Matthew avait répondu qu'il ne voyait pas de ressemblance. *Sexuellement,* avait précisé Cynthia qui s'était remise à taper sur son clavier.

– Elle est arrivée ici juste avant Noël, répondit Andrew.

– Et où était-elle avant ça ?

– J'ai classé mes informations par ordre chronologique. Ce serait plus facile si...

– D'accord, comme tu voudras.

– Achève ses études secondaires à seize ans...

– Donc, elle n'est pas trop bête.

– Pas du tout. Yale University pendant deux ans, se fait foutre à la porte un beau printemps pour avoir fumé de la marijuana pendant un cours.

– Plutôt bête.

– Tout à fait. Puis Brown University, excusez-moi du peu, d'où elle sort avec tous les honneurs. Un seul incident là-bas...

– Encore la mari ?

– Non, non. Pugilat, à coups de poing. Avec un joueur de football qui l'avait appelée Pat.

– Et où as-tu trouvé ça ?

– Brown University m'a faxé un article du journal des étudiants. L'incident fait d'elle une célébrité. Apparemment, ce malotru... c'est le mot qu'elle utilise, *malotru...*

– Joli, *malotru.*

– Très. Ce *malotru* s'approche d'elle et lui dit : « Salut, Pat, je m'appelle... », *paf !*, le bouchon saute et elle le tabasse. Elle déclare plus tard au journal des étudiants que *patte* est le membre servant à la marche chez l'animal, ou encore celui qu'il utilise pour serrer la pince d'un être humain, ou encore que *Pat* pouvait être une forme convenable pour s'adresser à un copain complètement bourré, écrasé devant un bar, mais que *Pat* n'était en *aucun cas* une façon d'appeler quelqu'un qu'on ne connaissait pas, lorsque son nom était en fait Patricia qui, incidemment, veut dire « de la noblesse » en latin.

– Elle a vraiment dit ça ?

– Pas le commentaire sur la noblesse, qui est tout de mon cru. Mais le reste, oui, tout à fait. Je cite textuellement le *Brown*

Daily Herald. Et elle a ajouté que même un autre surnom mieux choisi l'offenserait tout autant.

– Susceptible.

– C'est le moins qu'on puisse dire. Ensuite, elle fait son droit à New York...

– Et collabore à la *Law Review,* naturellement, enchaîna Matthew en levant les yeux au ciel.

– Eh bien non, contre toute apparence. Sort dans les dix premiers de sa promotion. Reçue au barreau de la Californie trois ans plus tard, immédiatement engagée par un cabinet du nom de Dolman, Ruggiero, Peters & Dern. Ça vous dit quelque chose ?

– Non, rien.

– Y reste deux ans, s'y fait surnommer la Méchante Sorcière de l'Ouest, sobriquet que lui vaut apparemment son comportement dans le prétoire. De là, elle repart à New York et entre chez Carter, Rifkin...

– ... Lieber & Loeb. Des bulldozers, ces gens-là.

– Apparemment. C'est là qu'elle s'est fait sa réputation.

– Réputation de quoi ?

– D'avocat *totalement* impitoyable. Droit pénal uniquement. Elle défend avec succès des cadres corrompus de sociétés pétrolières, des boss de la Mafia, des trafiquants de drogue colombiens, des spécialistes de la fraude fiscale...

– Et des assassins ?

– Trois. Des cas difficiles, là aussi. Par exemple, une femme accusée d'avoir étranglé son bébé de six mois dans son berceau.

– Et elle a trinqué de combien ?

– Rien du tout. Elle demande l'acquittement... et elle l'obtient.

Matthew le regardait.

– Redoutable petite madame, dit Andrew en hochant la tête.

– Et comment fonctionne-t-elle au tribunal ?

– Beaucoup de panache, séductrice, agressive, inlassable et implacable. Une seule erreur, et elle frappe à la jugulaire.

– Bien. Elle passe ensuite de l'autre côté de la barrière ?

– Quitte Carter, Rifkin pour le parquet général de New York, y travaille trois ans, puis vient s'installer ici, en Floride. Apparemment, elle n'arrivait pas assez vite là où elle voulait aller.

– Et où veut-elle aller ?

– Washington, j'ai l'impression. Tôt ou tard. En prenant la politique floridienne comme tremplin.

– Comme son patron.

– On ne peut rien vous cacher.

– Qui lui a confié ce dossier parce qu'il a de plus gros poissons à pêcher. Tu n'as rien vu là-dessus dans le journal, non ?

– Non. Qu'est-ce que je dois chercher ?

– Je n'en sais rien, à vrai dire. Et tu m'as trouvé un interprète ?

– Oui.

– Parfait. Je voudrais que tu vérifies la durée de *Casablanca.*

– *Casablanca...* oui, mon capitaine.

– Et l'horaire des marées pour la journée des meurtres.

– Oui, mon capitaine, l'horaire des marées.

– Comment s'appelle l'interprète ?

Mai Chim Lee avait été évacuée de Saigon en avril 1975, dans le chaos et la confusion. Elle avait quinze ans à l'époque. Elle se souvenait de son père qui l'emmenait à toute vitesse à l'ambassade, dans des rues grouillantes de monde, dans un tintamarre assourdissant, sa main moite blottie dans celle de son père, elle se souvenait de lui qui la déposait dans les bras d'un sergent américain noir, de l'hélicoptère qui décollait, des gens qui s'accrochaient aux patins, qui essayaient désespérément de se cramponner.

Elle n'avait pas revu son père depuis ce jour-là. Il était interprète pour les Américains ; les Viets l'avaient exécuté dès qu'ils avaient occupé Saigon. Elle était sans nouvelles de sa mère. Peut-être l'avaient-ils tuée, elle aussi. Elle n'en savait rien. Trois années plus tard, quand Mai Chim avait dix-huit ans, sa mère avait cessé de répondre à ses lettres. Un mot d'une voisine, une femme qu'elle appelait tante Tan, lui avait simplement annoncé que sa mère était partie, elle ne savait pas où. Mai Chim s'imaginait le pire.

Elle se souvenait de sa mère comme d'une femme qui souriait toujours. Parce qu'elle était heureuse, pensait-elle. Elle se souvenait de son père comme d'un homme strict et sévère qui lançait les théières par terre si le thé n'était pas prêt à temps. Mais il avait réussi à la faire grimper dans cet hélicoptère. À son tour, Mai Chim travaillait occasionnellement comme interprète, mais sa principale occupation était la comptabilité.

Elle avait raconté son histoire à Matthew tandis qu'ils roulaient dans sa voiture de location vers la Petite Asie, le samedi en fin d'après-midi.

Elle lui avait dit aussi que son vrai nom était Le Mai Chim, et que son nom de famille Le – l'un des trois plus courants dans son pays natal – descendait fièrement de la dynastie fondée au XVe siècle, que le deuxième nom Mai signifait « demain » et que son nom à elle, Chim, voulait dire « oiseau ». Ses deux frères aînés, Hue et Nac, avaient été soldats dans l'armée de la République du Viêt-nam du Sud. Tous les deux étaient morts au cours de l'offensive du Têt en 1968.

Mai Chim Lee – au bureau on l'appelait « Mary », mais elle préférait son vrai nom – était en Amérique depuis cinq ans, ballottée d'une institution publique à une autre, quand elle avait fini par voler de ses propres ailes. À vingt ans, elle avait quitté Los Angeles et traversé presque tout le pays en autocar pour s'installer enfin en Floride – d'abord à Jacksonville, ensuite à Tampa, et finalement ici, à Calusa.

Elle avait maintenant trente et un ans. Elle parlait tout à fait couramment l'anglais, mais il y avait encore un léger chantonnement dans sa voix et il lui arrivait parfois d'utiliser de travers certaines expressions idiomatiques ou l'argot. Étrangère dans une ville étrange, pratiquement seule au monde, elle s'habillait comme une Américaine – ce jour-là, talons hauts, tailleur de lin couleur paille qui faisait ressortir ses cheveux noirs lustrés et ses yeux brun foncé –, mais elle se déplaçait comme si elle marchait gracieusement et délicatement dans des sandales, sur les pavés d'un vieux village, une ombre de tristesse dans ses yeux.

Elle n'habitait pas la Petite Asie.

Elle louait une maison sur Sabal Key, une petite île.

Les gens de son quartier, expliquait-elle, étaient surtout des nouveaux venus. La plupart travaillaient dans la restauration comme plongeurs, aides-serveurs ou serveuses. Beaucoup avaient aussi de petits boulots d'ouvriers non spécialisés dans des ateliers où on les payait au salaire minimum, ou moins si le patron pouvait truquer ses registres. Dix ou douze personnes habitaient souvent ensemble dans ces petites maisons de bois destinées en principe à une seule famille, construites à la hâte au début des années vingt, à l'époque où une importante conserverie de poisson de Calusa employait des Noirs de Géorgie et du Mississippi venus y travailler pour une bouchée de pain.

Les baraques dont les peintures vives étaient maintenant fanées et s'écaillaient, certaines vertes, d'autres rouges, toutes perchées sur des pilotis car les inondations étaient fréquentes à Calusa, même à cette distance du golfe, étaient semées au hasard sur une sorte de grand terrain vague. Il fallait absolument avoir une auto pour se déplacer ; il y avait bien un service de transports en commun, mais les bus étaient rares et parfaitement imprévisibles. L'une des premières choses qu'achetaient ces gens en arrivant était une auto, pour pouvoir se rendre au travail, généralement en se cotisant à plusieurs pour faire l'acquisition d'une épave aussi fatiguée que les bicoques où ils habitaient.

Mai Chim se demandait pourquoi tant de pauvres avaient des autos d'un bleu lavé par le soleil. Toujours une couleur délavée. Toujours le bleu. Curieux phénomène. Sur ses lèvres, le mot prenait une petite allure orientale : *Phinomine*. Elle sourit en le prononçant. Un phénomène. Son sourire éclairait tout son visage. Et ses yeux bruns dansaient de plaisir. Matthew s'imaginait sa mère avec ce même sourire, à une époque moins dangereuse, plus innocente.

Tran Sum Linh, l'un des hommes qui prétendaient avoir vu Stephen Leeds la nuit du triple meurtre, vivait dans une de ces baraques avec sa femme, son fils de six ans et trois cousins – deux hommes et une femme, cousine par mariage seulement – récemment arrivés de Houston, au Texas. Trente-sept ans, ancien lieutenant dans l'armée du Viêt-nam du Sud. Il avait fui son pays en bateau et s'était réfugié à Manille peu de temps après la chute de Saigon. Il était sûr d'être arrêté et exécuté s'il revenait un jour dans son pays. Et il essayait de se débrouiller ici, tant bien que mal. Il travaillait dans un supermarché du centre commercial South Dixie, à empiler et rafraîchir fruits et légumes, moyennant un salaire de quatre dollars et vingt-cinq cents de l'heure. Il n'aimait pas du tout se trouver mêlé au meurtre de trois de ses compatriotes, mais il savait que son obligation était de dire la vérité. Et c'est ce qu'il expliquait à Mai Chim dans leur langue ; il ne baragouinait que quelques mots d'anglais.

Ils étaient assis devant la bicoque de Tran, lui sur le petit escalier qui menait à la porte, Mai Chim et Matthew sur des chaises pliantes qu'il avait apportées. Chaussé de sandales à lanières, Tran portait un short gris et un T-shirt blanc Disneyworld sur lequel se dressaient les minarets de Fantasyland. Matthew était en costume-cravate ; il se trouvait parfaitement ridicule ainsi habillé, sous cette chaleur.

– Il était 11 heures, peut-être un peu plus, disait Mai Chim. Il faisait très chaud, vous savez, ce soir-là...

... Elle traduisait simultanément, et apparemment littéralement à en juger par ses phrases un peu gauches.

– ... presque comme les nuits de mon pays pendant la mousson d'été, la saison des pluies, vous savez ? La pluie...

... est plus forte de juin à novembre, quand les typhons soufflent de la mer de Chine méridionale. Mais il y a une mousson d'hiver et une mousson d'été, jamais de saison vraiment « sèche », c'est une question de degré. Le Viêt-nam se trouve au-dessous du tropique du Cancer et le climat est donc chaud et humide toute l'année, environ vingt-sept degrés, à peu près tout le temps, et beaucoup de pluie à longueur d'année, sauf en avril et en mai.

– Le Viêt-nam est un pays tropical, vous savez. Alors nous

avons des moustiques, des tiques et des sangsues, comme en Malaisie. Et aussi des crocodiles, des pythons, des cobras, des tigres, des léopards et des chiens sauvages...

Dans le delta du Mékong, là où Tran avait grandi, puis s'était battu à l'âge adulte et même encore adolescent, la terre demeure extrêmement fertile et bien cultivée. Le père de Tran, agriculteur, comme son père avant lui et Tran après, cultivait le riz. Leur petit village – sur une levée de terre tout près d'une rivière, la Song Vam Co – se composait de maisons de bambous couvertes de chaume, alignées le long de rues étroites qui se coupaient à angle droit. Tout le village était entouré d'une clôture de bambou. Pendant la mousson d'été, à la saison des inondations, les seuls endroits à sec étaient les levées et les digues. Dès que la pluie cessait, la famille sortait pour s'occuper du petit potager. Souvent, quand la nuit était chaude et humide, Tran allait s'asseoir au-dessus des rizières inondées pour contempler les montagnes, au-delà de Saigon, et il rêvait de sagesse éternelle, de richesses inimaginables. Et par une nuit très semblable, ici, à Calusa, Floride...

Il était assis dehors avec sa famille depuis, oh, depuis sans doute près de deux heures, vous savez... Sa femme – son aînée de deux ans, mais c'est un heureux présage d'après l'horoscope – avait déjà mis leur fils au lit. Elle s'était couchée elle aussi parce qu'elle devait être à l'usine à 8 heures le lendemain matin. Tran est assis dehors avec ses trois cousins. Les hommes fument. La femme, pas très jolie, somnole. Un peu plus tard, elle et son mari, l'aîné des cousins de Tran, vont se coucher eux aussi.

Tran et l'autre homme bavardent tranquillement.

La fumée de leurs cigarettes monte dans le noir en décrivant des volutes. Sur la Nationale 41, à moins de deux cents mètres du lotissement, on entend gronder les semi-remorques qui roulent en direction du sud pour prendre l'embranchement de la côte Est, la route qu'on appelle la Piste des alligators, et puis les voitures qui descendent jusqu'à Venise, tout près, ou plus loin vers le sud, à Naples ou Fort Meyers.

La nuit est calme.

Douce.

Demain, il faudra encore s'éreinter pendant des heures pour un salaire de misère. Mais pour le moment, la nuit est calme, douce.

Finalement, le plus jeune des cousins de Tran se lève, bâille et rentre. La contre-porte grillagée claque derrière lui. Tran est seul, assis sur les marches, il réfléchit dans la nuit chaude et encore moite. C'est la pleine lune. Il se souvient de nuits semblables là-bas, des rivières qui s'étendaient jusqu'à l'horizon sous une lune orange haut perchée dans le ciel.

Il fume.

Il rêve.

C'est alors qu'il aperçoit l'homme du coin de l'œil.

Comme un éclair de couleur vive, presque comme si un éclat de lune s'était détaché pour tomber par terre, scintillant un instant, aussitôt disparu.

La maison que Tran et sa famille louent se trouve une rangée à l'est et une maison au sud de celle que partagent les trois hommes qui ont été accusés d'avoir violé la femme du fermier, puis acquittés. Au Viêt-nam, avant la victoire des communistes, les homicides et voies de fait graves étaient assez fréquents, passibles de peines allant de cinq ans de prison à la peine de mort par guillotine héritée de l'occupant français. Tran sait aussi que dans ce pays le viol entre dans la catégorie des voies de fait graves et il est sûr que ce crime est aussi sérieux ici, dans son pays d'adoption.

Il ignore quelle est la position des communistes à présent et il ne peut certainement pas savoir que l'agression sexuelle – comme on appelle poliment le viol dans la très puritaine Floride – est passible d'une peine allant de quinze ans de prison à la mort sur la chaise électrique, selon l'âge de la victime et les circonstances du viol. Mais il est fermement convaincu que tout crime commis par un membre d'un groupe ethnique ou racial retombe sur *tous* les membres de ce groupe, et il est donc heureux de l'acquittement de ses compatriotes. Il ne les connaît que vaguement, mais il pense que ce sont des hommes convenables et travailleurs, ce qui – il l'admet volontiers devant Matthew, par l'intermédiaire de Mai Chim – est peut-être une opinion tendancieuse.

Un autre éclat de couleur dans la nuit.

Tout à coup.

Un éclair de couleur qui attire son regard.

Et qui disparaît de nouveau.

Un homme, certainement grand et large d'épaules, sûrement un *Américain.* Tran est petit et mince, un physique qui n'a rien d'exceptionnel dans un pays où la taille moyenne d'un homme adulte est d'un mètre cinquante-cinq, pour un poids moyen d'environ cinquante-cinq kilos. L'homme qui court vers la maison où habitent les trois hommes fait facilement un mètre quatre-vingts, même plus...

Matthew sent son cœur se serrer...

Et il pèse au moins quatre-vingt-dix kilos...

Matthew réfléchit.

Et il a une casquette jaune, et un blouson jaune...

Le cœur de Matthew est serré comme dans un étau.

– ... il entre dans la maison, traduit Mai Chim, où on a trouvé les trois hommes assassinés le lendemain matin, vous savez ?

Matthew sait.

4

Tôt le lundi matin, 20 août, il faisait déjà chaud et humide. Une légère brume flottait dans l'air. Matthew s'était réveillé avec le soleil, à 7 h 10, et il se baignait dans sa piscine quand le téléphone se mit à sonner. Il grimpa à l'échelle, prit son téléphone modulaire et appuya sur le bouton TALK.

– Allô ?

Il ne pouvait pas être plus de 8 heures moins le quart.

– Monsieur Hope ? C'est moi, Andrew. J'ai les renseignements que vous m'aviez demandés.

– Parfait. Vas-y, Andrew.

– *Casablanca* dure cent trois minutes. Soit une heure quarante-trois, monsieur.

– Parfait...

Leeds lui avait dit qu'ils avaient commencé à regarder la cassette après le dîner. Et il se demandait maintenant si Jessica l'avait regardée jusqu'au bout. Ou bien si, comme son mari, elle s'était endormie avant la fin.

– La marée haute était à une 1 h 30 le lundi après-midi, continuait Andrew, la marée basse à 19 h 54.

Ce qui voulait dire que Leeds avait pu sortir et rentrer avant la marée basse s'il était revenu à la marina vers 6 heures ou 6 h 30. Son histoire tenait debout.

Mais Charlie Stubbs prétendait...

– Ensuite, marée haute à une 1 h 42, mardi matin.

Voilà.

Le bateau avait pu ressortir à 10 h 30, comme l'affirmait Stubbs, quand la mer était étale et qu'il y avait encore suffisamment de fond pour passer. Et s'il était rentré tôt le mardi matin, il avait pu profiter d'une marée presque haute. Matthew ne pouvait donc pas baser sa défense sur les conditions de navigabilité de Willowbee Creek.

– Merci, Andrew. Très utile.

Lorsqu'il arriva à son bureau à 9 heures, un additif à la réponse du parquet sur la demande de communication des pièces à conviction présentée par Matthew l'attendait sur son bureau.

À la question posée par Matthew sur les noms et adresses des personnes possédant des renseignements relatifs aux circonstances de l'affaire, Patricia Demming ajoutait maintenant Charles N. Stubbs à sa première liste de témoins. Ce qui voulait dire qu'elle avait l'intention de lui faire déclarer sous serment qu'il avait vu Leeds sortir en bateau à 10 h 30, le soir des meurtres. Exactement ce que Matthew aurait fait s'il s'était trouvé à sa place. Pas de surprise. Et Matthew avait horreur des surprises.

À la question portant sur l'existence éventuelle de dépositions écrites ou enregistrées des témoins, Patricia ajoutait maintenant copie de la transcription de la déclaration faite par Stubbs à un certain inspecteur Frank Bannion, attaché au parquet général, le samedi 18 août, c'est-à-dire deux jours plus tôt.

À la question portant sur la liste des documents ou objets susceptibles d'être utilisés au cours des procédures préliminaires et du procès, Patricia ajoutait ceci : *Une casquette ajourée de nylon jaune avec un monogramme rouge composé des deux lettres BB entrelacées, ainsi qu'un coupe-vent jaune en nylon avec doublure en polyester.*

Ça, c'était une surprise.

Matthew décrocha son téléphone et demanda à Cynthia d'appeler Jessica Leeds. Elle rappela un instant plus tard pour lui dire que Mme Leeds était au bout du fil.

– Bonjour, fit Matthew.

– Bonjour, j'allais justement vous appeler.

– Quand est-ce qu'ils sont passés chez vous ?
– Vous voulez parler de la police ?
– Oui.
– Tard hier soir.
– Ils avaient un mandat de perquisition ?
– Oui.
– Qui était-ce ? Toujours Rawles et Bloom ?
– Non. Un inspecteur du parquet général.
– Vous savez son nom ?
– Frank Bannion.
– Est-ce qu'il cherchait ce blouson et cette casquette en particulier ?
– Le mandat parlait de pièces à conviction relatives aux faits reprochés ou à leurs résultats.
– Est-ce que le mandat disait quelque chose comme : « Le requérant sollicite un mandat l'autorisant à rechercher expressément... » ?
– Oui. Le blouson et la casquette. Le mandat en donnait une description détaillée.
– Est-ce qu'il précisait également que la perquisition visait la ferme ?
– Oui.
– Et c'est ce Bannion qui a signé comme requérant ?
– Je crois que oui.
– Et qui a délivré le mandat ?
– Un certain Amores, je crois.
– Amor*o*s. Avec un *o*. Le juge Manuel Amoros.
– Oui, je pense bien que c'est ça.
– Ce qui veut dire qu'elle a le blouson et la casquette maintenant.
– Elle ?
– Patricia Demming. L'avocat général chargé du dossier. Dites-moi, madame Leeds, êtes-vous bien sûre que votre mari n'est pas sorti dans la nuit du triple meurtre ?
– Absolument sûre.
– Êtes-vous restée toute la nuit chez vous ?
– Oui. Toute la nuit.

– Vous n'êtes pas sortie vous promener, par exemple, assez longtemps pour que votre mari ait pu...

– Non, j'étais chez moi. Nous étions ici ensemble. Stephen s'est endormi en regardant le film, mais moi je l'ai regardé jusqu'à la fin. Ensuite, j'ai regardé un peu la télévision avant de m'endormir.

– Et vous avez dormi jusqu'au lendemain matin. Tous les deux.

– Oui.

– Jusqu'à ce que la police vous réveille à 9 heures.

– Oui.

– Vous souvenez-vous de quand vous avez vu ce blouson et cette casquette pour la dernière fois ?

– Stephen avait sa casquette lorsqu'il est rentré de sa promenade en bateau, en fin d'après-midi. Avant le dîner.

– Et le blouson ? Il avait son blouson ?

– Non. Il faisait très chaud.

– Où laisse-t-il normalement son blouson ?

– Dans la penderie, à l'entrée.

– Et la casquette ?

– Au même endroit. Sur l'étagère.

– Est-ce que c'est là qu'il a rangé sa casquette lorsqu'il est rentré ce soir-là ?

– Je pense que oui, mais je ne m'en souviens pas vraiment. Il l'avait sur la tête, mais je ne me souviens pas s'il l'a rangée dans la penderie. Je ne savais pas que ce détail pourrait être important. Et pourquoi est-il si important maintenant ? Pourquoi sont-ils venus chercher cette casquette ?

– Parce qu'on prétend qu'il l'avait sur la tête lorsqu'il a commis les trois meurtres.

– Mais ce n'est pas lui l'assassin. Il est resté ici avec moi toute la nuit.

– Vous en êtes sûre ?

– Combien de fois faudra-t-il... ?

– Est-ce que vous avez le sommeil très lourd, madame Leeds ?

– Oui.

– Est-ce que vous vous êtes réveillée pendant la nuit ?
– Non.
– Vous avez dormi profondément toute la nuit ?
– Oui.
– Pouvez-vous dire que vous avez la certitude que votre mari n'est pas sorti du lit pendant la nuit ?
– Eh bien, je...
– Parce que c'est ce que l'avocat général va vous demander, madame Leeds.
– Je ne peux pas dire que j'en aie la certitude absolue, non.
– Donc, il aurait pu sortir du lit...
– Je suppose que c'est une possibilité...
– ... et descendre au rez-de-chaussée pour mettre son blouson et sa casquette jaunes...
– Oui, mais...
– ... et partir ensuite avec votre Maserati...
– Non.
– Pourquoi pas ?
– Je n'ai pas entendu la voiture démarrer. J'aurais certainement...
– Mais vous étiez profondément endormie.
– Oui... C'est vrai.
– Donc vous n'auriez pas entendu la voiture démarrer.
– Je suppose que non.
– Donc vous ne pouvez pas avoir la certitude absolue que votre mari est resté chez vous toute la nuit.
– Mais pour qui travaillez-vous ? lança Jessie d'une voix sèche.
– Pour vous, madame Leeds. Je travaille pour votre mari.
– Je commençais à avoir des doutes.
– Non, surtout pas. Je ne fais que vous poser les questions que l'avocat général va vous poser. Vous êtes son seul alibi. Si l'avocat général peut mettre en doute votre...
– Mon mari n'a pas tué ces hommes ! s'exclama Jessie. J'étais peut-être endormie, d'accord, je n'ai peut-être pas entendu tout ce qui se passait dans cette fichue maison, mais je sais qu'il n'est pas sorti pour aller tuer ces hommes !

– Et comment le savez-vous ?

– Je le *sais,* c'est tout !

– Comment ?

– Parce qu'il...

Elle s'arrêta.

Silence au bout du fil.

Matthew attendait.

– Oui ? dit-il enfin.

– Il...

Un autre silence.

– Oui, quoi donc ?

– Il ne voulait rien savoir de cette idée, répondit enfin Jessie.

– Quelle idée ?

– De les faire tuer.

– Qu'est-ce que vous voulez dire ?

– Je voulais les faire tuer.

Oh non, pas ça, se dit Matthew.

– Je voulais trouver quelqu'un pour les tuer.

Non, vous n'avez pas fait ça, faillit-il lui dire. S'il vous plaît.

– Vous en avez parlé à quelqu'un ?

– Non, naturellement.

– Mais vous en avez parlé à votre mari ?

Répondez-moi non. Répondez-moi que vous n'en avez pas parlé à votre...

– Oui. Je lui ai dit que je voulais... faire ma petite enquête... discrètement. Voir si quelqu'un... si quelqu'un accepterait de tuer ces ordures pour moi. De les éliminer de la surface de la terre. Ces gens-là existent, non ? Des gens qui font ça pour de l'argent ?

– Oui, effectivement...

– Mais Stephen m'a dit que non. Que les hommes qui m'avaient violée auraient ce poids sur leur conscience jusqu'à leur dernier jour. Que c'était le châtiment de Dieu. Et que le châtiment de Dieu suffisait.

Essaie donc de faire avaler *ça* à un jury, pensa Matthew.

– Madame Leeds, votre mari ne semblait pas aussi magnanime au procès. Il...

– Oui, il a craqué, je sais. Mais c'était sous le coup de la colère, et la discussion dont je vous parle a eu lieu beaucoup plus tard.

– Beaucoup plus tard ?

– Le verdict a été prononcé le vendredi. Nous parlons du dimanche.

– La veille des assassinats.

– Oui.

– Oui... répéta Matthew.

Encore un autre silence au bout du fil.

Il réfléchissait. Pourvu que Demming ne tombe pas là-dessus.

– Mon mari n'a pas tué ces hommes. Croyez-moi, je sais que ce n'est pas lui. Il n'aurait pas pu le faire.

Mais Matthew se disait que, justement, il aurait parfaitement pu le faire.

L'endroit s'appelait *Kickers*.

À peine deux mois plus tôt, c'était un restaurant de fruits de mer, *The Shoreline Inn* ; six mois plus tôt, un grill baptisé du nom de *Jason's Place* ; trois mois plus tôt encore, le *Purple Seahorse*, un restaurant qui servait de la cuisine aussi tarabiscotée que sa décoration intérieure où dominaient le violet et le lilas.

Kickers avait ouvert au début de juin, pas le meilleur des mois puisque les touristes s'en vont généralement un peu avant Pâques et que la clientèle locale ne pourrait suffire à faire vivre un restaurant. Pour survivre à la morte-saison, c'est-à-dire l'été, il fallait faire votre blé entre novembre et avril, puis fermer quelques mois, ou bien vous contenter de tirer le diable par la queue jusqu'au retour des oies blanches, les touristes du Nord. Le *Kickers* qui avait ouvert à une date si peu favorable aurait dû suivre la triste tradition de tous ces établissements malchanceux qui s'étaient succédé au même endroit, derrière une façade toujours parfaitement identique à elle-même, tandis que seules l'enseigne et la décoration intérieure changeaient avec une fréquence alarmante.

Curieusement, il semblait pourtant s'en tirer, peut-être parce que le *Salty Pete's* – un bastringue plutôt animé que fréquentaient toute l'année les habitants de Whisper Key – avait eu la bonne idée de brûler de fond en comble juste avant l'ouverture du *Kickers*. Certains prétendaient même que Michael Grundy, le patron du *Kickers*, n'était pas tout à fait étranger au malheureux sinistre qui avait eu raison du *Salty Pete's*, mais ni la police ni les pompiers n'avaient découvert le moindre indice qui puisse faire penser à un incendie criminel.

Planté au bord du canal qui reliait les deux côtes, le *Kickers* était logé dans une grande et vieille bâtisse de planches peintes en blanc. Une énorme terrasse dominait l'eau et un quai qui pouvait accueillir de dix à douze bateaux. C'était naturellement cet emplacement de choix qui avait poussé tant d'hommes d'affaires malheureux à jeter leur dévolu sur un endroit où un ange aurait peut-être hésité à poser le pied. Et avec une vue splendide comme celle-là – le canal qui décrivait une large courbe, le pont de Whisper pas très loin, les bateaux qui ne cessaient de glisser paresseusement sur ces eaux où les plaisanciers ne pouvaient avancer qu'au ralenti pour ne pas éroder les berges –, le mystère, c'était bien de comprendre pourquoi les autres caboulots avaient tous fermé leurs portes les uns après les autres.

Grundy avait opté pour l'atmosphère décontractée du saloon 1920, ayant parfaitement compris que le *Salty Pete's* (avant d'être rasé par les flammes) était son seul concurrent lorsqu'il s'agissait d'attirer la petite foule fidèle des assoiffés du coin. Il avait engagé un troupeau de jeunes serveuses aux minois angéliques – six en tout, quatre installées derrière le long bar de la grande salle à manger, deux derrière le bar circulaire aménagé en terrasse – et les avait habillées de corsages blancs suffisamment échancrés et de jupes noires suffisamment courtes pour enchanter les hommes sans susciter l'ire de leurs femmes. Et pour faire bonne mesure, il avait engagé une horde de jeunes serveurs avenants, ainsi qu'un pianiste avec un sourire à la Gene Kelly, ceux-là habillés d'un pantalon noir et d'une chemise blanche à col ouvert, manches bouffantes retenues par des élastiques rouges. Puis il avait pris toutes les précautions possibles pour être sûr qu'on serve à sa clientèle des consommations généreuses, de la bidoche de première classe, du poisson aussi frais qu'on pouvait en trouver dans les parages, le tout à prix raisonnable. Et avant que vous n'eussiez eu le temps de crier Eurêka, il présidait aux destinées d'un établissement qui avait toutes les apparences d'un saloon, mais où l'on se comportait comme dans un vrai restaurant, attirant la clientèle de jour comme celle des papillons de nuit, celle de terre comme celle de mer. Un grand succès pour Calusa. Et ils étaient rares par les temps qui couraient.

Quand Frank Bannion entra à midi, le lundi, la salle commençait déjà à se remplir pour le déjeuner. Bon nombre des clients ressemblaient à des banquiers venus en voiture de la terre ferme, signe certain de longévité pour l'établissement. Frank stationna sa voiture – fort peu discrètement identifiée par l'écusson du procureur général de la Floride sur les deux portes avant – à côté d'une Lincoln Continental argent qui ressemblait à un gros requin échoué, puis il suivit le son de ce qui lui fit l'effet d'un piano de bordel jusqu'à l'intérieur, vivement éclairé par le soleil, mais pourtant intime, gentil, animé, heureux, le genre de petit coin sympathique qui doit bien exister depuis une centaine d'années et qui durera encore tant qu'on servira de la bonne cuisine et des verres généreux quelque part au royaume de Floride. Pas mal, pour un établissement qui jusque-là avait toujours porté la poisse.

Bannion hocha la tête d'un air satisfait, traversa la grande salle à manger et sortit sur la terrasse où des tables rondes peintes en blanc, protégées par d'énormes parasols bruns, surplombaient l'eau. Un voilier avançait paresseusement un peu plus loin, poussé par le vent. Les bateaux vous donnent toujours envie de partir sur l'eau à l'aventure, se dit Bannion, jusqu'au jour où vous vous trouvez les deux pieds dessus. Il s'assit au bar et commença à tailler une bavette avec la rousse qui prit sa commande, un gin-tonic. Il était ici pour parler de la nuit du triple meurtre. Il pouvait soit abattre ses cartes tout de suite et dire qu'il enquêtait pour le parquet, ou il pouvait prétendre n'être qu'un simple curieux. Parfois, quand vous vous présentiez revêtu de tous les attributs de la Loi, les gens devenaient muets comme des carpes. Mais lorsque vous y alliez tout en douceur, comme une fouine, on vous disait parfois d'aller vous faire foutre. Six chances d'un côté, une demi-douzaine de l'autre. Il décida de montrer son badge.

La jeune fille fut impressionnée.

– Mince ! fit-elle.

Vingt-trois ans, peut-être vingt-quatre, un bronzage étonnant pour une rousse. Bannion se dit que la couleur de ses cheveux devait sortir tout droit d'un flacon. Yeux bruns. Petit nez retroussé. Elle s'appelait Rosie Aldrich, lui dit-elle.

– Je déteste ce nom de Rosie, pas vous ? lui demanda-t-elle.

Elle était venue de Brooklyn pour quelques semaines l'hiver dernier et avait décidé de rester un peu plus longtemps. Elle adorait travailler ici, au *Kickers*. Son truc, c'était d'alterner entre le jour et la nuit, ce qui lui donnait le temps d'aller se dorer sur la plage. Elle adorait la plage. Elle adorait le soleil. Et puis, avec un travail comme ça, elle rencontrait nécessairement un tas de gens intéressants. Comme des enquêteurs du ministère de la Justice, mince alors !

Bannion lui raconta qu'il avait mordu une fois un cambrioleur dans le bas du dos.

Respectueux de sa jeunesse, il n'avait pas voulu dire fesses ou cul.

Il lui montra la photo du derrière du cambrioleur pour lui prouver ses dires. Les marques de ses dents sur le derrière du cambrioleur.

Impressionnée et admirative, la fille secouait la tête.

Bannion lui demanda si elle travaillait dans la nuit du lundi 13 août.

– Pourquoi, qu'est-ce qui s'est passé ?

Yeux bruns, grands comme des soucoupes.

– Enquête de routine. Est-ce que vous étiez de service ce soir-là ?

– C'était quel soir, le 13 ?

– Un lundi.

Il commençait à se dire qu'elle était peut-être légèrement

stupide. Il y avait comme qui dirait quelque chose d'un peu évaporé dans ces yeux bruns. Ou peut-être qu'elle avait pris un petit quelque chose. Ces jeunes d'aujourd'hui, vous croyez qu'ils sont complètement cons, alors qu'en réalité ils sont simplement défoncés.

– Je sais, mais *quel* lundi ?

On était le lundi 20 août. Derrière le bar, un de ces calendriers dont on arrache les feuillets indiquait la date en gros caractères blancs sur fond noir. Alors, quel lundi pouvait bien être le 13, sinon lundi dernier ?

– Lundi dernier, dit-il.

– Ah bon, dit-elle.

Il attendit.

– Et c'était quand, ça ?

– Lundi dernier. Le 13. Lundi soir dernier.

Il était en train de penser que même si elle avait vu quelque chose, Demming ne ferait jamais témoigner une camée pareille.

– Vous étiez de service, ce soir-là ?

– Ouch... Non. Je ne crois pas.

– C'est dommage, dit-il, soulagé.

– Ouais.

– Est-ce que vous savez qui travaillait ce soir-là ? Sur la terrasse ?

– Pourquoi sur la terrasse ?

– Est-ce que vous savez ? répéta-t-il, gentil et patient.

– Je vais demander à Sherry.

Sherry, c'était la brune qui s'occupait de l'autre côté du bar. Grande, un mètre soixante-dix-huit ou un mètre quatre-vingts, pensa Bannion, avec des jambes si longues et des talons si hauts qu'ils en faisaient paraître sa jupe encore plus courte. Elle écouta attentivement ce que Rosie lui disait, puis lança un coup d'œil dans la direction où Bannion était assis, occupé à biberonner son gin-tonic, hocha la tête et s'approcha de lui.

– Ça va ? lui demanda-t-elle.

– Très bien. Je travaille pour le...

– Ouais, Rosa m'a dit. Et c'est à quel sujet ?

L'intelligence brûlait dans ses yeux sombres, Dieu merci ; il détestait les gens stupides. Un nez pointu qui lui donnait l'air d'un renard sur la piste odorante d'une poule. Bouche large, lèvres charnues. Beau châssis, se dit-il. Vingt-sept, vingt-huit ans, dans les parages. Il se demanda si elle savait qu'il avait encore toutes ses dents et tous ses cheveux.

– J'enquête sur un assassinat, expliqua-t-il.

L'impressionner à fond la caisse.

– Ah-ah...

– Est-ce que vous étiez de service ici sur la terrasse lundi dernier, dans la nuit, le 13 ?

– Ah-ah...

Observation. Évaluation. Est-ce qu'il disait la vérité, ou est-ce qu'il essayait un nouveau truc de drague ? Des tas de types lui racontaient sûrement toutes sortes de conneries pour se rendre intéressants. Il ferait sans doute mieux de lui montrer son badge. Ce qu'il fit.

– O.K., dit-elle en hochant la tête.

– O.K. ? dit-il en souriant.

Il était convaincu d'avoir un très joli sourire, vu qu'il avait encore toutes ses dents.

– J'ai dit O.K., non ? dit-elle en souriant elle aussi.

Joli sourire, la demoiselle.

– Alors, qu'est-ce que c'est que cette histoire d'assassinat ?

Dans la matinée, Bannion et l'avocat général avaient étudié ensemble une carte marine et ils avaient conclu que le débarcadère le plus proche de Willowbee Creek était juste ici, au *Kickers*, pas loin de la balise 63. Suffisamment de place, même s'il y avait beaucoup de monde, et il ne devait pas y avoir tellement de monde un lundi soir. Accoster, amarrer le bateau, prendre une voiture, filer jusqu'à la Petite Asie, moins d'un quart d'heure de route. Leeds était certainement descendu ici. Stubbs l'avait vu tourner à gauche, en direction du sud. Le seul autre endroit pour accoster aurait été le Captain's Wheel, près de la balise 38, trop loin au sud pour qu'il ait pu se rendre en voiture sur la scène des meurtres dans les délais que permettaient les conclusions du légiste. Non, Leeds était certainement descendu ici de son bateau, au *Kickers*.

– Étiez-vous ici vers 10 h 30, 11 heures, ce soir-là ?
– Ouais.
– Au bar, ici ?
– Ouais...
– Vous pouvez voir le quai du bar, non ?
– Ouais...
– Je m'intéresse à un bateau qui serait arrivé vers 10 h 30 ou 11 heures. Il serait venu par le canal, de Willowbee Creek.
– Balise 72, dit-elle en hochant la tête.
– Vous vous intéressez aux bateaux ?
– Je suis déjà montée sur quelques bateaux, dit-elle en haussant légèrement les sourcils.

Elle donnait l'impression d'avoir fait des choses fort intéressantes en voguant sur les eaux. Leurs yeux se rencontrèrent. Et Bannion sentit tout à coup qu'il avait une chance de coucher avec cette fille.

– Je connais la balise de Willowbee Creek, dit-elle.
– Le bateau était un Mainstream Mediterranean de douze mètres. Il arrivait de Willowbee et se dirigeait vers le sud. Un bateau blanc avec des bandes noires, le nom *Felicity* peint sur le tableau arrière. Le type qui était à la barre portait sans doute un blouson et une casquette jaunes.
– C'est bien ça, répondit Sherry. Et qu'est-ce qu'il a fait ?

Emma Hailey travaillait dans ce qu'on appelait pompeusement le greffe du palais de justice de Calusa depuis 1947, une époque où la petite ville était pratiquement inconnue des touristes. Aujourd'hui dans la soixantaine bien avancée, Emma se demandait comment ce trou avait jamais pu devenir aussi populaire. En hiver, le temps était pour le moins capricieux. Et en été, il faisait une chaleur insupportable jusqu'à ce que commencent les ouragans, sans un instant de répit. Rien de cette végétation luxuriante qu'on associe aux climats tropicaux, ni de ces couleurs éclatantes qu'on connaît à Atlanta lorsque les magnolias sont en fleurs, ou à Birmingham ou à Tulsa lorsque les azalées s'ouvrent, ou n'importe où dans le Connecticut en été lorsque les hémérocalles éclairent de leurs orange, de leurs rouges et de leurs jaunes les moindres petites routes de campagne. Même au printemps, les fleurs des jacarandas étaient bien pâles par comparaison avec cette exubérante explosion de violets que l'on voit dans pratiquement n'importe quelle rue de Los Angeles à cette époque de l'année.

Ici, vous aviez des bougainvillées apathiques et des hibiscus rachitiques, bien peu de chose comparés à ceux des Antilles. D'accord, les bouquets d'arbres dorés qui fleurissaient au printemps le long de la Nationale 41, près de la Marina Lou's et du pont de Samal Key, étaient assez impressionnants, mais leur foisonnement de couleurs ne durait que le temps d'un feu de paille. La majeure partie de l'année, et particulièrement en été, le feuillage avait toujours l'air poussiéreux ou brûlé à Calusa, et personne ne semblait s'en soucier. Plus facile d'aller à la pêche que d'arroser un jardin. Pourquoi tailler un arbuste quand vous pouvez sauter sur un bateau à moteur ou à voile et sortir dans le golfe ? Et cette insouciance laissait des traces. Calusa ressemblait à une femme élégante dont on aurait vu la combinaison sale et déchirée.

Bref, Emma trouvait que la ville avait l'air un peu souillon.

L'associé de Matthew la trouvait plutôt vulgaire.

Et Matthew se demandait si elle et son associé avaient jamais eu l'occasion d'échanger leurs points de vue.

– Le procès a duré trois semaines, lui disait Emma. Nous avons mille deux cent soixante pages de minutes, ici, vous êtes sûr que vous voulez tout lire ?

– Si ça ne vous dérange pas, répondit Matthew.

– Si vous les portez vous-même, ça m'est égal, répliqua-t-elle.

Emma était bien en chair, cheveux gris, légère claudication. Elle avait toujours boité depuis que Matthew la connaissait. Sans doute un accident d'enfance. Ou peut-être une polio prise trop tard ; il se souvenait avec une certaine surprise que la polio était autrefois un des grands fléaux de l'humanité. Il la suivit dans un dédale de classeurs répertoriés selon un système que seule Emma pouvait comprendre. Des classeurs à l'ancienne mode, en chêne, lourds, solides ; cette fois encore avec une légère surprise, il se souvint qu'à une époque, on utilisait surtout le bois et le métal, plutôt que le plastique. Tout va trop vite, se dit-il. Où était passé le petit gars qui jouait au base-ball sur un terrain vague de Chicago, les cheveux dans les yeux ? Y avait-il encore des terrains de jeux dans les quartiers ?

– Vous trouverez ce que vous cherchez sous le titre *État de Floride contre...*, expliqua Emma. Vous avez les noms des trois hommes ? Ils ont été jugés ensemble, c'est bien ça ?

– Oui, répondit Matthew.

Naturellement, la défense avait essayé d'obtenir la disjonction des instances, de présenter les inculpés individuellement chacun comme un jeune homme un peu perdu, mal habillé, pauvre petit immigrant qui se fait constamment marcher sur les pieds, assis dans son box, les yeux écarquillés. Mesdames et messieurs les jurés, je vous le demande, ce pauvre petit gars, homme timide, réservé, aurait-il jamais pu commettre un viol ? Mais Skye Bannister avait fini par gagner. Les trois avaient été jugés ensemble. Le ministère public avait quand même perdu la partie.

– Ngo Long Khai, dit Matthew en lisant un papier qu'il avait à la main. Dang Van...

– Attendez, attendez, dit Emma. Laissez-moi voir ça, voulez-vous ?

Il lui tendit la feuille. Elle l'examina d'un air consterné en secouant la tête, puis partit en boitant entre deux rangées de classeurs.

– Essayons à Ho. Je crois me souvenir que j'ai tout classé à Ho.

Matthew se demandait bien pourquoi.

Eh oui, les minutes étaient là, *Ho Dao Bat, État de Floride contre*, avec des renvois à Ngo Long Khai et Dang Van Con, coaccusés.

– Je ne peux même pas les soulever, dit Emma.

Elle exagérait, même si le dossier était épais – ou plutôt les dossiers, car les minutes de quelque mille deux cents pages avaient été divisées en quatre liasses plus maniables, sous couvertures de carton bleu pâle retenues par des pinces de laiton. Matthew les sortit une par une du tiroir et les empila sur le classeur, puis referma le tiroir et repartit avec la pile de paperasses sur les bras.

– Merci, Emma.

– Faites-moi signe quand vous aurez terminé, d'accord ? Il faut que j'inscrive l'heure de rentrée.

Il la suivit le long de l'allée. Elle éteignit les tubes fluorescents derrière eux. Les vieux classeurs de chêne s'évanouirent en un clin d'œil, comme relégués dans un passé lointain et silencieux. Devant eux se trouvait une pièce éclairée par de hautes fenêtres sous un plafond à poutres de bois, encore un retour au début du siècle, époque de la construction du palais de justice. Longue table de chêne sur de solides pieds tournés. Un drapeau américain rangé dans son fourreau dans un coin de la pièce. Un portrait de George Washington sur le mur d'à côté. Le soleil de ce début d'après-midi entrait à flots par les fenêtres, donnant à la table des reflets dorés. Des grains de poussière montaient paresseusement dans les rayons obliques de lumière. La salle était parfaitement silencieuse. Matthew se souvint tout à coup de la raison pour laquelle il était devenu avocat.

Seul, il s'assit à la table et ouvrit la première chemise.

Quatre jours avant Noël.

Ici, à Calusa, il fait un temps merveilleux pour cette époque de l'année. Personne ne peut se plaindre d'une température qui oscille autour de vingt-trois, vingt-quatre degrés pendant la journée, puis fraîchit à onze ou douze degrés la nuit. Pas besoin de la climatisation pour dormir, vous ouvrez simplement les fenêtres et vous laissez le vent vous rafraîchir. Pendant la journée, le soleil vous sourit avec bienveillance, et les kilomètres de plages de sable blanc de Calusa sont noirs de touristes qui se font bronzer tandis que vous voyez un peu partout des têtes monter et descendre sur les eaux du golfe. Pas un seul indigène dans l'eau ; pour les Floridiens, c'est l'hiver et il faut être complètement fou pour se baigner en décembre.

Toutes les rues et les parkings sont ornés de décorations de Noël qui semblent parfaitement incongrues sous ce climat. Que viendrait faire le Père Noël dans son traîneau, ici où il n'y a jamais eu de neige ? Pourquoi des rennes sous un climat plus fait pour les alligators ? Et pourquoi le faux bonhomme de neige ne fond-il pas ?

Mais les néo-Floridiens venus de lointaines contrées beaucoup plus septentrionales se souviennent peut-être encore de la morsure de l'air glacial par une belle journée de décembre, avec un soupçon de neige dans l'air, quant à ceux qui sont nés et ont grandi ici, ils ont tous entendu de fabuleuses histoires de Noël sous la neige, la famille ensevelie sous un épais manteau blanc tandis que la dinde rôtit au four et que le feu crépite, et puis tout à coup on frappe à la porte, c'est lui qui arrive, les bras chargés de cadeaux... « Mon fils ! Nous savions bien que tu arriverais à passer ! Joyeux Noël ! »

Et c'est donc ici comme ailleurs la même course maniaque aux cadeaux, ici dans ce pays sous-tropical, comme si l'on se trouvait tout au Nord, au bord d'un lac gelé du Maine. Les arbres de Noël sont festonnés de neige en aérosol ? Et puis après ? Les gens se précipitent dans les magasins en short et T-shirt ? Et puis après ? Dans quatre jours seulement, ce sera le matin de Noël. Et paix sur la terre aux hommes de bonne volonté.

Aux femmes aussi.

Peut-être.

Mais il n'y aura pas de paix sur la terre ce soir pour Jessica Leeds.

Ce soir, Jessica Leeds va se faire violer.

– Le centre commercial ferme à 10 heures. Je...

Les minutes d'un procès-verbal n'ont pas d'âme. Les paroles de la personne qui interroge et du témoin qui lui répond sont réduites à quelque chose qui n'est plus tout à fait une conversation, à un dialogue où manquent les intonations et les nuances. Matthew ne peut que deviner la fureur qui couve sous le témoignage de Jessica Leeds, la colère qu'elle contient.

Elle décrit un restaurant chinois, à côté du centre commercial.

Pas d'âme.

Le restaurant est encore ouvert à 10 heures... un peu après 10 heures, en réalité, quand elle arrive à sa voiture. Elle s'est stationnée derrière le restaurant dont l'extérieur ressemble à une pagode et qui s'appelle en fait *La Pagode*. La voiture est un modèle de luxe, et c'est Noël dans quatre jours. Avec toutes les allées et venues dans ce parking, un pare-chocs cabossé n'aurait rien d'étonnant, elle a donc choisi un endroit désert derrière *La Pagode*, à côté d'une clôture basse devant laquelle s'étend un terrain vague. Alors qu'elle s'avance vers le restaurant, le parking du centre commercial se vide rapidement, à l'exception des voitures stationnées sur plusieurs rangées devant le cinéma, à l'autre extrémité. Il est probablement 10 h 10 quand elle met dans le coffre de sa Maserati les cadeaux de Noël qu'elle vient d'acheter.

Il y a de la lumière derrière le restaurant chinois. L'endroit n'est certainement pas *très* éclairé, mais il y a suffisamment de lumière pour qu'elle se sente en sécurité. En plus, il y a de la lune. La lune n'est plus tout à fait pleine, elle vient de commencer à décroître. De toute façon, il est à peine 10 heures, on n'est pas en pleine nuit, et Calusa n'est pas le genre de ville où une femme seule doit avoir peur d'ouvrir la porte de sa voiture dans un parking suffisamment éclairé, derrière un restaurant qui lui est très bien éclairé, quand il y a de la lune, un jeudi, quatre jours avant Noël. Et puis, trois hommes sont debout derrière le restaurant, en train de fumer. Les trois en bras de chemise. Avec de grands tabliers blancs. Des employés du restaurant. Elle ouvre la porte de sa voiture, la referme, met le loquet, allume les phares, démarre et recule en s'éloignant de la clôture basse. C'est alors qu'elle se rend compte qu'elle a un pneu à plat.

Elle dit cela à l'avocat général et elle le répète plusieurs fois aux avocats de la défense qui viennent s'en prendre à elle l'un après l'autre pour essayer de faire apparaître une incohérence dans son histoire. Dans le procès-verbal, chaque avocat est identifié au début, lorsqu'il commence son contre-interrogatoire, puis la transcription repasse à la forme d'une simple succession de Q et de R, pour qu'il ne soit pas nécessaire chaque fois, encore et encore et encore, de dire Me AIELLO pour l'avocat de

Tran et Me SILBERKLEIT pour celui de Ho, ou Mme LEEDS pour Jessica, Q et R, Q et R, Q et...

R : Je suis sortie de la voiture pour le changer. Je n'ai jamais pensé que j'allais me faire violer.

Q : Objection, Votre Honneur. Nous sommes ici précisément pour *établir* si...

R : Oui, oui, objection accordée, maître Aiello. Le jury voudra bien ne pas tenir compte de la réponse du témoin.

Cette fois, le « R » correspond au juge qui préside, un certain Sterling Dooley qui a la réputation d'avoir la main plutôt lourde. Les avocats de la défense – ils sont huit assis derrière leur table – en auraient préféré un autre. En fait, ils ont demandé le renvoi dans une autre circonscription, la presse ayant fait pas mal de tapage autour du viol (ou du viol *présumé*, comme ils auraient dit), mais en vain. Ils sont donc coincés avec ce Dooley qui demande maintenant au greffier de bien vouloir relire la question d'Aiello...

– Qu'avez-vous fait lorsque vous avez constaté que vous aviez un pneu crevé ?

... et les Q et les R continuent.

R : Je suis sortie de la voiture pour le changer.

Q : Vous ?

R : Oui, moi. J'étais seule.

Q : Je veux dire... vous n'êtes pas membre d'un de ces clubs automobiles qui offre un service de dépannage d'urgence ?

R : Non.

Q : Vous n'auriez pas pu appeler un garage ?

R : Je sais changer une roue.

Q : Mais la façon dont vous étiez habillée...

R : La façon dont j'étais habillée n'a rien à voir avec le fait de changer une roue ou pas.

Q : Je pensais simplement... talons hauts... jupe courte...

R : Objection, Votre Honneur.

Cette fois, c'est le représentant du ministère public. Skye Bannister en personne. Lui-même. Cheveux blonds comme les blés, yeux couleur de ciel. Grand, mince, très très bel homme. Il vient sans aucun doute de bondir sur ses pieds, absolument indigné.

R : Accordée. Je vous prie de ne pas poursuivre sur ce terrain, maître Aiello.

Q : Vous n'auriez pas pu téléphoner à votre mari pour lui demander de vous aider ?

R : Je ne voulais pas le sortir du lit.

Q : Vous saviez donc qu'il était au lit ?

R : Il avait la grippe. Il était au lit quand je suis sortie ce soir-là.

Q : Et il était quelle heure ?

R : 10 h 15.

Q : Et naturellement, vous n'avez pas voulu le tirer du lit. Est-ce qu'il était exactement 10 h 15 ?

R : Je ne peux pas vous le dire exactement. Je suppose qu'il m'a fallu une dizaine de minutes pour me rendre jusqu'à la voiture et pour mettre mes paquets dans le coffre.

Q : Et vous dites qu'il y avait trois hommes debout devant la porte de derrière du restaurant quand vous...

R : Oui. Les accusés. Les trois qui sont...

Q : Je ne vous ai pas demandé d'identifier qui que ce soit, madame Leeds.

R : Pourtant, ce sont bien eux.

Q : Votre Honneur...

R : Oui, le jury ne tiendra pas compte de ce qui précède. Le témoin est prié de ne répondre qu'aux questions qui lui sont posées.

Q : Avez-vous parlé à ces hommes ?

R : Non.

Q : Aviez-vous déjà vu ces hommes avant ce moment précis – 10 h 15, c'est bien ce que vous avez dit ?

R : Vers 10 h 15. Non, je ne les avais jamais vus auparavant.

Q : C'était donc la première fois que vous les voyiez.

R : Oui.

Q : Mais vous n'êtes pas sûre qu'il était *exactement* 10 h 15.

R : Pas exactement. Mais certainement pas loin.

Q : Est-ce qu'il aurait pu être 10 heures *et demie* ?

R : Je ne pense pas. Il ne m'aurait pas fallu si longtemps pour revenir à ma voiture.

Q : Et 11 heures moins vingt ? Est-ce qu'il aurait pu être 11 heures moins vingt ?

R : Non.

Q : Ou 11 heures moins dix ? Est-ce qu'il aurait pu être 11 heures moins dix ?

R : Non. Je vous ai dit qu'il était...

Q : Ou 11 heures et...

R : Non, il était...

Q : Laissez-moi terminer ma question, s'il vous plaît.

R : Je pensais que vous aviez terminé.

Q : Est-ce qu'il aurait pu être 11 h 15 ? Plutôt que 10 h 15 ?

R : Non, il était 10 h 15.

Q : Madame Leeds, à quelle heure êtes-vous arrivée au centre commercial ce soir-là ?

R : Vers 8 heures.

Q : Pour faire des courses ?

R : Oui.

Q : Est-ce qu'il faisait noir quand vous êtes arrivée ?

R : Oui.

Q : Est-ce que vous vous êtes stationnée derrière *La Pagode* en arrivant ?

R : Oui.

Q : Est-ce qu'il y avait des lumières derrière le restaurant ?

R : Oui.

Q : Est-ce qu'il y avait quelqu'un à l'arrière du restaurant à ce moment-là ?

R : Je n'ai vu personne.

Q : Vous n'avez pas vu trois hommes debout en train de fumer ? Sous la lumière de la porte de derrière ?

R : Non, je n'ai vu personne.

Q : Vous n'avez pas vu les trois hommes que vous avez plus tard...

R : Non.

Q : Votre Honneur, pourrait-on me laisser terminer ma question ?

R : Madame Leeds, veuillez écouter toute la question, s'il vous plaît, avant de répondre. Continuez, maître Aiello.

Q : À 8 heures ce soir-là, quand vous avez stationné votre voiture derrière le restaurant, n'avez-vous pas vu les trois hommes auxquels vous reprochez d'avoir plus tard...

R : Objection, Votre Honneur.

Au tour de Skye Bannister.

– Madame Leeds a déjà déclaré qu'elle n'a vu personne debout derrière le restaurant. Me Aiello ne fait que poser la question sous des formes différentes. Et on lui a déjà répondu.

– Maître Aiello ?

– Votre honneur, nous avons déjà entendu un témoin qui a déclaré qu'il y avait eu une conversation entre Mme Leeds et les trois accusés quand elle avait stationné sa voiture ce soir-là. Les accusés eux-mêmes nous ont dit quelle était la teneur de cette conversation. J'essaie simplement de rafraîchir la mémoire de Mme Leeds.

– Vous êtes autorisé à poser votre question.

Q : Madame Leeds, n'est-il pas vrai que lorsque vous êtes sortie de votre voiture, vous vous êtes retournée vers les trois accusés et vous leur avez dit : « Bonsoir, les gars » ?

R : Non.

Q : Vous ne les avez pas vus, alors il est bien normal que vous ne leur ayez rien dit.

R : Je ne leur aurais rien dit même si je les avais vus.

Q : Oh, « Bonsoir » n'est qu'une simple formule de politesse, n'est-ce pas ? Rien de provocant là-dedans. Rien qui puisse faire penser à de la séduction. Pourquoi n'auriez-vous pas dit : « Bonsoir, les gars » ?

R : Parce que je n'ai pas l'habitude de parler à des étrangers.

Q : Particulièrement lorsqu'ils sont invisibles, c'est bien ça ?

R : Je ne comprends pas votre question.

Q : Eh bien, vous nous avez dit qu'ils n'étaient pas là. Donc ils étaient invisibles.

R : Non, j'ai simplement dit qu'ils n'étaient pas là.

Q : Vous ne les avez vus que plus tard.

R : Oui.

Q : Ces mêmes trois hommes.

R : Oui. *Non.* Je n'ai vu *personne* à 8 heures, je n'ai vu ces hommes que lorsque je suis revenue à ma voiture.

Q : À 10 h 15...

R : Oui...

Q : ... ou à 11 h 15, peut-être.

R : Il était 10 h 15. Je vous l'ai déjà dit...

R : Vraiment, maître Aiello.

Q : Je suis désolé, Votre Honneur, mais si vous me permettez...

R : Où voulez-vous en venir ?

Q : J'essaie de montrer, Votre Honneur, que le récit que nous fait le témoin de ce qui s'est produit à telle ou telle heure, ou de ce qui s'est dit à telle ou telle heure, est pour le moins confus. Et si elle n'a pas une idée claire des *faits* essentiels de...

R : Mais je n'ai absolument aucun doute sur ce qui s'est produit ce soir-là. C'est vous qui essayez de tout mélanger !

Q : Votre Honneur, puis-je continuer ?

R : Voyons un peu où vous vous en allez, maître Aiello.

Q : Merci. Madame Leeds, vous dites que ces trois hommes étaient debout devant la porte de derrière du restaurant, en train de fumer sous la lumière, quand vous êtes revenue à votre voiture à 10 h 15.

R : Oui.

Q : Vous les avez entendus, j'en suis sûr, déclarer tout à l'heure qu'ils étaient dans la cuisine à cette heure-là, en train de faire la vaisselle, c'est exact ?

R : Je les ai entendus, oui.

Q : Soit vous vous trompez, soit ils se trompent, vous êtes bien d'accord ?

R : Je ne me trompe pas.

Q : Vous les avez, j'en suis sûr, entendus déclarer que le seul moment auquel ils vous ont vue était à 8 heures, quand vous avez stationné votre voiture, n'est-ce pas ?

R : Je les ai entendus.

Q : Est-ce qu'ils se trompent également sur ce point ?

R : Ou bien ils mentent.

Q : Et mentaient-ils lorsqu'ils ont dit que vous leur aviez montré un bon bout de votre cuisse quand vous êtes sortie de votre voiture...

R : Il n'y avait personne quand je suis sortie de ma voiture !

Q : Et que vous leur avez dit « Bonsoir, les gars ». Était-ce un mensonge ? Je veux parler du témoignage des trois hommes sur ce point ?

R : C'était un mensonge.

Q : Avez-vous entendu le témoignage du chef, M. Kee Lu, qui nous a déclaré que ces trois hommes étaient dans la cuisine en train de faire la vaisselle à 10 h 15 et qu'ils n'auraient pas pu être dehors en train de fumer à ce moment-là ?

R : Je l'ai entendu.

Q : Mais il doit se tromper, lui aussi. Ou il doit mentir. Ou bien les deux.

R : S'il dit qu'ils n'étaient pas dehors, alors il ment.

Q : Donc, vous seule dites la vérité.

R : Sur ce point, oui.

Q : Mais pas sur un autre ?

R : Je dis la vérité sur tout.

Q : Comme vous avez juré de le faire, naturellement. Mais vous dites que ces messieurs mentent.

R : S'ils prétendent...

Q : Tout le monde ment sauf vous, c'est bien ça, madame Leeds ? Mais ne serait-il pas possible que vous confondiez ce qui s'est produit à 8 heures avec ce qui s'est produit à 10 h 15 ?

R : Je n'ai pas été violée à 8 heures !

Q : Personne n'a dit que vous l'aviez été. Mais, dites-moi...

Avez-vous eu peur de vous faire violer quand vous avez stationné votre voiture ?

R : Non.

Q : Quand vous avez stationné la voiture, vous ne vous êtes pas inquiétée de la possibilité d'un viol ?

R : Non, je n'y ai même pas pensé.

Q : Parce que si vous y aviez pensé, vous auriez peut-être stationné la voiture ailleurs, c'est bien ça ?

R : Il n'y avait plus tellement de places libres quand je suis arrivée au centre commercial. De toute façon, je conduis une voiture assez chère et j'avais peur qu'on l'abîme. C'est pour cette raison que je me suis stationnée un peu à l'écart.

Q : Mais si vous aviez pensé à la possibilité d'un viol, vous auriez peut-être stationné ailleurs, c'est bien ça ?

R : Non, le centre commercial était tout près.

Q : Vous ne vous inquiétiez pas de vous faire violer pendant ce court trajet qui séparait votre voiture du centre commercial, c'est bien ça ?

R : Non.

Q : Ni quand vous êtes revenue à votre voiture après la fermeture du centre commercial, je me trompe ?

R : Non.

Q : En d'autres termes, madame Leeds, vous n'aviez pas du tout peur de vous faire violer à l'endroit où vous aviez stationné votre voiture, je me trompe ?

R : Non, je ne m'attendais pas à me faire violer.

Q : Lorsque vous êtes revenue à votre voiture, est-ce que vous vous attendiez à ce moment-là à vous faire violer ?

R : Non.

Q : Même si trois hommes étaient debout à l'arrière du restaurant ?

R : Je savais qu'ils travaillaient dans ce restaurant.

Q : Comment le saviez-vous ?

R : Ils étaient habillés comme des gens qui travaillent dans une cuisine.

Q : Ne serait-il pas possible que vous n'ayez pas eu peur de vous faire violer à 10 h 15 parce qu'il n'y avait personne à ce moment-là pour vous violer ?

R : Oh, ils étaient bien là, j'en suis sûre.

Q : Mais pas quand vous *dites* qu'ils y étaient.

R : Objection !

R : Était-ce une question, maître Aiello ?

Q : Je vais la reformuler, Votre Honneur. À quelle heure prétendez-vous avoir vu ces trois hommes ?

R : À 10 h 15 ! Combien de fois faudra-t-il que je... ?

Q : Au moment où ils faisaient la vaisselle dans la cuisine du restaurant !

R : Non ! Au moment où ils me violaient sur le capot de cette sale...

Q : Objection !

R : Accordée. Veuillez répondre à la question, madame Leeds.

R : C'est la seule et unique fois que je les ai vus. Le seul et unique endroit où je les ai jamais vus. Pendant que j'étais...

Q : Je n'ai plus de questions, Votre Honneur.

Mais naturellement, il y avait eu d'autres questions.

5

Elle était assise au bord de la piscine lorsque Matthew arriva, à 3 heures de l'après-midi. Costume de bain vert, de la couleur de ses yeux, cheveux châtain-roux à la garçonne dans lesquels le soleil faisait jouer ses reflets, bandeau vert sur le front, un léger voile de transpiration qui faisait luire la pente de ses seins, au-dessus du maillot. Elle lui demanda s'il voulait de la citronnade. Ou quelque chose de plus fort. Elle était en train de prendre un gin-tonic.

– Excellente idée, lui dit-il, et elle rentra pour lui préparer un verre.

Assis, il regardait les champs au loin, sous le ciel gris jaunâtre. La pluie se faisait attendre ; on avait dû oublier de mettre le réveil. Jessica revint moins de cinq minutes plus tard. Elle s'était drapée dans une courte étole vaporeuse, nouée au-dessus de sa poitrine. Elle lui tendit son verre, puis s'assit en face de lui. Le cocktail était frais, amer, pétillant. Surtout pour quelqu'un qui venait de passer des heures à lire des minutes dans une salle inondée de soleil.

– Je suis désolé de vous déranger, mais il faut que je vous pose quelques questions, dit Matthew.

– Vous ne me dérangez pas. Maintenant que Stephen est en prison...

Elle n'acheva pas sa phrase.

– Je lisais les minutes du procès, cet après-midi.

– Invraisemblable... vous ne trouvez pas ?

– Vous savez pourquoi on les a acquittés ?

– Naturellement. Parce qu'ils étaient coupables.

Il la regarda sans rien dire.

– Non, pas *eux*, reprit-elle, *nous*. Notre incroyable culpabilité d'Américains. Pour les horreurs commises au Viêt-nam. Une façon de réparer...

– Peut-être, répondit Matthew. Mais je pense qu'il y avait une raison plus concrète.

– Et laquelle ?

– Le temps.

– Le temps ?

– Le jury ne parvenait pas à résoudre les contradictions entre les différentes versions, sur les questions de temps.

– Ils mentaient tous les trois. Du début jusqu'à la fin. Et notamment sur les questions de temps.

– Et le cuisinier ? Il mentait lui aussi ?

– C'était un de leurs amis. Oui, il mentait.

– Et la police ?

– Je ne comprends pas ce que vous voulez dire.

– Le standardiste de la police a déclaré au procès qu'il avait reçu votre coup de téléphone à 1 heure moins vingt...

– Oui, c'est exact.

– Et que la voiture de patrouille qui a répondu à l'appel – la voiture David – est arrivée sur les lieux à peu près cinq minutes plus tard...

– Oui, je crois bien que c'est exact.

– Mais, madame Leeds... le centre commercial ferme à 10 heures.

– Oui ?

– Et vous avez déclaré vous-même que vous aviez commencé à changer votre pneu à 10 h 15.

– Oui ?

– Et vous ne voyez pas que le jury s'est posé des questions ?

– Non, je regrette, je ne vois pas.

– Vous avez appelé la police deux heures et vingt-cinq minutes après le début de l'attaque dont vous avez été victime. Et pendant ce temps...

– Pendant ce temps, on me *violait !*

– C'est ce que le jury n'a pas pu accepter. La durée du viol.

– C'est pourtant ce qu'il a duré.

– Madame Leeds, la séance de cinéma se terminait à 11 heures...

– Je me fiche...

– ... et des gens seraient passés par là en allant...

– ... éperdument de...

– ... reprendre leur voiture, et ils auraient vu...

– ... ce fichu cinéma !

Ils se turent en même temps. Les yeux de Jessica lançaient des éclairs. Elle prit son verre et but une longue gorgée. Matthew l'observait.

– Je suis désolé, dit-il.

– Non, ce n'est pas vrai. Vous non plus, vous n'acceptez pas ces contradictions de temps. Je me trompe ?

– J'essaie simplement de comprendre ce qui s'est passé.

– Non, vous essayez de découvrir qui mentait, moi ou ces hommes. Et moi, je vous dis que j'ai été violée et violée pendant plus de deux heures, oui ! lança-t-elle en secouant la tête avec colère avant de prendre une autre gorgée. De toute façon, quelle importance ? Ils ont été jugés et acquittés. Alors, qu'est-ce que ça peut faire si j'ai été violée ou pas ?

– Personne n'a jamais mis en doute que vous aviez été violée.

– Non, on a simplement contesté que ces trois chiens aient pu le faire. Très bien, ils ont prononcé leur verdict. Innocents. Alors, qui s'intéresse encore à cette affaire ?

– Patricia Demming.

– Qui est cette Pa... Oh, l'avocat général.

– Oui. Je suis sûr qu'elle va vous faire témoigner.

– Sur *quoi ?*

– Sur votre viol.

– Pourquoi ?

– Parce qu'elle doit montrer que votre mari a tué ces hommes sous le coup de la colère. Et que le meilleur moyen d'y parvenir est de vous faire raconter le viol une fois de plus.

– Elle peut faire ça ?

– Certainement. Pour faire la démonstration du mobile. Ensuite, elle va essayer de montrer que le verdict était juste. Elle va dire que ces trois pauvres petits gars ne vous ont jamais violée car ils n'auraient pas pu le faire à l'heure où vous dites qu'ils l'ont fait.

– Mais c'est pourtant la vérité !

– Elle va dire que vous les avez vus à 8 heures, quand vous avez stationné votre voiture...

– Il n'y avait personne quand j'ai...

– ... que vous avez échangé quelques mots avec eux...

– Non, non et non...

– ... et que vous avez cru ensuite à tort qu'il s'agissait des hommes qui vous ont violée plus tard. Elle va jouer à fond sur ce terrain, vous pouvez me croire. Si elle peut convaincre le jury que ces hommes étaient effectivement innocents comme le tribunal l'a décidé à leur procès, alors elle pourra convaincre aussi les jurés que le crime de votre mari est doublement ignoble. Non seulement il aura commis un assassinat affreux et crapuleux, mais il l'aura fait par erreur. Vous comprenez ce que je suis en train de vous dire ?

– Oui.

– Je veux que vous me disiez tout ce qui s'est passé ce soir-là.

– Vous avez lu les minutes du procès, vous savez que...

– Pourriez-vous me redire ce qui s'est passé ?

– J'ai déjà tout dit.

– Pourriez-vous me le redire ?

Elle secoua la tête.

– S'il vous plaît ?

Elle secoua encore la tête.

– Il faudra pourtant que vous le fassiez au tribunal, madame Leeds. L'avocat général va certainement vous y forcer. Et moi, je veux être prêt.

Jessica soupira.

Il attendait.

Elle détourna la tête pour éviter ses yeux.

– Je suis sortie du centre commercial à 10 heures et je suis allée jusqu'au restaurant. Il était encore ouvert à 10 heures... un peu après 10 heures, en réalité, quand je suis arrivée à ma voiture...

Elle s'est stationnée derrière le restaurant dont l'extérieur ressemble à une pagode et qui s'appelle en fait *La Pagode*. La voiture est un modèle de luxe, et c'est Noël dans quatre jours. Avec toutes les allées et venues dans ce parking, un pare-chocs cabossé n'aurait rien d'étonnant, elle choisit donc un endroit désert derrière *La Pagode*, à côté d'une clôture basse devant laquelle s'étend un terrain vague. Alors qu'elle s'avance vers le restaurant, le parking du centre commercial se vide rapidement, à l'exception des voitures stationnées sur plusieurs rangées devant le cinéma, à l'autre extrémité. Il est probablement 10 h 10 quand elle met dans le coffre de sa Maserati les cadeaux de Noël qu'elle vient d'acheter.

Il y a de la lumière derrière le restaurant chinois. L'endroit n'est certainement pas *très* éclairé, mais suffisamment pour qu'elle se sente en sécurité. En plus, il y a de la lune. La lune n'est pas tout à fait pleine, elle vient à peine de décroître. De toute façon, il n'est qu'un peu plus de 10 heures, on n'est pas en pleine nuit, et Calusa n'est pas le genre de ville où une femme seule doit avoir peur d'ouvrir la porte de sa voiture dans un parking suffisamment éclairé, derrière un restaurant qui, lui, est très bien éclairé, quand il y a de la lune, un jeudi, quatre jours avant Noël. Et puis, trois hommes sont debout derrière le restaurant, en train de fumer. Les trois sont en bras de chemise. Avec de grands tabliers blancs. Des employés du restaurant. Elle ouvre la porte de sa voiture, la referme, met le loquet, allume les phares, démarre et recule en s'éloignant de la clôture basse. C'est alors qu'elle se rend compte qu'elle a un pneu à plat.

– C'est là que le cauchemar a commencé, raconte-t-elle à Matthew. Je sors de la voiture. J'étais habillée... oh, vous avez lu les minutes, vous savez comment j'étais habillée, la défense m'a fait décrire en détail tout...

Q : Est-il vrai que vous portiez un bikini noir ce soir-là ?
R : Oui.
Q : Avec des lisières de dentelle ?
R : Oui.
Q : Et un porte-jarretelles ?
R : Oui.
Q : Ce porte-jarretelles était-il noir ?

– Votre Honneur, je dois *formellement* objecter !

Skye Bannister qui bondit sur ses pieds. Enfin.

– Oui, où voulez-vous en venir, maître Silberkleit ?

– Vous allez bientôt le savoir, Votre Honneur.

– J'y compte bien. Le témoin peut répondre à la question. Relisez-la, s'il vous plaît.

Q : Ce porte-jarretelles était-il noir ?
R : Il était noir, oui.
Q : Et portiez-vous des bas nylon à couture ?
R : Oui.
Q : Noirs également, c'est bien ça ?
R : Oui.
Q : Et une jupe courte, noire elle aussi ?
R : Oui.
Q : Une jupe noire *très serrée*, c'est bien ça ?
R : Pas particulièrement serrée, non.
Q : Je veux dire, ce n'était pas une jupe plissée ?
R : Non.
Q : Ni une jupe évasée ?
R : Non.
Q : C'était une sorte de jupe fourreau, je me trompe ?
R : Je suppose qu'on pourrait l'appeler ainsi.
Q : Quoi qu'il en soit, elle était suffisamment courte et suffisamment serrée pour révéler...
R : Objection.
Q : Accordée. Au fait, maître Silberkleit.
Q : Portiez-vous également des chaussures vernies noires à talons hauts ?

R : Oui.

Q : De quelle couleur était votre chemisier, madame Leeds ?

R : Blanc.

Q : Sans manches, n'est-ce pas ?

R : Oui.

Q : En soie ?

R : Oui.

Q : Avec de petits boutons de nacre sur le devant, c'est bien ça

R : Oui.

Q : Portiez-vous un soutien-gorge sous ce chemisier de soie sans manches ?

R : Objection, Votre Honneur !

R : Le témoin peut répondre.

Q : Portiez-vous un soutien-gorge, madame Leeds ?

R : Non.

Q : Dites-moi, madame Leeds, est-ce votre façon habituelle de vous habiller quand vous sortez faire...

R : Objection !

Q : ... vos courses de Noël ?

R : Objection, Votre Honneur !

R : Vous pouvez répondre à la question, madame Leeds.

R : C'était ce que je portais, oui

Q : Merci, mais nous savons déjà ce que vous portiez. Ce n'était pas la question que je vous posais.

R : Quelle était la question ?

Q : Est-ce votre façon habituelle de vous habiller quand vous sortez faire vos courses de Noël ?

R : C'est ma façon habituelle de m'habiller, oui.

Q : Quand vous allez faire vos courses, c'est bien ça?

R : Oui.

Q : Vous portiez une petite jupe noire très serrée avec des bas noirs à couture et des chaussures vernies à talons hauts... à propos, quelle était la hauteur des talons de ces chaussures ?

R : Je n'en sais rien.

Q : Eh bien, j'ai ici la liste de ce que vous portiez ce soir-là et nous y lisons que les chaussures avaient des talons de sept centimètres et demi. Êtes-vous d'accord avec cette description ?

R : Oui.

Q : Des chaussures à talons de sept centimètres et demi.

R : Oui.

Q : Pour faire vos courses dans un centre commercial.

R : Je suis tout à fait à l'aise en chaussures à talons hauts.

Q : Et vous êtes certainement tout aussi à l'aise en bikini noir avec lisières de dentelle, porte-jarettelles noir et bas noirs à couture...

R : Oui, exactement.

Q : Et un chemisier de soie blanc sans soutien-gorge dessous...

R : Oui !

Q : En d'autres termes, vous vous sentez à l'aise dans des vêtements qu'on pourrait voir dans les pages de *Penthouse !*

R : Non ! Dans des vêtements qu'on peut voir dans les pages de *Vogue !*

Q : Merci pour cette distinction, madame Leeds. Quoi qu'il en soit, des vêtements que n'importe quel homme pourrait trouver provocants et aguich...

R : Objection !

R : Accordée.

Q : Madame Leeds, êtes-vous allée ce soir-là au centre commercial pour y chercher... ?

R : Non.

Q : Laissez-moi terminer ma question, s'il vous plaît. Êtes-vous allée là-bas pour chercher une aventure ?

R : Non.

Q : Et n'avez-vous pas essayé de trouver cette aventure en flirtant ouvertement avec trois jeunes gens...

R : Objection !

Q : ... qui ont repoussé vos avances...

R : Objection !

Q : Et que vous avez plus tard accusés de vous avoir *violée* !

R : Objection ! Objection ! Objection !

Elle sait changer une roue, elle en a changé plus d'une dans sa vie, elle n'est pas une de ces petites femmes sans défense qui mangent des chocolats fourrés sur une chaise longue en lisant des romans à l'eau de rose. Elle prend le cric dans le coffre, sort la roue de secours, la pose à plat par terre à côté du pare-chocs arrière, puis s'agenouille devant la roue arrière droite pour défaire les écrous. Elle en a dévissé un qu'elle a déposé dans l'enjoliveur quand...

Dès le premier instant, elle a su ce qu'ils voulaient.

Quelqu'un la prend par-derrière et la tire à l'écart de la roue. Elle laisse tomber la manivelle par terre. Un bras en travers de sa gorge l'empêche de respirer, étouffe le cri qui monte comme une bulle jusqu'à ses lèvres. Un autre lui tord le bras. La douleur remonte comme un éclair jusqu'à son crâne. Aucune erreur sur leurs intentions, c'est un viol, elle va se faire violer. Elle tombe à la renverse, à la renverse. L'homme qui se trouve derrière elle s'écarte et la lâche lorsqu'elle tombe. Sa nuque frappe le revêtement d'asphalte. Elle perd presque connaissance, mais le danger envoie des signaux d'alarme stridents à son cerveau et elle se reprend aussitôt.

Ils sont trois.

Les trois hommes qui étaient debout derrière le restaurant.

Deux lui tiennent les bras, de chaque côté. Le troisième est derrière elle, il s'accroupit, une main sur sa bouche, l'autre empoignant ses cheveux. Elle entend leurs voix, inintelligibles, haletantes, tout se déroule tellement vite, ils parlent ce qu'elle croit être du chinois, et curieusement – elle ne sait pas pourquoi – cette idée fait naître en elle le vain espoir qu'elle se trompe, qu'il ne s'agit pas d'un viol, que tout ce qu'ils veulent, c'est son argent.

Elle commence à leur dire qu'ils peuvent prendre tout ce qu'elle a dans son sac à main, mais tout va si vite, l'un d'eux – il a quelques poils de moustache au-dessus de la lèvre supérieure, c'est lui le chef – lui enfonce un mouchoir sale dans la bouche, puis lui donne une petite claque pour lui enlever l'idée de le recracher. Une claque sur la joue gauche, de la main droite, il est droitier, il faut qu'elle s'en souvienne, la gifle brûle, mais ne fait pas mal...

Q : N'est-il pas vrai, madame Leeds, que lorsque vous avez été transportée en ambulance du poste de police à l'hôpital, le médecin qui vous a examinée n'a pu trouver aucune marque sur votre corps ?

R : Non, ce n'est pas vrai.

Q : Non ? Pourtant, j'ai ici le rapport médical...

R : Il y avait des contusions sur mes...

Q : Oui ?

R : Seins.

Q : Ah ?

R : Et mes cuisses.

Q : Je vois. Mais on ne vous pas cassé le nez, par exemple, je me trompe ?

R : Non, mais il y avait une...

Q : Pas même un saignement de nez ? Vous ne saigniez pas du nez lorsque vous êtes arrivée au poste de police ?

R : Non.

Q : Vous n'aviez aucune dent cassée ?

R : Non. Mais j'avais une bosse sur la nuque, à l'endroit où j'avais frappé le...

R : Aviez-vous un œil au beurre noir ?

R : Non.

Q : Des bleus autre part sur le corps ?

R : Je vous l'ai déjà dit. Mes seins et mes cuisses étaient...

Q : Vous n'êtes pas en train de me dire que ces contusions sur vos seins et vos cuisses étaient le résultat de *coups de poing ?*

R : Non, mais...

Q : Ou de *coups de pied ?*

R : Ils ne m'ont pas donné de coups de pied, non.

Q : Alors, est-ce qu'ils vous ont fait le moindre mal, physiquement ?

R : Oui ! Ils m'ont violée !

Q : Madame Leeds, est-ce que ces hommes qui se trouvaient justement dans la cuisine au moment où vous dites qu'ils étaient...

R : Objection !

Q : Accordée.

Q : Avez-vous été frappée par ces hommes qui, selon vous, vous auraient violée ?

R : Non, mais ils...

Q : Oui, si vous pouvez nous dire ce qu'ils vous ont fait, sans répéter encore une fois qu'ils vous ont violée, je suis sûr que nous serons tous ravis de vous entendre.

R : Ils me tenaient par terre.

Q : Je vois.

R : Et ils m'ont mis un bâillon.

Q : Quelle sorte de bâillon ?

R : Un mouchoir.

Q : Je vois. Vous aimez le cinéma, madame Leeds ?

R : Objection !

R : Accordée.

Q : Qu'est-ce qu'ils vous ont fait d'autre ?

R : Ils... ils m'ont menacée.

Q : Ah bon ? En quelle langue ?

R : À ce moment-là, je n'en savais strictement rien. Je savais seulement...

Q : Oh ? Vous voulez dire que vous ne parlez pas couramment le vietnamien ?

R : Je savais ce qu'ils voulaient dire !

Q : Comment pouviez-vous savoir que... ?

R : Je le savais.

Elle sait que l'homme à la petite moustache clairsemée est celui qui donne des ordres, il murmure ses instructions aux deux autres d'une voix haletante. Arrache-lui sa culotte, leur dit-il sans doute, car des deux côtés, ils se saisissent des ouvertures des jambes et les déchirent en tirant vers le haut, découvrant son sexe, la laissant offerte entre leurs mains. Un autre ordre et on la soulève tout à coup pour la déposer sur le capot de l'auto. Elle essaie de dire quelque chose malgré le mouchoir sale enfoncé dans sa bouche, essaie de dire qu'elle est une femme mariée et respectable, s'il vous plaît, ne faites pas ça, s'il vous plaît, mais le chef, l'homme à la petite moustache, lui redonne une bonne claque sur la joue, puis murmure quelque chose aux deux autres.

– C'était Ho. Celui qui donnait les ordres était Ho. Je me souviens de son visage. Je pouvais le voir très bien au clair de lune, c'était le chef.

Ils déchirent son chemisier, les petits boutons de nacre sautent dans la nuit, attrapent au vol des éclats de clair de lune quand ils explosent et retombent sur le capot de la voiture en crépitant, puis roulent par terre. Deux des hommes écartent brutalement ses cuisses. Ho, le chef, s'avance entre ses jambes ouvertes, elle entend le murmure de sa fermeture Éclair dans le noir. Les deux autres lui chuchotent des encouragements. L'un d'eux rit tout doucement, on dirait presque un rire nerveux de petite fille. L'autre se penche au-dessus et lui embrasse les seins. Quelque chose brille sur son visage, elle se rend compte tout à coup qu'il a un œil de verre, que le clair de lune se reflète sur son œil de verre...

– C'était Ngo. Celui qui a un œil de verre. C'était celui qui... qui... qui m'a fait le plus mal. Plus tard. Quand ils... ils...

À tour de rôle, ils la violent.

La Maserati, sa chère voiture de luxe, devient un chevalet de torture, elle aura cette voiture en horreur le restant de sa vie. Le capot est à la bonne hauteur pour eux. Celui qui est debout entre ses cuisses la force à s'ouvrir et pompe furieusement dans son corps, ses doigts labourent ses cuisses jusqu'à ce qu'elle hurle silencieusement derrière le mouchoir enfoncé dans sa bouche. Les deux autres plaquent ses poignets sur le capot. De leurs mains libres, ils pétrissent brutalement ses seins ; plus tard, à la salle des urgences, elle montrera au médecin les vilains bleus laissés par leurs doigts, surtout autour des mamelons. Sa culotte noire est en lambeaux, ses deux bas sont déchirés, l'un d'eux s'est défait de sa jarretelle et lui tombe au genou.

Quand le dernier en a fini avec elle...

– Dang Van Con, le plus jeune. Dix-huit ans, comme je l'ai appris plus tard, quand on l'a arrêté, quand on les a pris, lui et les deux autres. C'était celui qui... qui y est allé en dernier quand j'étais... quand j'étais sur le dos et qu'ils me tenaient... qu'ils me tenaient les cuisses ouvertes. Et puis, quand ils... quand ils ont eu fini de cette façon... ils... ils...

Ho redonne des ordres.

Les deux autres la retournent, la mettent à plat ventre sur le capot.

Elle hurle. Non !

Mais ils ne vont pas arrêter, ils ne vont pas arrêter.

– Pendant plus de deux heures, ils... ils m'ont fait ce qu'ils voulaient, dit-elle en détournant toujours la tête pour ne pas regarder Matthew. Au procès, on a essayé de montrer que je cherchais les problèmes et que j'avais fini par les trouver – mais pas avec ces trois-là. Que je me trompais, que les violeurs n'étaient pas ces trois hommes. Ces trois-là étaient dans la cuisine. Ils ne pouvaient pas être dehors en train de me violer, je me trompais.

Elle se retourna enfin vers lui.

Il y avait des larmes dans ses yeux.

– Mais non, reprit-elle, je ne me trompais pas. Ils étaient là. Et ils m'ont violée.

Inlassablement, elle avait répété ces mêmes mots au procès, ils m'ont violée, ils m'ont violée, ils m'ont violée – en vain. Et ces mots semblaient revenir comme un écho accusateur, ils m'ont violée... ils m'ont violée... ils m'ont violée. L'eau de la piscine clapotait doucement, paisible, et le bourdonnement grave d'un avion invisible descendait des nuages dans le lointain. Mais les mots restaient suspendus en l'air, comme s'ils étouffaient tout autre son, ils m'ont violée, ils m'ont violée, ils m'ont violée.

– J'en ai encore des cauchemars. Pendant des mois, j'ai dû

prendre deux somnifères avant de me coucher, tous les soirs. Mais ils ne servaient qu'à me faire dormir, ils ne m'empêchaient pas d'avoir des cauchemars.

Elle se retourna pour regarder la piscine, au-delà de la piscine, au-delà des champs qui s'étendaient jusqu'à l'horizon, jusqu'au ciel gris jaunâtre. De profil, son visage était racé, nez et menton de statue classique, cheveux brun-roux ramenés en arrière, découvrant son front et ses joues bronzés.

– Je me demande si ces cauchemars cesseront un jour. Maintenant qu'ils sont morts, est-ce que mes cauchemars vont s'en aller ?

– Madame Leeds, répondit Matthew, avez-vous pris des somnifères le soir des trois meurtres ?

Elle se retourna vers lui.

– En avez-vous pris ?

– Non.

– Mais il y a des somnifères chez vous.

– Oui.

– Des médicaments délivrés sur ordonnance ?

– Oui.

– Qui vous les a prescrits ?

– Mon médecin. Le Dr Weinberger. Marvin Weinberger.

– Ici, à Calusa.

– Oui.

– L'ordonnance est à votre nom ?

– Oui.

– Renouvelable ?

– Oui.

– Quand l'avez-vous fait renouveler pour la dernière fois ?

– Je ne me souviens pas.

– Savez-vous combien il restait de comprimés dans le flacon ?

– Non, je n'en sais rien. Il y a quelque temps que je n'en ai pas pris.

– Diriez-vous qu'il était à moitié plein ? Aux trois qu...

– À moitié, je suppose.

– Et vous êtes sûre de ne pas en avoir pris la nuit des meurtres ?

– Absolument sûre.

Pouvez-vous dire que vous avez la certitude que votre mari n'est pas sorti du lit pendant la nuit ?

Eh bien, je...

Parce que c'est ce que l'avocat général va vous demander, madame Leeds.

Je ne peux pas vous dire que j'en ai la certitude absolue, non.

– Madame Leeds... Votre mari savait-il qu'il y avait des somnifères chez vous ?

– Je... je pense que oui. Pourquoi ?

– Il m'a dit que vous aviez pris tous les deux un verre après le dîner, avant de vous installer pour regarder le film. Vous vous souvenez de ce que vous buviez ?

– J'ai pris un cognac. Je ne sais pas ce qu'il s'est servi.

– Et après cela, vous avez regardé le film.

– Oui.

– Et il s'est endormi.

– Oui.

- Et vous vous êtes endormie un peu plus tard.

– Oui.

– Et vous avez dormi profondément, toute la nuit.

– Oui.

Je n'ai pas entendu la voiture démarrer. J'aurais certainement...

Mais vous étiez profondément endormie.

Oui... C'est vrai.

Donc, vous n'auriez pas entendu la voiture démarrer.

Je suppose que non.

Donc, vous ne pouvez pas avoir la certitude absolue que votre mari est resté chez vous toute la nuit.

Matthew se demandait si Bloom et Rawles avaient vu ce flacon à moitié plein de comprimés quelque part dans la chambre, le matin où ils avaient arrêté Leeds. Il se demandait aussi si Patricia Demming savait qu'un certain Dr Marvin Weinberger, quelque part à Calusa, avait prescrit des somnifères à Jessica Leeds, et que ces somnifères se trouvaient encore quelque part dans la maison. Il espérait qu'elle ne le savait pas, il espérait bien qu'elle ne le saurait jamais.

Parce que dans le cas contraire, elle pourrait commencer à se dire que la raison pour laquelle Jessica Leeds, elle qui avait si souvent des cauchemars, avait dormi toute la nuit après avoir pris son digestif, était que son mari, Stephen Leeds...

Mais Matthew ne tenait pas à s'engager lui aussi dans cette direction.

L'atelier de carrosserie, Croswell Auto, se trouvait dans l'un de ces parcs industriels qui poussaient comme des verrues autour de Calusa, à l'est de la Nationale 41. À cheval sur les principales artères est-ouest qui reliaient la ville à ses banlieues, ces noyaux d'établissements commerciaux se composaient pour l'essentiel de hangars semi-circulaires datant de la Deuxième Guerre mondiale et de longues baraques recouvertes de tôle ondulée. On aurait pu se croire dans une base militaire.

Dans ces curieux « parcs » où toute verdure était absente – Matthew trouvait leur nom bien mal choisi –, vous trouviez de petits commerces aux locaux spartiates qui se spécialisaient dans l'encadrement des tableaux, la réparation des téléviseurs, la vente des appareils électroménagers, le gardiennage des animaux domestiques, le nettoyage des piscines, les fournitures de plomberie, la désinsectisation, les moteurs de bateaux, les toitures, bref, un millier de petites entreprises qui subsistaient vaille que vaille grâce à des loyers plus que modiques et des taxes foncières encore plus bénignes.

Le propriétaire de Croswell Auto était un certain Larry Croswell qui était venu de Pittsburg, en Pennsylvanie, bien avant que les guides touristiques ne classent la ville parmi les plus agréables d'Amérique, une fois ses hauts-fourneaux plus ou moins éteints... Il ne regrettait pas sa décision. La Floride en général, et Calusa en particulier, allaient comme un gant à son mode de vie. Croswell était gros, tonsure brûlée par le soleil au sommet du crâne, yeux bleu clair, favoris blancs, quelques cheveux blancs bouclés autour des oreilles, barbe blanche hirsute sur ses joues et son menton empâtés. Il était vêtu soit d'un tricot de corps grisâtre, soit d'un tricot de corps *blanc* très sale. L'homme complétait sa tenue vestimentaire avec un short bleu, des socquettes blanches et d'énormes brodequins. Une canette de bière Coors entre les doigts boudinés de sa main droite, il expliquait à Matthew et à l'expert de l'assurance combien allait coûter la réparation de l'Acura. L'expert s'appelait Peter Kahn. Un homme mince à cheveux gris qui se déplaçait parmi les épaves d'autos comme un héron qui se serait posé par mégarde au milieu d'un marais de métal. Kahn prenait des notes sur un bloc qu'une pince à ressorts retenait sur une planchette.

– Alors là, disait Croswell, il faut remplacer tout le panneau de custode, plus le passage...

– C'est quoi, un panneau de custode ? demanda Matthew.

– Ce panneau-là, à l'arrière, expliqua Kahn. Là où l'autre voiture vous a embouti.

L'homme avançait le menton chaque fois qu'il ouvrait la bouche, comme un oiseau, se dit Matthew.

– Plus le passage de roue, continua Croswell avant de prendre une gorgée de bière. Il faudra aussi redresser la caisse et remplacer le pare-chocs et les feux arrière, il vous faut aussi une nouvelle jante – trois cents dollars simplement pour la jante – et une nouvelle moulure. Elle vous a fait un joli boulot, la petite dame.

Matthew hocha la tête, l'air sombre.

– Alors, votre devis ? demanda Kahn.

– Vous avez de la chance que le coffre n'ait pas été touché, continuait Croswell.

– Combien ? demanda Kahn.

– Il faut bien compter trois mille, avec le redressement de la caisse.

– Deux mille, dit Kahn.

– Il y a d'autres garages, vous savez.

– Allez, vous n'allez pas me faire traîner mes savates dans toute la ville, Larry. Deux mille deux cent cinquante, et c'est d'accord.

– Deux mille cinq cents, et ça ira, fit Croswell.

– Entendu, répondit Kahn.

– Et elle sera prête quand ? demanda Matthew.

– Dans quinze jours.

– Si longtemps ?

– C'est qu'il y a pas mal à faire. Et puis, nous avons du travail par-dessus la tête.

– Qui paie la voiture de location ? demanda Matthew à Kahn.

– Nous. Vous nous envoyez les reçus.

– Laissez-moi voir si j'ai toutes les clés qu'il me faut, fit Croswell en se dirigeant vers son bureau.

– Il n'y a qu'une seule clé, expliqua Matthew. Vous payez directement ? demanda-t-il à Khan.

– Nous payons directement, si vous êtes d'accord.

– D'accord.

Le bureau était à peu près de la taille d'un grand placard. Une jolie femme était assise derrière une table, début de la quarantaine, cheveux bruns en chignon retenus par un crayon au sommet de la tête, long pendant à l'oreille droite. Elle était assise devant un ordinateur Apple. Derrière elle, sur le mur, un calendrier comme on en faisait autrefois, avec d'énormes cases pour chaque jour. Dans chaque case, un nom était inscrit, suivi du nom d'une voiture entre parenthèses. À côté du calendrier, un tableau de bois muni de gros crochets. Des clés de voiture y étaient suspendues, chacune identifiée par une petite étiquette blanche. Croswell s'avança vers le tableau, décrocha une clé avec l'étiquette HOPE, hocha la tête et dit :

– Vous êtes bien sûr qu'elle ouvre aussi le coffre ?

– Absolument sûr, répondit Matthew.

– Parce qu'il faudra peut-être passer par là.

– La clé de contact ouvre le coffre et la boîte à gants.

– Bon, si vous le dites. Parce que je n'aime pas tellement téléphoner aux clients pour leur réclamer leurs clés. Il y en a qui viennent ici, ils ont deux voitures, et ils me laissent les clés de l'autre. Ou bien ils me téléphonent pour me dire qu'ils ont laissé la clé de chez eux avec les clés de la voiture, impossible de rentrer, est-ce que je veux bien attendre pour fermer, ils vont venir la chercher ? Vous seriez surpris de toute la merde que je ramasse à cause de ces foutues clés. Je vous ai dit quand ?

– Quinze jours, répondit Kahn.

– Note ça, tu veux, Marie ? Hope, Acura Legend, quinze jours. Ça fait quand ?

Marie se leva. C'était une femme plutôt menue, bien proportionnée. Les yeux de Kahn glissèrent sur son dos. Comme ceux de Matthew d'ailleurs. Croswell ne s'emmerdait pas ; il prit une gorgée de bière. Marie fit courir sa main sur le calendrier et son doigt s'arrêta sur le lundi en quinze. Le 3 septembre.

– Tu veux dire le jour de la fête du Travail ? demanda-t-elle.

– Quoi ?

– Ce lundi-là, c'est la fête du Travail, confirma Marie. Le 3 septembre. On sera fermé, non ?

– Alors, disons pour le mardi.

– À quelle heure ? demanda Matthew.

– En fin de journée. 4 ou 5 heures.

– 4 ou 5 ?

– Disons 5.

– Elle est à qui, la voiture de location ? fit une voix derrière eux.

Matthew se retourna. Un homme en bleu de travail maculé de peinture se trouvait à la porte, une main appuyée sur le chambranle, penché à l'intérieur.

– La Ford ? demanda Matthew.

– Oui, c'est ça, dit l'homme. Vous pourriez la déplacer ? Il faut que je sorte une voiture.

– Tout de suite, répondit Matthew. Nous avons terminé ? demanda-t-il à Kahn.

– Signez simplement la formule d'autorisation, répondit Kahn.

Matthew lut rapidement le document. Une formule toute faite. Approbation des travaux à exécuter, autorisation de payer directement Croswell Auto. L'homme en bleu attendit patiemment dehors tandis que Matthew signait et datait la formule, serrait la main de Kahn, puis disait à Croswell qu'il reviendrait le 4.

– À 5 heures, précisa Marie sans lever les yeux de son clavier.

– À 5 heures, confirma Matthew.

Puis il suivit l'homme jusqu'à l'endroit où il avait stationné sa voiture louée. Une Mazda dont le coffre avait pris un vilain coup était garée derrière lui. Matthew monta dans la Ford, démarra, avança jusqu'à ce qu'il ait la place de tourner, puis sortit du parking. Lorsqu'il s'arrêta à un feu rouge sur la Nationale 41, sept ou huit rues plus loin, il se rendit compte qu'il allait conduire cette saloperie de bagnole plus longtemps qu'il ne l'aurait voulu. Rien de terrible, d'accord, mais c'était quand même une voiture de location. *Elle est à qui, la voiture de location ?* Et une voiture de location n'était quand même pas une Acura Legend bleu fumée de trente mille dollars, sièges en cuir véritable, toit ouvrant, zéro à cent en huit secondes. Il avait pensé faire un tour le week-end de la fête du Travail, peut-être monter jusqu'au lac Okeechobee. Maintenant, il devrait faire sa petite promenade – s'il la faisait – dans une Ford de location. Et probablement tout seul. Or il ne voulait plus prendre de vacances tout seul. Il était allé en Italie tout seul. Et quand on est tout seul, on se sent tout seul.

Le feu passa au vert.

Il tourna à gauche pour rentrer chez lui.

Il était au lit quand le téléphone sonna à 11 heures ce soir-là. Il reconnut aussitôt la voix ; il ne connaissait qu'une seule Vietnamienne, Mai Chim Lee.

– Monsieur Hope, je suis désolée de vous déranger si tard...

– Pas du tout.

– Merci. Je sais que vous avez très envie de parler à Trinh Mang Duc, et...

– Il est rentré ?

– Oui, et c'est pour ça que je vous téléphone. Une femme que je connais dans la communauté...

Elle voulait parler de la Petite Asie.

– ... vient de m'appeler pour me dire qu'il est rentré

d'Orlando. Je devrais essayer d'organiser un rendez-vous pour demain ?

– Si vous voulez bien.

– Alors, c'est d'accord. Et excusez-moi encore de vous avoir téléphoné si tard. J'espère que je ne vous ai pas réveillé.

– Non, non.

– Tant mieux. Alors, nous nous verrons demain. Bonne nuit.

6

– Il était un peu plus de minuit, disait Trinh Mang Duc. Je n'arrivais pas à dormir. J'étais inquiet. Mon fils est parti s'installer à Orlando et je me demandais pourquoi il ne m'avait pas envoyé chercher comme il l'avait promis.

Il parlait la langue d'un villageois vietnamien, un dialecte local qui avait causé au début quelques difficultés à Mai Chim, mais elle avait fini par s'y faire. C'était le mardi matin, à 11 heures, et Trinh emballait ses maigres possessions terrestres pour s'installer définitivement à Orlando où son fils et sa belle-fille ouvraient un petit restaurant vietnamien. Il n'allait partir que dans quelques jours, mais il avait trop peur qu'on le laisse ; il serait prêt avec tous ses bagages quand la voiture arriverait. Le neveu qui l'avait conduit là-bas et qui l'avait ramené le reconduirait là-bas encore une fois.

Trinh ressemblait à ces vieillards que l'on voyait à la télévision au temps de la guerre du Viêt-nam, accroupis devant une paillote, leurs yeux tristes plissés devant la caméra, à cette différence près qu'il n'avait pas la tenue typique, short et chemise noirs en coton, chapeau chinois. Il était habillé d'une chemise de sport rayée à manches courtes, d'un pantalon kaki et de sandales. Mais il avait ce même visage étroit, buriné par les intempéries, les pommettes saillantes, la peau basanée, les mêmes yeux foncés avec le pli mongolien de la paupière, la même barbichette blanche. Il s'affairait d'une boîte de carton à l'autre, y rangeait ses vêtements et les quelques précieuses possessions qu'il avait apportées de l'autre bout du monde, tout en racontant ce qui était arrivé la nuit des meurtres.

Lundi soir dernier.

13 août.

Il était incapable de dormir. Son fils et sa belle-fille étaient partis à Orlando la semaine précédente afin de trouver un logement convenable pour toute la famille. Ils avaient promis de l'envoyer chercher immédiatement, mais il était sans nouvelles depuis. Et il s'inquiétait, il avait peur d'avoir été abandonné.

Trinh avait soixante-huit ans.

Selon la tradition vietnamienne, c'était l'époque de la vie que vous consacriez à votre famille ; le temps de la paix, de l'introspection et de la préparation ; le temps qu'on passe à visiter et à recevoir les amis ; le temps où l'on choisit un bon géomancien pour vous conseiller sur l'emplacement de votre tombe et l'achat de votre cercueil.

Mais ici, c'était l'Amérique.

Et Trinh avait entendu dire qu'ici on laissait souvent les vieillards mourir seuls, ou encore qu'on les envoyait dans des foyers où des étrangers s'occupaient d'eux sans y mettre de cœur. Alors, qui pouvait dire que son fils ne s'était pas lassé d'entretenir un vieil homme qui ne pouvait plus rien apporter à la richesse de la famille, si ce n'est ses récits légendaires ? Qui pouvait dire que le déménagement à Orlando n'était pas simplement une ruse pour se débarrasser de lui ? Oui, il était vraiment très inquiet ce soir-là, une semaine plus tôt...

Mai Chim lui dit quelque chose en vietnamien, apparemment pour le corriger car il hocha la tête une seule fois :

– Oui, il y a huit jours, c'est ça. J'étais inquiet, comme je vous l'ai dit...

... parce qu'il y a un bon bout de temps qui son fils est parti à Orlando, et qu'il y a des gens dans la communauté qui ont le téléphone (mais pas ici, pas dans cette maison), qu'ils sont prêts à prendre des messages, alors pourquoi n'a-t-il pas téléphoné pour dire qu'il avait du mal à trouver un logement convenable, ou qu'une difficulté s'était présentée pour l'achat du restaurant, ou autre chose encore, pourquoi ne pas le dire ?

Pourquoi laisser ici un vieil homme s'inquiéter et se poser des questions ?

Il croit entendre un cri.

Il pense que c'est peut-être le cri qui le réveille.

Mais peut-être pas. Il n'a pas cessé de se retourner dans son lit depuis qu'il est allé se coucher, à 10 heures. Peut-être est-ce seulement sa nervosité qui finit par lui faire écouter les bruits de la nuit. Le sifflet d'un train dans le lointain. Un chien qui aboie. Un cri ?

Dans l'obscurité, il regarde le cadran lumineux de sa montre qu'il a achetée au magasin de l'armée, à Honolulu, avant d'entreprendre le long voyage qui l'a conduit sur le continent, un voyage qui lui a ensuite fait traverser quatre États et sept villes, un voyage qui peut encore s'achever dans la prospérité à Orlando, Floride, seconde patrie de Mickey Mouse.

Sa montre indique minuit dix.

La nuit est chaude et moite.

Ses draps sont trempés, à cause de l'humidité de la nuit et de son anxiété qui le fait transpirer. Il rejette le drap de dessus et fait basculer ses jambes maigres sur le côté du lit étroit, se dirige vers la porte, jette un coup d'œil à travers la contre-porte grillagée, et voit...

Un homme.

Un homme qui court.

– À travers le grillage ? demanda Matthew. Il a vu cet homme à travers le grillage ?

Mai Chim traduisit la question en vietnamien. Trinh répondit.

– Oui, dit Mai Chim. À travers le grillage.

Alors, il est possible qu'il ait mal vu, se dit Matthew.

– Je le voyais très bien au clair de lune, reprit Mai Chim en traduisant les explications de Trinh. Il était habillé...

... casquette et blouson jaunes.

Un homme grand, large d'épaules.

Il court vers le trottoir.

Une auto est stationnée le long du trottoir. L'homme fait le tour de la voiture et ouvre la portière, du côté du conducteur...

– Est-ce qu'il a vu le visage de l'homme ? demanda Matthew.

Mai Chim traduisit, puis attendit la réponse de Trinh.

– Oui, fit-elle. Un Blanc.

– C'était Stephen Leeds ?

Elle traduisit la question en vietnamien, écouta la réponse de Trinh, puis la répéta à Matthew en anglais.

– Oui, c'était Stephen Leeds.

– Comment le sait-il ?

À nouveau elle traduisit, à nouveau elle écouta la réponse.

– Il a reconnu Leeds au commissariat, quand la police a fait une séance d'identification.

Et le dialogue semblait aller et venir entre elle et Matthew, la traduction n'étant qu'une sorte de contrepoint psalmodié sur le thème principal – l'identification de Leeds parmi un groupe d'inconnus.

– Il y avait combien de personnes à cette séance d'identification ?

– Sept en tout.

– Tous Blancs ?

– Trois Blancs, trois Noirs, un Asiatique.

Complètement tordu, se dit Matthew. Seulement deux Blancs avec Leeds.

– Ils ne lui avaient pas fait mettre son blouson et sa casquette jaunes ?

– Non. Tous les hommes étaient en uniforme de détenus.

La séance d'identification avait donc nécessairement eu lieu entre le moment de l'arrestation de Leeds, le mardi 14 août, et le départ de Trinh pour Orlando, le jeudi 16. Matthew avait lu un article sur la confrontation dans le *Herald Tribune* du vendredi matin.

– C'était quel jour, cette séance d'identification ?

– La veille du jour où je suis parti pour Orlando. Un mercredi.

– Le 15.

– Oui, je pense que c'était le 15.

– Vous aviez déjà vu des photos de Leeds dans le journal ? Ou à la télévision ?

– Non.

– Est-ce que vous regardez la télévision ?

– Oui. Mais je n'ai pas vu d'images du Blanc qui a tué les trois hommes de mon pays.

– Comment savez-vous que c'est Leeds qui les a tués ?

– On dit que c'est lui.

– Qui dit ça ?

– On dit ça dans la communauté.

– On dit dans la communauté qu'un Blanc du nom de Stephen Leeds a tué les trois hommes ?

– Oui.

– Mais est-ce qu'on dit dans la communauté que l'homme blanc que vous avez identifié est celui qui a tué les trois hommes ?

– Oui, c'est ce qu'on dit aussi.

– Est-ce qu'on le disait *avant* que vous l'ayez identifié ?

– Je ne comprends pas votre question.

– Je vous demande si, avant la séance d'identification, vous avez parlé de Stephen Leeds avec quelqu'un qui aurait pu voir des images de lui, dans le journal ou la télévision ?

– J'ai parlé des assassinats, oui.

– Avec quelqu'un qui avait vu une image de Leeds ?

– Peut-être.

– Est-ce qu'on vous l'a *décrit* ? Est-ce qu'on vous a dit à quoi il ressemblait ?

– Non, je ne crois pas.

– Est-ce que vous connaissez un certain Tran Sum Linh ?

– Oui.

– Avant la séance d'identification, avez-vous parlé des meurtres avec Tran Sum Linh ?

– Peut-être.

– Est-ce qu'il vous a dit qu'il avait vu un homme avec une casquette et un blouson jaunes entrer dans la maison des trois victimes ?

– Non, il ne m'a pas dit ça.

– Donc, avant la séance d'identification, personne ne vous a décrit Stephen Leeds, d'après des photos ou des images du journal ou de la télévision...

– Personne.

– Et Tran Sum Linh ne vous a pas dit qu'il avait vu un homme en casquette et blouson jaunes plus tôt cette nuit-là ?

– Non.

– Donc, la première fois que vous avez vu cet homme, c'était à minuit dix...

– Oui.

– La nuit du 13 août – ou plutôt, le matin du 14, c'est bien ça ?

– Oui.

– Il courait vers le trottoir, vers une voiture en stationnement.

– Oui.

– D'où venait-il ?

– De la maison des trois hommes de mon pays. Les trois hommes qu'on a tués.

– Vous avez maintenant vu cet homme sortir de leur maison ?

– Non. Mais il venait de la *direction* de leur maison.

– Je vois. Et il courait vers cette voiture.

– Oui.

– Quelle sorte de voiture ?

– Je ne connais pas les voitures américaines.

– Est-ce que vous connaissez les voitures italiennes ?

– Non plus.

– De quelle couleur était cette voiture ?

– Bleu foncé. Ou verte. Difficile à dire, parce qu'il faisait nuit.

– Mais il y avait un clair de lune.

– Oui, mais la voiture était stationnée sous un arbre.

– Donc, c'était une voiture bleu foncé ou verte.

– Oui.

– Pas une voiture rouge.

– Ce n'était pas une voiture rouge.

– Est-ce que c'était une voiture de sport ?

– Je ne comprends pas.

Mai Chim traduisit la réponse pour Matthew puis se lança dans une longue dissertation en vietnamien, sans doute pour expliquer au vieil homme ce qu'était une voiture de sport. Trinh écoutait avec beaucoup d'attention en hochant la tête.

– Non, dit-il finalement, ce n'était pas une voiture de sport. C'était une voiture normale.

– Deux ou quatre portes ?

– Je n'ai pas fait attention.

– Mais vous avez fait attention au visage de Stephen Leeds.

– Oui. Je suis meilleur pour les visages que pour les voitures.

– Qu'est-ce que vous avez remarqué d'autre ? demanda Matthew.

Trinh répondit à la question en vietnamien.

Mai Chim hocha la tête. Son visage était impassible.

– Oui ? fit Matthew.

– Il a remarqué le numéro de la plaque d'immatriculation.

Ils étaient au *Kickers,* en train de déjeuner. Assis sur la terrasse, sous un grand parasol vert. Patricia Demming et son enquêteur, Frank Bannion. Bannion se disait qu'ils faisaient un beau couple. Il se demandait si elle avait un petit ami, ou l'équivalent. C'est qu'il se sentait très séduisant après hier soir. Hier soir, il avait couché avec Sherry Reynolds. Il se sentait toujours séduisant après une partie de fesses en l'air. Plus encore : il se sentait un charme dévastateur. Particulièrement quand la femme n'était pas trop défraîchie.

Sherry lui avait révélé, à son usage strictement personnel, qu'elle venait de fêter son trentième anniversaire, quinze jours plus tôt. En plein milieu du pompier qu'elle lui administrait. Pour démontrer que les femmes d'expérience savent mieux faire certaines choses que les petites poulettes à peine nubiles. Pour Bannion, trente ans, c'était jeune. Ce qu'il lui avait dit. Il lui avait également dit qu'il avait quarante-deux ans et qu'il avait encore toutes ses dents et tous ses cheveux. Ce qu'elle avait semblé trouver tout à fait remarquable.

Aujourd'hui, Sherry était en congé.

Elle lui avait dit la veille au soir qu'elle serait libre toute la journée et qu'ils pourraient faire ce qu'ils voulaient toute la nuit ou même toute la journée du lendemain, puisqu'elle n'avait pas à retourner au travail avant 10 h 30, mercredi matin. Bannion lui avait répondu qu'il devait travailler le lendemain à 9 heures, mais qu'il ne fallait pas que ça les empêche de s'envoyer en l'air. Et il était maintenant midi et demi, le lendemain, ou plutôt aujourd'hui, en fait déjà mardi, et il était là à cette table perchée au-dessus de l'eau, assis avec une blonde du tonnerre qui se trouvait être son patron, mais qui néanmoins lui inspirait des pensées libidineuses. C'était le climat, on n'y pouvait rien. Avec cette chaleur moite, il était très facile de perdre un peu les pédales, de se sentir irrésistible.

– Et c'est à ce moment-là que le bateau est arrivé, dit-il.

– À quelle heure ? demanda-t-elle.

– Vers 11 heures moins le quart.

– Ce qui colle avec le reste, non ? fit Patricia.

– S'il est parti de Willowbee à 10 h 30, oh oui, sûr et certain, Leeds a facilement pu arriver ici en un quart d'heure.

– Est-ce qu'elle l'a vraiment vu arriver par le canal ?

– Oui. Et elle connaît le coin. Elle ne l'a pas vu arriver de la balise 72, c'est trop loin au nord. Mais elle l'a remarqué pendant qu'il s'approchait du quai.

– Où était-elle ?

– Au bar, ici. Vue plongeante sur le canal.

Patricia jeta un coup d'œil.

– D'accord. Est-ce qu'elle a décrit le bateau ?

– Comme si elle avait été dedans.

– Est-ce qu'elle a vu son nom à l'arrière ?

– Non. Il a accosté en marche avant.

– Quel poste d'amarrage ?

– Le deuxième à partir du bout. À votre droite.

Patricia jeta un autre coup d'œil.

– Toujours parfaitement visible au bar, ajouta Bannion. Et même si elle n'a pas vu le nom...

– *Felicity,* dit Patricia en secouant la tête.

– Ça fait cucul, vous ne trouvez pas ? dit Bannion en se mouillant un peu.

Mais il ne décela aucune réaction particulière sur le visage de Patricia. Ce qu'il considéra comme un bon signe.

– ... Mais même si elle n'a pas pu voir le nom du bateau parce qu'il était tourné dans l'autre sens, reprit-il, elle s'y connaît en bateaux, croyez-moi, et elle pourra certainement décrire celui-là devant le tribunal. Plus : elle peut le décrire, *lui*.

– Leeds ?

– Peut-être, je ne sais pas. Il faudrait organiser une confrontation avec elle. Mais certainement un type en blouson et casquette jaunes.

– Qui pilotait le bateau ?

– Qui pilotait le bateau, qui l'amarrait, qui remontait l'échelle à côté du quai, ici, et qui s'en allait directement vers le terrain de stationnement.

– Il était quelle heure ?

– Disons... 11 heures moins dix.

– Ça colle toujours. Quand est-ce qu'elle l'a perdu de vue ?

– Quand il est parti en voiture.

– Quelle sorte de voiture ? demanda Patricia en se penchant en avant.

– Une Oldsmobile Cutlass Supreme verte.

– Et la plaque ?

– Elle n'a pas pu la voir du bar.

– Merde...

Ce que Bannion trouva non seulement excitant, mais aussi terriblement prometteur.

– Vous êtes prête à commander ? lui demanda-t-il avec le plus dévastateur des sourires.

– Il y a une autre façon de voir les choses, disait Mai Chim.

Matthew et elle étaient assis dans un restaurant, à une dizaine de kilomètres du *Kickers* où Bannion venait d'identifier la marque de l'auto dont Trinh Mang Duc n'avait pu donner qu'un signalement sommaire, une voiture ordinaire, bleu foncé ou verte. Mais Trinh avait vu la plaque d'immatriculation. Une plaque de Floride, avait-il dit. Il en était absolument sûr. Et Matthew avait noté le numéro de cette plaque. 2AB 39C. Trouvons cette voiture, pensait-il, et nous aurons l'homme au blouson et à la casquette jaunes.

– Une autre façon de voir les choses ?

Il avait été heureusement surpris qu'elle accepte son invitation à déjeuner, et il était content maintenant de voir qu'elle appréciait beaucoup le repas. Franchement, il s'était demandé si la cuisine italienne plairait à une femme qui avait passé les quinze premières années de sa vie à Saigon. Mais elle mangeait comme si elle mourait de faim. Elle avait d'abord eu raison d'un plat de *linguine al pesto,* et elle attaquait maintenant avec entrain – et même ce qui semblait bien être une farouche détermination – *la piccata di vitello.*

– Les meurtres, dit-elle. Le viol. S'ils ont un rapport ou pas.

– Vous pensez qu'ils n'ont pas de rapport ?

– Pas nécessairement. Je pense que ces hommes l'ont violée, oui, mais ça ne veut pas dire...

– Vous croyez vraiment ?

– Oh, oui. Évidemment, les immigrants vietnamiens de Calusa préfèrent penser le contraire. Ils étaient très contents du verdict. Innocents, c'est ce qu'ils demandent tous dans leurs prières. Il n'y a pas un seul temple bouddhiste à Calusa, vous le saviez ? Pour de nombreux Asiatiques qui s'installent ici, ça rend les choses difficiles.

– Vous êtes bouddhiste ?

– Catholique, répondit-elle en secouant la tête. Mais j'avais beaucoup d'amis bouddhistes quand j'étais adolescente. Et vous, qu'est-ce que vous êtes ?

– Rien pour le moment.

– Qu'est-ce que vous étiez ?

– Épiscopalien farine de froment.

– C'est bien ?

– Je suppose que si l'on veut être quelque chose en Amérique, il vaut mieux être *wasp,* oui.

– Qu'est-ce que c'est ?

– Wasp ? *White Anglo-Saxon Protestant.*

– Et les Épisco – est-ce que vous pourriez répéter le mot, s'il vous plaît ?

– Épiscopalien.

– Épiscopalien, oui, dit-elle en essayant de prononcer le mot qui roulait sur sa langue asiatique. Épiscopalien. Une sorte de protestant ?

– Oui.

– Et farine de froment, c'est une sorte d'Épiscopalien ?

– Non, non, répondit-il en souriant. Farine de froment, c'est... comment dire... *wasp,* dit-il en haussant les épaules. Ça veut dire la même chose.

– Ah...

– Oui...

– Alors quand vous dites Épiscopalien farine de froment, c'est un pléonasme.

– Heu... oui.

– J'aime bien ce mot. C'est un de mes mots favoris. Pléonasme. Vous avez quel âge ? demanda-t-elle tout à coup.

– Trente-huit.

– Vous êtes marié ?

– Non. Divorcé.

– Vous avez des enfants ?

– Un, une fille. Elle est en vacances à Cape Cod pour l'été. Avec sa mère.

– Comment s'appelle-t-elle ?

– Joanna.

– Et elle a quel âge ?

– Quatorze ans.

– Alors, vous vous êtes marié très jeune.

– Oui.

– Elle est très jolie ?

– Oui. Mais tous les pères pensent que leurs filles sont très jolies.

– Je ne suis pas sûre que mon père pensait ça de moi.

– Il vous a quand même conduit jusqu'à cet hélicoptère...

– Oui, c'est vrai...

– Et vous êtes... très jolie.

– Merci.

Il se demanda si elle le savait vraiment. À quel point elle était jolie. Ou avait-elle perdu toute confiance en elle pendant ces années de guerre ? Ou pendant toutes ces années de déménagements constants, depuis que son père l'avait mise dans les bras de ce sergent noir des Marines ? Y avait-il chez Mary Lee la comptable une ressemblance quelconque avec la petite Vietnamienne que Le Mai Chim avait été un jour ? Il n'en savait rien.

– D'après vous, qui les a tués ?

Elle avait changé tout à coup de sujet, comme si elle voulait oublier les images que leur conversation venait d'évoquer. Elle détournait les yeux. Elle les détournait des siens. Elle évitait le contact. Tout à coup, Matthew se sentit mal à l'aise. Avait-elle pris son compliment sincère pour une avance maladroite ? Il espérait bien que non.

– Mon travail ne consiste pas à trouver un meurtrier. Je dois simplement démontrer que mon client n'est pas coupable.

– Et vous croyez qu'il n'est pas coupable ?

Matthew n'hésita qu'un instant.

– Oui, je le crois.

– Vous ne le croyez pas ? fit Mai Chim au même moment, si bien que leurs phrases se croisèrent.

– Disons que je cherche encore des indices, pour confirmer ma conviction.

– La plaque d'immatriculation pourrait vous aider ?

– Peut-être.

– À condition que Trinh l'ait bien vue.

– Je n'ai pas besoin de croire qu'il ne l'a pas bien vue. À moins que... Est-ce que vos chiffres s'écrivent de la même manière que les nôtres ?

– Oh, oui, nous utilisons les chiffres arabes. Et en gros, notre alphabet est identique. À quelques lettres près, quelques-unes en plus, quelques-unes en moins, plus un million de signes diacritiques.

– Qu'est-ce que c'est qu'un signe diacritique ?

Elle le regarda.

– Je ne sais pas ce que c'est.
– Vous auriez pu faire semblant, dit-elle en souriant.
– Bien sûr. Mais alors, je n'aurais jamais su ce que c'est. Dites-moi ce que c'est.
– Un petit signe que l'on ajoute à une lettre pour lui donner une valeur phonétique différente.
– Ah, je vois...
– Vous comprenez ?
– Oui. Comme la cédille en français, ou le *umlaut* en allemand.
– Cette fois, c'est moi qui suis perdue.
– Vous auriez pu faire semblant, vous savez, dit-il.
– Oui, mais qu'est-ce que c'est ?
– Des signes diacritiques, répondit Matthew.
– O.K.
– En tout cas, je crois, dit-il en souriant.
Il avait aimé la manière dont elle avait dit *O.K.*, en faisant sonner le mot d'une manière indéfinissable. O.K., l'américanisme par excellence.
– Le vietnamien est très difficile pour les étrangers, expliquait-elle. Ça compliquait les choses lorsque les soldats américains étaient là-bas. Ce n'est pas une langue qu'on peut apprendre comme ça. Et lorsqu'il n'y a pas de langue commune, on se méfie. On fait des erreurs. Beaucoup d'erreurs. Des deux côtés.
Elle secoua la tête.
– C'est pour cette raison que les Vietnamiens d'ici sont tellement contents du verdict. Si ces hommes ne sont pas coupables, alors on se méfiera moins des étrangers, on les traitera un peu mieux.
– Vous voulez dire qu'on les traite mal ?
– Oh oui, bien sûr.
– Comment ça ?
– En Amérique, on oublie que tout le monde a été un jour un étranger. Sauf les Indiens. Peut-être qu'ils étaient là depuis le tout début. Mais les autres sont venus du monde entier. Et ils l'oublient. Alors, quand un Américain se dispute avec quel-

qu'un qui n'est pas ici depuis très longtemps, la première chose que l'Américain lui dit, c'est : « Rentre dans ton pays. » Ce n'est pas vrai ?

– Si, répondit Matthew.

Rentre dans ton pays.

S'il avait trouvé une pièce de monnaie par terre chaque fois qu'il avait entendu cette phrase dans la bouche d'un Américain soi-disant *d'origine*...

Rentre dans ton pays.

– C'est ce que je voulais dire tout à l'heure, reprit Mai Chim.

– À propos de quoi ?

– Une autre façon de voir les choses.

– C'est-à-dire ?

– Que le viol et les meurtres n'ont absolument rien à voir.

– En fait, c'est la piste que nous suivons pour le moment.

– Alors, vous pensez comme moi. Que quelqu'un voulait dire aux Vietnamiens de Calusa de rentrer dans leur pays.

Il la regarda.

– Vous savez, c'est le Sud ici, dit-elle.

Il la regardait toujours.

– Et si je comprends bien, on brûle parfois des croix sur les pelouses, ici.

Il fallut dix minutes au gardien pour conduire Stephen Leeds au téléphone.

– Je dormais, dit Leeds d'une voix bourrue quand il décrocha.

Matthew regarda sa montre. 3 h 20. Il avait laissé Mai Chim à 2 h 30, puis il était allé chercher chez lui son magnétocassette Sony. La machine était posée sur son bureau.

– Je suis désolé de vous réveiller, mais j'aimerais vous poser encore quelques questions.

– Vous avez lu les journaux ? Ils m'ont déjà jugé et condamné.

– C'est un point positif pour vous, répondit Matthew.

– Je ne vois pas comment.

– Nous allons demander le renvoi devant une autre instance.

– En attendant, tout le monde en ville pense que je suis un assassin.

– C'est exactement ce que je veux dire. Comment voulez-vous choisir un jury impartial quand tout le monde a déjà une opinion ?

– Je vois... fit Leeds sans enthousiasme.

– Monsieur Leeds, je voudrais vérifier certaines choses que vous m'avez dites. Si je me souviens bien, votre voiture est une Cadillac, c'est bien ça ?

– Exact. Une Cadillac Seville.

– De quelle couleur ?

– Toit noir, flancs argent.

– Pourrait-on croire qu'elle est bleu foncé ? Ou verte ?

– Je ne vois pas comment.

– La nuit...

– Même la nuit. La couleur argent, c'est... vous savez bien, c'est une couleur métallique. Bleu foncé ou vert ? Non, c'est impossible.

– Quel est le numéro de la plaque d'immatriculation, si vous vous en souvenez ?

– Je ne suis pas certain. W quelque chose. WR... Je ne me souviens pas. Il faut toujours que je regarde l'étiquette de mon trousseau de clés.

– Est-ce que le numéro est 2AB 39C ?

– Non, certainement pas. Il commence avec un W, j'en suis sûr. Et je crois que la deuxième lettre est un R. WR et quelque chose.

– Pas 2AB...

– Non.

– ... 39C ?

– Non. Pourquoi ?

– Un des témoins qu'il dit vous a vu monter dans une voiture qui avait ce numéro d'immatriculation.

– Quand ? Où ?

– Juste devant la Petite Asie. Il était un peu plus de minuit, le soir des meurtres.

– Parfait.

– Je suppose que ce n'était pas vous.

– Naturellement que ce n'était pas moi. Vous comprenez ce que ça veut dire ?

– Oui, évidemment, répondit Matthew.

– Si nous pouvons retrouver cette voiture, nous aurons retrouvé l'assassin ! Bon Dieu, c'est la première bonne nouvelle depuis le début de cette histoire ! J'ai hâte d'en parler à Jessie. Dès que vous raccrochez, je l'appelle.

– Je vous ferai savoir si nous trouvons quelque chose. Mais pour le moment, je voudrais que vous répétiez quelque chose après moi.

– Comment ?

– Écoutez d'abord, et ensuite vous répétez à mon signal, d'accord ?

– D'accord, fit Leeds d'une voix étonnée.

– Allô, dit Matthew, ici Stephen Leeds. Je vais...

À Calusa, Floride, vous payez vos plaques d'immatriculation à la recette principale, soit par la poste, soit en personne. Selon le cas, vous les emportez vous-même, ou bien on vous les renvoie par le courrier. La recette principale se trouvait au premier étage du nouveau palais de justice, à côté du commissariat central et de la prison municipale. À 4 heures ce mardi après-midi, Warren Chambers expliquait à Fiona Gill – dont le titre officiel était chef du service d'immatriculation des véhicules automobiles – que son patron cherchait à identifier le propriétaire d'une voiture dont il avait le numéro d'immatriculation.

– Et pour qui travaillez-vous ces temps-ci ? demanda Fiona.

C'était une Noire absolument splendide, yeux anthracite, peau moka, lèvres retouchées avec un rouge rubis qui les faisait luire de façon fort appétissante dans la morosité de ce bureau exceptionnellement tristounet. Robe de lin jaune vif, se dit Warren, fermée devant jusqu'au troisième bouton, anneaux d'or aux oreilles, chaîne en or autour du cou, un médaillon avec la lettre *F* qui se nichait dans l'ombre profonde de ses seins, partiellement révélés par l'échancrure en V de la robe. Et Warren pensa qu'il avait devant lui une bien belle œuvre d'art.

– Summerville & Hope, répondit-il. Vous les connaissez ?

– Non. Je devrais ?

– Non, sauf si vous n'avez pas été sage ces derniers temps, répondit-il en souriant.

Fiona y vit une insinuation, ce qui était tout à fait le cas.

Elle avait déjà travaillé avec Warren Chambers et trouvait qu'il ne lui manquait qu'une seule qualité : l'âge. Fiona avait quarante-six ans et elle supposait que Warren devait avoir entre trente-cinq et quarante. Mais à part son impardonnable jeunesse, elle ne pouvait rien trouver à lui reprocher. Sauf peut-être sa nouvelle coupe de cheveux qui le faisait paraître encore plus jeune que l'âge qu'elle lui prêtait. Mais... des insinuations. Tiens, tiens, tiens.

– Pas le genre de bêtises qui vous font courir chez un avocat, répondit-elle. Ou chez un agent immobilier, si c'est plutôt ça le travail de vos patrons...

– Non, vous aviez raison, ce sont des avocats.

– La dernière fois que j'ai eu besoin d'un avocat, c'était quand j'ai divorcé.

Warren pesa ce renseignement qu'il n'avait pas demandé mais qui faisait parfaitement son affaire.

– Il y a longtemps ?

– Quatorze ans.

– Et maintenant, vous êtes remariée et heureuse de l'être.

Ce que Fiona prit pour un ballon d'essai.

Ce qui était tout à fait le cas.

– Non, je papillonne, et je suis heureuse de papillonner. Même si, pour vous dire la vérité, Warren...

C'était la première fois qu'elle prononçait son prénom.

– ... tous les hommes libres de Calusa sont mariés ou homos.

– Pas moi.

Fiona haussa les sourcils.

– Un beau garçon comme vous doit certainement avoir quelqu'un dans sa vie, fit-elle en décidant d'étaler ses cartes sur la table. Une femme plus proche de votre âge.

– Je vais vous dire la vérité, Fiona, dit-il en prononçant à son tour son prénom pour la première fois. Je trouve que la plupart des femmes de mon âge sont un peu trop adolescentes.

– Ah bon ?

Deux paires d'yeux se rencontrent.

– Je préfère les femmes plus mûres.

– C'est vrai ? fit-elle.

– C'est vrai, fit-il.

Ils hochaient tous les deux la tête. Lentement, dans la torpeur de l'après-midi. Quelque part dans un coin sombre, une machine à écrire se mit à crépiter. Puis se tut tout à coup. Warren se demandait en quelle partie du corps elle allait le transpercer s'il l'invitait à dîner. Fiona se demandait si elle devait lui proposer de parler de ses préférences en matière d'âge devant un verre, un peu plus tard dans l'après-midi. Plus un mot. Le hasard et la nécessité attendaient là, planant en l'air, étincelant de promesses. La machine à écrire recommença à crépiter, faisant voler en éclats le silence, remettant le temps en marche. Ce fut Fiona qui, embarrassée, détourna les yeux.

– Bien, bien... Voyons un peu cette plaque.

Warren chercha son carnet dans sa poche. Il le feuilleta jusqu'à tomber sur la page où il avait noté le numéro que Matthew lui avait donné au téléphone.

– Voilà, dit-il en lui tendant le carnet.

Fiona y jeta un coup d'œil.

– Inconnu au bataillon.

– Qu'est-ce que vous voulez dire ?

– Nous n'avons pas de plaques commençant par un numéro. Pas en Floride.

– C'est pourtant ce que l'homme a vu.

– Alors, c'est que votre homme s'est trompé. Ici, en Floride, nous utilisons trois lettres, deux chiffres et une seule lettre. L'ordinateur choisit les lettres et les chiffres au hasard en éliminant automatiquement les séries déjà attribuées. Vous pouvez avoir, par exemple, CDB 34L, ou DGP 47N, ou AFR 68M. Enfin, vous voyez ce que je veux dire. Mais vous ne pouvez certainement pas avoir la combinaison que vous me montrez.

– Vous en êtes absolument sûre ?

– Est-ce que je suis sûre que mon numéro de téléphone liste rouge est bien le 381-3645 ? répondit-elle en haussant les sourcils.

7

Le gymnase de la police était de la taille d'un bon gymnase de lycée, bien équipé, climatisé, et presque vide à 5 heures ce mardi après-midi. À part Matthew et Bloom, il n'y avait que deux autres personnes dans la grande salle qui résonnait comme une caverne : un coureur qui ne se lassait pas de tourner en rond sur la piste en mezzanine et un homme, torse nu et short bleu, qui faisait des haltères. La lumière de cette fin d'après-midi entrait obliquement par les hautes fenêtres. Il n'avait pas encore plu. Il n'avait pas plu du tout hier. Et tout le monde à Calusa disait que les Russes devaient certainement traficoter quelque chose avec le temps. Malgré la *glasnost.* Certaines idées avaient décidément du mal à prendre racine en Floride.

Bloom portait un survêtement gris, avec l'écusson bleu de la police de Calusa sur la poitrine. Matthew avait un pantalon molletonné noir et un T-shirt blanc. Les deux hommes étaient en chaussures de sport. Bloom avait un avantage d'au moins deux centimètres sur Matthew, en hauteur et en allonge, et d'une vingtaine de kilos en poids. Mais il était justement là pour lui enseigner quelques trucs qui, bien assimilés, privaient la supériorité physique de toute signification.

– Tu as grossi, dit-il.

– Cinq kilos, reconnut Matthew.

– C'est pas mal. Tu as même un petit ventre, Matthew.

– Je sais.

– Tu devrais venir ici tous les jours pour courir un peu.

– Oui...

– Si tes deux cow-boys te retrouvent avec ce ventre, ils vont te faire faire la brouette jusqu'à Fort Meyers.

Il faisait allusion aux spectres qui hantaient la vie intime de Matthew, deux cow-boys d'Ananburg qui l'avaient transformé un jour en steak haché dans un bar de Calusa. Il les avait ensuite rattrapés, pour leur flanquer une dérouillée qui les avait laissés quasiment infirmes. Son cauchemar était qu'ils retrouvent sa trace un jour et qu'il ait moins de chance cette fois-là. Bloom lui répétait sans cesse que ce n'était pas une question de chance, mais de technique. Savoir comment casser la gueule de ton adversaire avant qu'il te casse la tienne. Selon Bloom, apprendre à faire très mal n'était qu'une simple question de peur. Si ça t'est égal que deux cow-boys te mettent en purée, et t'enculent même, alors tu n'apprendras jamais à te battre comme un voyou. Et pour Matthew, la peur personnifiée, c'étaient les Deux Cow-boys. La terreur incarnée. Bousiller les Deux Cow-boys, et la peur serait vaincue. Mais pour les bousiller, il fallait savoir crever un œil ou casser une colonne vertébrale.

– Tu veux faire un petit tour de danse avant de commencer ? demanda Bloom.

Les deux hommes montèrent sur le tapis. Bloom était très rapide pour un homme de sa taille. Avec son ventre – bon, ce n'était pas *tout à fait* un ventre –, Matthew était plus lent et donc plus vulnérable aux grandes tapes que Bloom lui donnait sans cesse. Suant, soufflant, il tournait autour de Bloom quand il parvint à lui assener enfin une bonne gifle de la main gauche sur la mâchoire...

– Bien, dit Bloom.

... suivie d'une gifle de la main droite sur le biceps de Bloom qui, si elle avait été donnée à poing fermé, lui aurait fait diablement mal.

– Comme ça, on se retrouve une fois de plus sur le ring, dit Bloom en feintant, puis en envoyant un aller-retour fulgurant au visage de Matthew. Les claques lui faisaient mal. Matthew recula.

– Tu t'occupes de l'affaire Leeds, hein ?

– Exact.

– Tu commences à te faire une réputation, tu sais, dit Bloom.

– Ah bon ?

– Oui... Celle de n'accepter que les dossiers cuits d'avance.

Bloom se mit à rire. C'était une blague. Les derniers dossiers de Matthew n'étaient certainement pas de ceux qu'on peut dire gagnés d'avance.

– Comme des chefs, nous arrêtons les gars, nous sommes totalement sûrs de notre coup, continuait Bloom, et voilà que tu arrives et que tu nous bottes le cul. Écoute, Matthew, tu ne voudrais pas me faciliter un peu la vie ?

– Comment ?

– Pose ta candidature comme avocat général. Comme ça, on pourra travailler du même côté de la barrière.

– Ah ? répondit Matthew. Skye démissionne ?

Au bout du gymnase, l'haltérophile s'était mis à cogner sur un punching-bag. Un pif-paf régulier accompagnait maintenant leur danse sur le tapis, tandis que les deux hommes tournaient l'un autour de l'autre, feintaient, frappaient, reculaient pour mieux foncer, décrivaient des cercles en sautillant, de grandes taches de sueur sur leurs survêtements, des ruisseaux de sueur sur leur visage.

– Skye regarde vers le nord, du côté de Tallahassee, la grande capitale, répondit Bloom.

– Et qu'est-ce que c'est que cette grosse affaire qu'il aurait dans sa manche ?

– Quelle grosse affaire ? demanda Bloom innocemment.

– J'ai entendu dire qu'il préparait quelque chose.

– Qui t'a dit ça ?

– Mon petit doigt.

– Moi, je ne dis rien, je n'entends rien, je ne vois rien.

– Ça devait sortir dans le journal. J'attends toujours.

– Nous aussi peut-être.

– Quoi donc ?

– Demande à ton petit doigt. Tu en as assez pour aujourd'hui ?

– Et comment, répondit Matthew.

Ils s'avancèrent vers l'endroit où ils avaient laissé leurs sacs, contre le mur, sortirent leurs serviettes, s'essuyèrent la figure et le cou. Ils étaient tous les deux hors d'haleine.

– Je peux te poser quelques questions ? dit Matthew.

– Pas à propos de ça.

– Non, au sujet de l'arrestation de Leeds.

– Pas de problème.

– Dis-moi ce qui s'est passé ce matin-là.

– Rien. Nous sommes allés chez lui avec le portefeuille que nous avions trouvé sur les lieux. Le sien, manifestement. Il était en pyjama quand nous lui avons parlé. Il a reconnu son portefeuille et nous lui avons demandé de nous suivre. On l'a interrogé dans le bureau du capitaine. Ensuite, on a fait venir Skye quand on a jugé qu'on tenait le bon bout.

– C'est-à-dire ?

– Tu veux dire, quand nous avons su que nous tenions notre homme ?

– Oui.

– Quand nous avons reçu le coup de téléphone de Tran Sum Linh.

– Qui disait quoi ?

– Qui disait qu'il avait vu l'assassin de ses potes.

– Et ?

– Nous avons fait une petite séance d'identification. Il a reconnu Leeds comme l'homme qu'il avait vu entrer dans la maison ce soir-là.

– Quand est-ce que tu as trouvé ton autre témoin ?

– Le lendemain. Leeds était déjà inculpé.

– Le mercredi.

– Peut-être bien.

– Le 15.

– À vue de nez, les dates et les heures collent tout à fait, dit Bloom. La permanence a reçu l'appel à 6 heures moins dix le matin du 14, un mardi. Un type, je ne me souviens plus de son nom, ces foutus noms vietnamiens me font tourner chèvre, un type était allé là-bas prendre ses copains pour les amener au travail, et il est tombé sur les trois cadavres. Ils avaient deux emplois, je parle des victimes. Dans une usine pendant la journée, au restaurant le soir. Je suppose que tu sais ça. En tout cas, le central a envoyé la voiture Charlie qui m'a confirmé par radio le triple homicide. Le capitaine m'a appelé chez moi et j'ai retrouvé Rawles là-bas. Il devait être 8 heures, un petit peu plus. Dès que nous avons trouvé le portefeuille, nous sommes allés à la ferme de Leeds. Je ne savais pas que les fermiers étaient si riches. Et toi ?

– Certains.

Bloom ramassa le gilet de sauvetage avec lequel il était entré dans le gymnase. Plastron orange, sangles orange, une inscription dans le dos : U.S. COAST GUARD.

– Hum... Bon. Tran l'a identifié dans l'après-midi et on s'est occupé du deuxième témoin le lendemain. Oui, tu as raison, c'était mercredi, le 15. Tu sais pourquoi je mets ce gilet de sauvetage ?

– Parce que le gymnase est en train de couler, évidemment.

– Très drôle, répondit Bloom sans rire. Si je le mets, c'est parce qu'il est bien rembourré aux épaules et au cou, et que c'est là que tu vas me tabasser maintenant.

– Dis-moi, quand tu es allé à la ferme, est-ce que tu as vu des traces d'effraction quelque part ?

– C'est pas un cambrioleur qu'on cherchait, Matthew.

– Mais est-ce que tu aurais vu des traces à côté des portes ou des fenêtres ?

– Je t'ai déjà dit... On ne cherchait pas ça.

– Je vais envoyer quelqu'un là-bas pour jeter un coup d'œil.

– Pourquoi pas. Et n'oublie pas de prévenir Pat si tu trouves quelque chose.

– Tu ferais mieux de ne pas l'appeler Pat, tu sais.

– N'empêche que tu perds ton temps, Matthew. Écoute, je vois bien où tu veux en venir. Tu penses que quelqu'un a pu entrer dans la maison et prendre le blouson et la casquette, c'est ça ? Et ensuite, il les aurait remis dans le placard, je me trompe ? Mais ce quelqu'un aurait *aussi* volé les clés de la voiture de Mme Leeds ? Pour les remettre ensuite dans son sac à main, dans le placard de la chambre, en haut ? Ou le double des clés dont Leeds se servait, qu'on aurait alors remis sur la commode de la chambre ? Parce que je suis sûr que tu sais déjà...

– Oui, Charlie Stubbs a vu...

– Oui, il a vu Leeds se pointer avec la Maserati vers 10 h 30 ce soir-là.

– *Si* c'était Leeds.

– Et qui d'autre, si ce n'était pas Leeds ?

– Un homme en casquette et blouson jaunes.

– Comme par hasard, exactement comme Leeds.

– La casquette, on en distribuait à la pelle des comme ça il y a quelques années ; le blouson, tu en trouves des pareils à tous les coins de rue. Il y a peut-être cent types en ville qui se baladent avec le même blouson et la même foutue casquette.

– Et il y a cent types en ville qui ont *aussi* les clés de la Maserati que conduisait le bonhomme en blouson et casquette jaunes ?

– Là, je dois dire que...

– *Et* les clés du bateau ?

Matthew soupira.

– Oui... Matthew, je sais que je me suis trompé la dernière fois. Mais là, c'est quand même trop. Essaie de t'entendre avec l'avocat général, négocie une accusation réduite en échange d'un aveu. Demming est nouvelle et elle en veut. Elle sera trop contente de s'arranger avec toi. Alors, fais-moi plaisir, s'il te plaît. Ne cherche pas midi à quatorze heures. D'accord ?

Matthew ne répondit pas.

– Allez, viens, reprit Bloom. Je vais te montrer comment me paralyser.

Quand Matthew rentra chez lui ce soir-là, il y avait deux messages sur son répondeur. Le premier, de Warren Chambers qui lui disait ce qu'il avait appris au sujet du numéro de la plaque d'immatriculation.

– Et merde, grogna Matthew.

Le deuxième était de Jessica Leeds qui lui demandait de la rappeler dès que possible. Debout, en survêtement, il n'avait qu'une seule envie : prendre une bonne douche. Mais il ouvrit l'annuaire à la lettre *L*, trouva le numéro de la ferme et décrocha. Jessica répondit à la troisième sonnerie.

– Madame Leeds, ici Matthew Hope.

– Oh, bonsoir ! Merci de m'avoir rappelée. Stephen m'a téléphoné cet après-midi, juste après votre départ. Il était fou de joie.

Saloperie de plaque, pensa Matthew.

– C'était peut-être un peu prématuré.

– Qu'est-ce que vous voulez dire ?

– Il n'y a pas de plaque avec ce numéro en Floride.

– Oh *non*...

– Je suis désolé.

– Je suis tellement déçue.

– Je comprends.

– Mais c'était peut-être une plaque d'un autre État ?

– Trinh est sûr que c'était une plaque de Floride.

– Stephen va en *mourir,* j'en suis sûre, il va en *mourir.*

– Est-ce qu'il vous a dit quel était le numéro ?

– Oui...

– Est-ce que ça vous dit quelque chose ?

– Quoi donc ?

– Vous n'auriez pas vu une voiture avec cette plaque passer devant la ferme... ou aux environs... Comme si quelqu'un observait les lieux ?

– Oh... Non, je suis désolée.

– Parce que si quelqu'un est entré par effraction chez vous...

– Oui, je comprends ce que vous voulez dire. Mais nous sommes tellement isolés ici... Je pense que j'aurais remarqué quelque chose. Une voiture qui roulait doucement...

– Oui.

– ... ou qui remontait l'avenue...

– Oui.

– Mais non, je n'ai absolument rien vu.

– Pendant que j'y pense, reprit Matthew, je vais envoyer quelqu'un pour examiner les portes et les fenêtres chez vous. Il s'appelle Warren Chambers. Je vais lui demander de vous téléphoner d'abord.

– Mes fenêtres et mes *portes* ?
– Au cas où il y aurait des traces d'effraction.
– Oh, je vois, c'est une bonne idée.
– Il vous téléphonera.
– Entendu.
Elle resta silencieuse un moment.
– Je ne sais pas comment annoncer ça à Stephen.
Matthew n'en savait rien lui non plus.
– Je vais m'en occuper, dit-il. Ne vous inquiétez pas.

La mémoire photographique de Warren lui avait rendu de bien grands services depuis qu'il était tout petit. Au lycée, et plus tard pendant son court séjour à l'université, alors que ses camarades gribouillaient des antisèches sur leurs poignets de chemise ou dans le creux de leurs mains, il mémorisait des pages et des pages de texte dont il pouvait ensuite se souvenir instantanément. Et intégralement. Une photo de la page apparaissait tout à coup dans sa tête. Exactement comme il l'avait vue lorsqu'il l'avait lue. Phénoménal. Et le truc fonctionnait aussi bien avec les visages. Quand il était dans la police de Saint Louis, il lui suffisait de regarder une seule et unique fois une photo de l'identité judiciaire, et elle restait là dans sa tête, gravée à tout jamais. Et s'il tombait sur le même petit voyou dans la rue deux ans plus tard, il lui filait le train, juste pour voir quelle bêtise il pouvait bien avoir en tête.

Si Warren avait vu cette plaque d'immatriculation le soir des meurtres, vous pouvez être sûr qu'il ne l'aurait pas mémorisée de travers. Il l'aurait enregistrée avec son petit appareil photo intérieur, *clic,* et elle aurait été imprimée pour toujours dans sa caboche, en couleurs, orange et blanc, les couleurs des plaques de Floride.

Un Tarzan de la mémoire, ce Warren Chambers.

Sauf ce soir.

Ce soir, il ne pouvait absolument pas se souvenir du numéro de téléphone de Fiona Gill qui, pour son plus grand malheur, se trouvait sur la liste rouge.

Et est-ce que je suis sûre que mon numéro de téléphone liste rouge est bien le 381-2645 ?

C'était bien ce qu'elle avait dit, non ?

Oui ?

Mais lorsqu'il avait composé le 381-2645, il était tombé sur un bonhomme qui s'était mis à grogner comme un fauve en cage, crachant et grondant sous prétexte que Warren l'avait réveillé en pleine nuit. À ceci près qu'il n'était que 8 h 30. Il avait alors composé une deuxième fois le numéro, certain que sa fantastique mémoire ne pouvait le tromper, qu'il avait simplement fait une erreur en composant les chiffres et, enfer et damnation, le même monstre rugissant lui intime l'ordre de ne plus le déranger, sinon...

Warren avait raccroché sans se faire prier.

Il savait qu'il ne se trompait pas pour le 381, car c'était l'un des sept préfixes de Calusa et aucun des autres – 349, 342, 363, etc. – ne lui ressemblait ni de près ni de loin. C'était donc sûrement 381. Alors, comment avait-il pu se gourer pour les quatre derniers chiffres ? Est-ce qu'il les avait mémorisés dans le mauvais ordre ? Et si c'était le cas, combien y avait-il de combinaisons possibles des chiffres 2, 6, 4 et 5 ?

Il se rappela une page d'un chapitre d'un vieux manuel scolaire sur les permutations et combinaisons, invoqua la formule 4 x 3 x 2 x 1 = X, ce qui lui donna 4 x 3 = 12 x 2 = 24 x 1 = 24, ce qui lui fit conclure qu'il existait vingt-quatre combinaisons possibles des chiffres 2, 6, 4 et 5. Il avait déjà composé 2645 – deux fois, rien moins – ce qui lui laissait vingt-trois possibilités.

Il commença par 2654, puis essaya 2564 et 2546, puis 2465 et 2456.

Pas de Fiona Gill.

Il passa alors à la série suivante de six chiffres, cette fois en commençant par le chiffre 6, pour composer d'abord 6245, puis 6254, et ainsi de suite jusqu'à la combinaison 6542. Toujours pas de Fiona Gill.

Il était près de 9 heures.

Il calcula qu'il lui fallait à peu près trente secondes pour composer chaque numéro, attendre trois ou quatre sonneries, ou davantage, découvrir que personne du nom de Fiona Gill n'était à ce numéro, remercier, et raccrocher. Six numéros par série. Cent quatre-vingts secondes en tout. Trois minutes, plus ou moins, selon la longueur de la conversation. Il était 9 h 5 lorsqu'il vint à bout de la série commençant par le chiffre 5. Toujours pas de Fiona. Il passa à la série suivante.

381-4265.

Drelin, drelin, drelin...

– Allô ?

– Est-ce que je pourrais parler à Fiona Gill, s'il vous plaît ?

– À qui ?

– Fiona Gill.

– Pas de Fiona Gill ici.

Puis 381-4256...

Et 381-4625...

Encore et encore, jusqu'à la dernière combinaison possible, 381-4562, le téléphone qui sonne, drelin, drelin...

– Allô ?

Une Noire.

– Fiona ?

– Qui ?

– J'essaie d'appeler Fiona Gill.

– Mauvais numéro.

Et *clic*.

Il était là, assis, découragé, considérablement ébranlé dans la fierté qu'il tirait de sa prodigieuse mémoire. Écoute, se dit-il, il doit y avoir une erreur quelque part. Peut-être que c'est elle qui m'a donné un mauvais numéro. Peut-être qu'elle était tellement énervée qu'elle a oublié son propre numéro, c'est tout à fait possible. Alors, comment faire pour trouver le *bon* s'il est sur la liste rouge ? Il décrocha une fois de plus, appuya sur le 0 pour obtenir la standardiste, entendit le téléphone sonner une fois, deux fois...

– Téléphoniste ?

– Inspecteur Warren Chambers, répondit-il, de la police de Saint Louis.

– Oui, monsieur Chambers.

– Nous essayons de retrouver la sœur de la victime d'un homicide, ici...

– Mon Dieu, un homicide, fit la standardiste.

– Oui, elle s'appelle Fiona Gill, son numéro semble être...

– La victime ?

– Non, sa sœur. Elle habite chez vous, à Calusa. Je me demandais...

– Et il fait beau là-bas ?

– Magnifique, fantastique. Très bel été. Fiona Gill, j'épelle : G-I-L-L. Je n'ai plus son adresse.

– Un moment, s'il vous plaît, dit l'opératrice qui parut s'absenter une dizaine de secondes. Je suis désolée, monsieur, mais ce numéro est confidentiel, expliqua-t-elle quand elle revint au bout du fil.

– Oui, je sais.

– Nous ne sommes pas aut...

– Il s'agit d'un homicide, répliqua Warren.

Un truc qui marchait toujours.

– Je suis vraiment désolée, monsieur, mais le règlement nous interdit de communiquer les numéros confidentiels.

– Oui, je comprends bien. Je pourrais parler à votre chef de service, s'il vous plaît ?

– Oui, monsieur, un instant, je vous prie.

Warren attendit.

– Mademoiselle Camden, fit une voix de femme.

– Inspecteur Warren Chambers. Nous enquêtons sur un homicide, ici, à Saint Louis, et j'ai besoin de parler à une femme du nom de Fiona Gill qui habite dans votre ville. Pourriez-vous demander à votre supérieur... ?

– Un homicide *où* ? demanda Mlle Camden.

– À Saint Louis.

– Vous me prenez pour une imbécile ? répondit-elle en raccrochant.

Warren regarda son téléphone.

Bon, ça ne marchait pas à tous les coups.

Il raccrocha, réfléchit un instant, puis ouvrit son agenda. La dernière fois qu'il avait travaillé pour Matthew, il avait engagé deux gros tas, des flics de la police de Calusa, pour une petite filature au clair de lune. L'un d'eux en était mort, incidemment, mais l'autre était toujours vivant et entretenait encore avec Warren des rapports quelque peu hésitants, les seuls qu'un gros tas blanc pouvait entretenir avec un Noir dans cette ville. Il chercha le numéro de Nick Alston, chez lui, regarda sa montre – 9 h 20 – et appela.

– Allô ?

– Nick ?

– Oui ?

– Warren Chambers.

– Comment ça va, Chambers ?

Fou de joie de l'entendre, apparemment.

– J'ai besoin d'un service.

– Ah ouais ?

Toujours débordant d'enthousiasme.

– Un numéro de téléphone, expliqua Warren. Pour cette affaire sur laquelle je travaille.

– Où ?

– Ici, à Calusa.

– Je veux parler du numéro.

– Je parle du numéro. Liste rouge.

– Tu veux rigoler ? Et il te le faut pour quand ?

– Maintenant.

– Je ne suis pas au boulot.

– Tu ne pourrais pas demander à quelqu'un d'appeler pour moi ?

– Peut-être. Où es-tu ?

– Chez moi.

– Et c'est où, ton truc ? Newtown ?

Le quartier noir de Calusa.

– Non, ici, avenue Hibiscus.

– Donne-moi ton numéro.

Ce que fit Warren.

– Et comment s'appelle cette personne ?

– Fiona Gill, répondit Warren.

– Celle de la recette principale, c'est ça ?

– Affirmatif.

– Véhicules automobiles, c'est ça ?

– Exact. J'essaie d'avoir un tuyau sur une plaque.

– Et tu dois l'appeler chez elle, c'est ça ?

– C'est ça.

– Ouais, ouais, je vois. Je te rappelle.

Il le rappela une dizaine de minutes plus tard.

– Le numéro de la dame est le 381-3645.

– Ha, fit Warren.

– Ouais, haaa, fit Alston. Haaa *quoi ?*

– Un trois. Au lieu d'un deux.

– Ce qui veut dire quelque chose, je suppose ? Tu sais, je n'ai pas l'habitude de jouer aux mères maquerelles, Chambers. J'espère que tu comprends bien ça.

– À charge de revanche.

– J'espère bien.

– Je n'oublierai pas. Merci beaucoup, Nick, vraiment je...

– Tu te souviens de mon partenaire ? Charlie Macklin ? Celui qui s'est fait tuer pendant qu'il surveillait la maison sur la plage ?

– Je me souviens de lui, oui.

– Eh bien, il me manque toujours.

Silence au bout du fil.

– On devrait aller prendre une bière un de ces jours, dit Warren.

– Ouais...

Nouveau silence.

– Je te rappelle un de ces quatre, fit Warren. Et encore merci.

– Ouais... dit Alston en raccrochant.

Warren reposa le téléphone. Il était 10 heures moins vingt-cinq ; et il se demandait s'il était trop tard pour lui téléphoner. Il s'interrogeait encore quand le téléphone sonna. Il décrocha.

– Allô ?

– Warren ?

– Oui ?

– Salut ! Ici Fiona Gill.

À Calusa, Floride, les plages changent avec les saisons. Ce qui en mai était une large bande de sable d'un blanc immaculé n'est souvent plus en novembre qu'une étroite bande de coquillages, d'algues et de bois lavé par la mer. Ici, on craint la saison des ouragans autant pour les dommages que subissent les villas que pour les ravages qu'elle risque de causer à la précieuse côte du golfe du Mexique.

Il y a cinq petites îles au large de Calusa, des *keys* comme on les appelle dans la région, mais seulement trois d'entre elles – Stone Crab, Sabal et Whisper – sont dans l'alignement nord-sud, parallèles à la côte. Flamingo Key et Lucy's Key ressemblent à d'énormes pierres qu'un géant aurait jetées dans la baie pour passer à pied sec de la terre ferme à Sabal, puis à Stone Crab – Stone Crab qui souffre le plus pendant les violentes tempêtes d'automne, sans doute parce que c'est elle qui a *le moins* à perdre. Stone Crab, la plus étroite des *keys* de Calusa. Ses plages autrefois splendides ont été rongées au fil des années par l'eau et le vent. Septembre après septembre, la route à deux voies de Stone Crab est complètement inondée quand la baie d'un côté et le golfe de l'autre se rejoignent pour barrer le passage, sauf peut-être à un canot pneumatique. Habituellement, la plage de Sabal est celle qui s'en tire le mieux – comme s'il existait quand même un Dieu quelque part. Et sur Sabal Key, la police de Calusa détournait chastement les yeux quand il arrivait à certains de décider de se baigner en costume d'Adam ou d'Ève.

En fait, les policiers regardaient du coin de l'œil.

Sur Sabal Key, les femmes pouvaient patauger dans l'eau ou jouer sur la plage les seins nus. Mais découvrez une zone génitale, mâle ou femelle, pour une infime fraction de petite seconde, et tout à coup une voiture blanche avec l'écusson bleu de la police de Calusa apparaissait comme par magie sur la route et un honorable représentant de la loi en uniforme s'avançait d'un pas solennel en soulevant des nuages de sable avec ses grosses chaussures, la tête rentrée entre les deux épaules, scrutant attentivement le terrain (mais *pas* la délinquante toison pubique), puis procédait sur-le-champ à l'arrestation du coupable, en vertu d'un arrêté municipal qui remontait à 1913, date de la fondation de la municipalité.

Ce soir-là, la vieille Buick de Warren était la seule voiture sur la route de la plage. Le parking principal était beaucoup plus loin, à côté du pavillon public où chaque soir les ados de Calusa se réunissaient pour pratiquer leurs étranges rites tribaux. Quelque part, on jouait de la guitare sèche ; des lambeaux d'un air méconnaissable flottaient avec indolence dans l'air humide. Pas une ombre de brise. Warren était très nerveux.

La dernière fois qu'il avait été aussi nerveux, c'était à Saint Louis, quand un forcené perché sur un toit tirait dans la rue. Warren et quatre autres policiers en gilets pare-balles étaient montés là-haut et avaient enfoncé la porte coupe-feu en métal pour se faire accueillir par une volée de balles. Sa nervosité s'était alors transformée en pure terreur. L'homme au fusil avait l'air d'un parfait débile, mais fou à lier. Les cheveux hérissés sur le sommet du crâne, les yeux complètement dingues. Bleus. Des yeux bleus qui brillaient dans la lumière du soleil. Nom de Dieu... L'être humain le plus horrifiant que Warren avait vu de sa vie. Depuis, il avait fait connaissance avec des gens encore plus effarants – le monde était plein de cinglés capables de vous flanquer une crise cardiaque au premier coup d'œil –, mais sa définition de la terreur resterait à jamais liée à cet homme aux yeux bleus qui les aspergeait de balles sur un toit plat goudronné, inondé de soleil.

Ce soir, il n'était pas terrifié, il était simplement nerveux.

Parce que...

Eh bien...

Au téléphone, Fiona s'était excusée de l'appeler si tard, puis lui avait dit qu'elle avait été très contente de le revoir cet après-midi, puis avait parlé du temps, très chaud...

– Je ne me souviens pas avoir jamais eu aussi chaud ici, et vous ?

– Non, moi non plus, répondit Warren.

– Pas de pluie depuis deux jours. Ce sont sûrement les Russes.

– Sûrement.

Il se demandait pourquoi elle l'avait appelé.

– Ce serait vraiment une belle soirée pour se baigner un peu, mais je n'ai pas de piscine. Est-ce que vous auriez une piscine, par hasard ?

Warren lui expliqua qu'il vivait dans un studio, au-dessus de ce qui avait été autrefois une banque, avenue Hibiscus, et que, non, il n'avait pas de piscine. Elle lui dit alors que c'était vraiment bien dommage que ni l'un ni l'autre n'ait de piscine, quand la nuit était si belle pour se baigner un peu, mais il était probablement tard.

– Non, je ne pense pas qu'il soit trop tard.

Et il jeta un coup d'œil à sa montre.

– Non, il est seulement 10 heures moins vingt, enchaîna-t-il.

– Un petit bain au clair de lune.

– Oui, ça serait bien agréable.

– Vous trouvez ?

Un ange passa. Comme ce silence à la recette principale, cet après-midi, quand l'air crépitait de toutes ces possibilités qui s'évanouiraient dans quelques minutes.

– Alors, dit enfin Fiona, et il ne saurait jamais tout le courage qu'il lui avait fallu, vous croyez que vous aimeriez peut-être venir ici pour...

– Oui, répondit-il aussitôt.

– ... me prendre...

– Oui, certainement...

– ... et nous irions ensemble à Sabal Key ?

Sabal...

Et c'est à ce moment précis que son cœur avait commencé à battre follement, que ses mains étaient devenues toutes moites.

Parce que Fiona aurait pu proposer n'importe quelle autre plage de Calusa pour se baigner au clair de lune – et il y avait un clair de lune ce soir –, mais elle avait choisi Sabal. Et Sabal était la seule et unique plage à moitié nudiste.

Elle était en sandales et en combinaison bleue, fermeture Éclair sur le devant. Elle retira ses sandales tandis que Warren fermait la voiture, puis elle les garda à la main par les lanières. Warren était en jean et sweat-shirt de coton, nu-pieds dans des mocassins. Il s'avança jusqu'au coffre, l'ouvrit et sortit des serviettes, une couverture et une petite glacière à bandoulière. Dans la boîte de plastique, sur un lit de glace, il avait déposé une bouteille de jus d'orange remplie de dry Martini, une boîte de pâté de campagne qu'il avait achetée au French Château, rue Gaines, une boîte de biscuits salés, quelques assiettes de carton, des gobelets et des ustensiles de plastique, plus un colt .38 Detective Special.

– Je peux vous aider ? demanda Fiona.

– Si vous voulez bien prendre les serviettes.

– Naturellement. Je vais prendre la couverture aussi.

– Non, non, je m'en charge.

Il lui tendit les serviettes. Quand il referma le coffre, il remarqua sa propre plaque d'immatriculation, comme s'il la voyait pour la première fois :

DTU 89R

Trois lettres, deux chiffres et encore une lettre.

Exactement ce qu'elle lui avait dit.

Il posa la glacière par terre, retira ses mocassins et jeta la couverture sur son épaule comme un serape mexicain. Puis il reprit la glacière par la bandoulière et suivit Fiona sur le sable. La marée commençait à peine à monter. Pas le moindre ressac ce soir. Les vagues venaient doucement lécher la rive, dans un murmure. Ils trouvèrent un endroit où le sable était sec, à une dizaine de mètres de l'eau, et étalèrent la couverture. Même pas nécessaire de faire des petits tas de sable sur les coins pour l'empêcher de s'envoler ; pas un souffle de brise. Warren regarda à gauche et à droite. Pas âme qui vive sur la plage.

Fiona faisait glisser la fermeture de sa combinaison.

– J'allais justement vous appeler, dit-il, mais vous avez été plus rapide que moi.

– Menteur.

– Non, c'est la vérité.

La fermeture défaite jusqu'à la ceinture. Elle dégagea ses épaules, fit glisser le vêtement, puis en sortit. Elle n'avait qu'un minuscule bikini vert.

– J'allais vous inviter à dîner, dit-il.

Elle était vraiment splendide.

– Nous sommes bien mieux ici.

Elle lui avait répondu avec un grand sourire, dents blanches qui étincelaient au clair de lune, puis elle se retourna tout à coup et s'élança vers l'eau. Il la regarda s'éloigner. Tellement belle, pensa-t-il, et il se demanda combien d'heures elle passait à faire des exercices aérobiques. Il défit sa ceinture, retira son jean, puis son sweat-shirt. Tout à coup, il se sentit ridicule d'être en boxer. Il aurait dû mettre quelque chose d'un peu plus sexy ce soir, un de ces protège-bonbons italiens rouge pompier, noir d'encre ou bleu marine. Mais il n'en avait pas.

Debout dans l'eau, elle le regardait.

Grand, nerveux, un corps d'athlète.

Tellement beau, pensa-t-elle.

Il traversa la plage en courant, longues foulées qui faisaient voler le sable derrière lui, puis il entra dans l'eau sur sa lancée en levant très haut ses genoux, fit un long plongeon plat et refit surface en souriant à quelques mètres de l'endroit où il avait disparu.

– L'eau est encore plus chaude que l'air, dit-il.

– Oui, dit-elle.

– Formidable, dit-il.

Il parlait d'elle.

– Formidable, dit-elle.

Elle parlait de lui.

– Si je n'ai pas téléphoné, c'est parce que j'avais oublié ton numéro.

Ils nageaient, face à face. Le clair de lune faisait miroiter l'eau, comme des poignées de pièces d'argent tout autour d'eux.

– On se dit tu ? Alors tu devrais avoir honte, dit-elle.

– Pourtant, j'ai généralement une très bonne mémoire.

– Alors, tu voulais peut-être oublier.

– Non, non. Pourquoi ?

– Je ne sais pas. Tu as peut-être peur de moi.

– Non, non.

– Parce que je suis une femme mûre, que j'ai de l'expérience.

– Je te crois sur parole.

– Crois-moi sur parole, répondit-elle avec un sourire qui en disait fort long.

– Tu es formidable, dit-il.

– Et toi aussi.

Ils s'embrassèrent au clair de lune.

Et seules leurs lèvres se touchèrent.

Ils flottent sur cette mer de pièces d'argent, leurs lèvres se touchent, doucement.

– Mmmm, fit-elle.

– Oui... fit-il.

Ils se baignèrent pendant une dizaine de minutes, gardant avec eux le souvenir lancinant de cet unique baiser, la nuit lourde de promesses.

– Et comment aurais-tu fait pour me téléphoner si tu avais oublié mon numéro ?

– Oh, j'ai un ami qui est dans la police de Calusa.

– Oh ! Mais tu t'es donné du mal, on dirait.

– Oui.

– Et puis ?

– 381-3645.

– C'est bien ça.

– Gravé ici, dit-il en passant l'index en travers de son front.

– Tu t'es donné du mal, dit-elle en l'embrassant de nouveau.

L'eau était peu profonde à cet endroit. Il la prit par la taille et l'attira vers lui. Elle leva les bras et le prit par le cou. Elle l'embrassa, plus fort. Les mains de l'homme se refermèrent sur ses fesses. Elle se rapprocha de lui.

– Oh... fit-elle.

Ils sortirent de l'eau, main dans la main. Il jeta encore un coup d'œil à gauche et à droite. Un croissant de lune dans un ciel inondé d'étoiles. Ils étaient seuls dans la nuit, seuls dans l'univers.

– J'ai préparé du dry Martini.

– Bonne idée.

Il défit le couvercle de la glacière, sortit la boîte de pâté, détacha la clé qui se trouvait sur le couvercle, la glissa sur la languette.

– Ces trucs-là ne marchent jamais, expliqua-t-il en ouvrant la boîte sans aucune difficulté. Miracle !

Elle le regardait. Et elle se disait qu'il était très beau dans son boxer, avec sa curieuse coupe de cheveux, très ras sur la nuque avec un dégradé jusqu'au sommet du crâne. Et elle se demanda si elle ne devrait pas retirer le haut de son bikini, puisque c'était une plage où l'on pouvait se baigner les seins nus. « Non, se dit-elle, je vais attendre qu'*il* l'enlève. »

Il ouvrit la boîte de biscuits salés, puis sortit de la glacière un couteau de plastique blanc et deux gobelets translucides.

– Je m'occupe du liquide, tu t'occupes du reste, lui dit-il en lui tendant une assiette blanche de carton.

Elle commença à tartiner le pâté sur les biscuits. Il la regardait, se disait que ses doigts étaient si longs, si fins, si élégants, qu'elle avait l'air tellement studieuse la tête penchée, concentrée sur les biscuits, étalant bien régulièrement le pâté, ses pommettes saillantes et son nez parfait illuminés par le clair de lune. Tu es la plus belle femme que j'aie jamais vue, se dit-il.

– Tu es la plus belle femme que j'aie jamais vue, dit-il.

– Tu es vraiment gentil, répondit-elle doucement en le regardant dans les yeux.

– On pourrait trouver mieux comme verre pour des cocktails. Du plastique...

Soudain, il semblait gêné.

– Mais c'est parfait.

– J'ai oublié d'apporter des olives.

– Qui a envie d'olives ?

Il servit les verres.

– J'adore le dry Martini.

– Moi aussi.

– Tchin, dit-elle.

– Mmmm, dit-il.

Ils remirent le couvercle de la glacière dont ils se servirent comme d'une table basse. L'assiette et les craquelins, la bouteille de jus d'orange avec ce qui restait de dry Martini. Le clair de lune caressait ses cheveux. Le clair de lune caressait la pente de ses seins au-dessus du minuscule soutien-gorge vert du bikini. Il se demandait si elle allait retirer ce soutien-gorge, après tout, sur une plage semi-nudiste... Et il se disait aussi qu'il allait avoir une crise cardiaque si elle enlevait son soutien-gorge. Il espérait qu'elle ne l'enlèverait pas. Trop vulgaire, pensait-il, et Fiona Gill n'avait rien d'une femme vulgaire.

– Est-ce que tu as vu *From Here to Eternity* ? demanda-t-elle.

– Je crois que oui – tu veux parler du film ?

– Oui.

– Oui, je l'ai vu à la télévision.

– Je ne parle pas de la mini-série...

– Non, non, le film. Avec Burt Lancester et Deborah Kerr.

– Oui. Tu sais, c'est vraiment bon, Warren.

– Merci.

– Fort, mais bon. Ça me rappelle le film.

– Ah bon ?

– Une scène dans ce film...

– Quelle scène, Fiona ?

– Quand ils font l'amour sur la plage, répondit-elle, et que les vagues se précipitent vers eux.

Son cœur recommença à battre très fort.

– Les vagues se précipitent vers eux, répéta-t-elle en regardant la mer. Est-ce que tu as remarqué qu'il n'y a pas tellement de scènes où l'on voit des Noirs en train de faire l'amour ? Au cinéma, je veux dire. La télévision, n'y pensons même pas. Tu peux imaginer Bill *Cosby* en train de faire l'amour ? Mais il me semble qu'au cinéma...

– Oh, je crois que j'ai vu des scènes d'amour, répondit Warren.

– Ah bon ? Ah bon...

– Oui, je pense avoir vu Gregory Hines dans des scènes d'amour. Je crois bien.

– Est-ce que tu as déjà vu Eddy Murphy en train d'embrasser quelqu'un ?

– Je crois que oui. Dans ce film où il est un chef africain qui vient chercher ici une femme. Je pense qu'il l'embrasse.

– Qu'il l'embrasse...

– Oui.

– Pourquoi tu ne m'embrasses pas ?

Il l'embrassa. Longtemps et goulûment. Ils déposèrent leurs gobelets. Il l'allongea sur la couverture et recommença à l'embrasser.

– J'adore t'embrasser, murmura-t-elle.

– J'adore t'embrasser, murmura-t-il.

Sa main se glissa sous le minuscule soutien-gorge vert et tomba sur un sein nu. Le mamelon était tout dur. À cause de l'eau, pensa-t-il. Mais l'eau n'était pas froide.

– C'est parce qu'ils ont peur de ça, dit-elle.

– De quoi ? dit-il.

– De montrer des scènes de sexe avec des Noirs.

– C'est sûrement ça.

– Ils ont peur d'ameuter les populations, fit-elle en poussant un petit gloussement.

Il embrassa le gloussement qui sortait de sa bouche. Et défit le soutien-gorge de son bikini. Ses seins s'étalèrent, libérés.

– Oui, dit-elle.

Il embrassa la pointe de ses seins.

Et sa main à elle glissa sous son boxer.

– Tu crois que c'est vrai ce qu'on dit des hommes noirs ? demanda-t-elle.

Ce qui voulait dire qu'elle n'avait jamais couché avec un Blanc et qu'elle n'avait pas de point de comparaison. Espérait-il. À vrai dire, il espérait qu'elle n'avait jamais couché avec personne, sauf son ex-mari, il espérait qu'elle était vierge, à part son ex-mari, il savait pourtant que c'était impossible, faillit lui demander si c'était possible, mais finalement s'abstint. Il préféra poser sa main à plat sur son ventre et la faire descendre dans le slip du bikini vert, fouillant avec ses doigts.

– On dirait que c'est vrai, dit-elle, ce qu'on dit.

– Hum...

– À propos des Noirs...

– Hum...

Il était arrivé à destination.

– C'est sûrement pour ça qu'ils ont peur de montrer une *vraie* scène de sexe.

– Hum...

Il la touchait.

– Ils ont peur que les Noirs sortent dans la rue avec leurs grosses *bites*...

Et elle le serra très fort en prononçant le mot, comme pour illustrer sa démonstration.

– ... et qu'ils violent toutes les Blanches du coin.

– C'est sûrement ça, répondit-il en respirant très fort.

– Tu veux encore m'embrasser ? demanda-t-elle.

Il l'embrassa.

La tête commençait à lui tourner de tellement l'embrasser.

– Je crois que tu ferais mieux de faire attention, dit-il.

– Hum... dit-elle.

– À ce que tu fais... dit-il.

– Oui... dit-elle.

– Parce que...

– Ils montrent toutes ces scènes de sexe torrides entre deux Blancs, continua-t-elle, tandis que sa main s'agitait imprudemment, mais jamais avec deux Noirs, c'est ça, vas-y, ça y est, hum... Oh, peut-être un petit bisou comme ça, hum, oui, mais jamais le vrai truc, oh non, oh *oui*, vas-y, oh mon Dieu, oui, jamais une vraie scène de sexe, oh *doux Jésus* ! s'exclama-t-elle en soulevant tout à coup ses hanches pour se coller contre lui.

D'un geste brusque, il fit glisser son bikini le long de ses cuisses, jusqu'à ses genoux. Elle s'en débarrassa sur le sable avec ses pieds et s'ouvrit toute grande pour lui sur la couverture. En un instant, il était nu et la pénétrait.

– Jamais quelque chose comme *ça,* disait-elle, doux Jésus, *jamais !*

8

On arrivait à la marina par une route de terre qui passait derrière l'entrepôt de jouets du boulevard Tamiami, à la hauteur de la rue Henley, puis longeait le lotissement Twin Tree Estates et les marécages de Willowbee Creek, au milieu des hautes herbes qui se balançaient doucement dans la brise du petit matin. Vous découvriez d'abord derrière une clôture des bateaux remisés sous des hangars dont les toits de tôle commençaient à rouiller au soleil. Derrière, c'était la maison en carton goudronné dans laquelle Charlie Stubbs vivait avec sa femme et un golden retriever répondant au nom de Shadrak. La baraque donnait sur l'eau et sur les vingt et un postes d'amarrage que Stubbs louait aux plaisanciers. La nuit du 13 août, Stephen Leeds avait apparemment pris un de ces bateaux, le *Felicity,* au poste numéro 12, puis s'était éloigné dans la nuit pour commettre son triple meurtre.

– Nous en avions trois, à une époque, disait Stubbs à Matthew. Une femelle, Meshak, et un autre mâle, Abed-Nego.

Penché, il caressait, tiraillait, grattait et tordait l'oreille du grand golden qui restait tranquillement assis, aux anges, langue pendante, yeux fermés, ses gigantesques pattes de lion solidement plantées sur les planches du quai. Ils étaient juste devant le bureau de la marina. Par la porte ouverte, Matthew pouvait voir des clés accrochées sur un tableau, chacune identifiée par un numéro de poste peint maladroitement sur le panneau de bois. Il se demandait si la porte du bureau était fermée la nuit des meurtres.

– C'était quand on habitait encore dans le Nord. Vous connaissez West Dover, un gros village dans le Vermont ? Joli coin, mais on se gèle les fesses en hiver. Moi et ma femme, on est descendus ici en 47. On voulait acheter un motel et on a fini par choisir une marina. On connaissait rien à rien aux bateaux. Ah oui, un hiver, là-haut, dans le Vermont, les deux autres ont disparu, Meshak et Abed-Nego. On s'est dit qu'un skieur de New York avait dû les kidnapper. Ce sont pas les acheteurs qui manquent pour les chiens de race, vous savez. Des beautés, tous les deux. On s'est dit qu'on les avait volés. Ma femme a eu bien du chagrin. Elle les adorait, particulièrement la femelle. Et puis, au printemps, je reçois un coup de téléphone du gardien d'un chalet, là-haut. Le type me dit qu'il était en train d'enlever des branches mortes et des détritus dans le lac. Voilà qu'il regarde au fond et qu'il aperçoit quelque chose. Il pense d'abord que ce sont deux cerfs, mais non, c'étaient nos deux gros chiens. Il a su que c'étaient les miens parce qu'ils avaient des médailles sur leur collier. Oh oui, c'étaient bien eux. D'après lui, ils devaient jouer sur la glace, vous savez, comme des fous, et puis la glace a cassé. Ils n'ont pas pu remonter, impossible de sortir, vous comprenez. C'est pas une bien jolie mort, vous croyez pas ?

Matthew se demanda s'il y avait de jolies morts.

– Ma femme adorait ces deux chiens.

Mais la façon dont il parlait, la tristesse de sa voix, la façon dont il continuait à pétrir l'oreille du chien firent penser à Matthew que Stubbs avait dû adorer ces chiens encore plus que sa femme.

– Monsieur Stubbs, je suis désolé de vous déranger...

– Il y a pas de dérangement.

– Mais il y a encore quelques petites choses que je voudrais revoir avec vous.

– Allez-y.

– D'abord, pouvez-vous me dire... ce sont bien les clés des

bateaux, n'est-ce pas ? Celles qui sont accrochées dans le bureau ?

– Oui, c'est ça.

– Identifiées par un numéro de poste d'amarrage, exact ?

– Oui, vingt et un en tout, c'est ça.

– Monsieur Stubbs, est-ce que le bureau était fermé...

– Oui.

– ... le soir où vous avez vu Stephen Leeds prendre son bateau ?

– Il est toujours fermé la nuit. Les propriétaires ont leur clé. Nous gardons ici les doubles, au cas où il faudrait déplacer leurs bateaux.

– Alors, Stephen Leeds aurait eu sa clé lorsqu'il a pris son bateau ce soir-là ?

– Il fallait bien. Le double était ici, dans le bureau, et le bureau était fermé.

– Monsieur Stubbs, est-ce que ça vous dérangerait si j'envoyais quelqu'un examiner les portes et les fenêtres du bureau ?

– Pour quoi faire ?

– Pour voir s'il n'y aurait pas de traces d'effraction.

– Allez-y, répondit Stubbs en haussant les épaules. Mais si quelqu'un était entré ici, je l'aurais remarqué. Et qu'est-ce que t'as, mon vieux ? dit-il au chien. Encore faim ? Maman t'a pourtant donné à manger ce matin, non ? Ce vieux Shad mangerait des clous si on le laissait faire, dit-il à Matthew avant de se retourner encore vers son chien. Allez, viens, je vais pas te laisser crever de faim.

Il entra dans le bureau de la marina, suivi de Matthew et du chien. Sur une étagère, il prit un grand sac et versa une généreuse portion de croquettes dans une écuelle de plastique plus grosse que la tête de l'animal.

– Tiens, voilà, mon gros, fit-il en lui donnant de petites tapes sur la tête.

Puis il regarda avec plaisir le chien qui se mettait à manger. Dehors, un Sea Ray de quinze mètres avec cockpit fermé s'approchait d'un poste d'amarrage. Stubbs hocha la tête.

– Ce type ne sait pas manœuvrer. Il tamponne mon quai chaque fois qu'il accoste. Regardez-le faire.

Matthew regarda. Il y avait sur le visage du capitaine une expression de panique que Matthew avait déjà vue une centaine de fois, une expression que son propre visage avait connue lui aussi, hélas. Celle qui annonce qu'une force irrésistible va bientôt emboutir un objet immobile et qu'il n'y a rien à faire pour l'éviter. Absolument rien. Tourner la roue, farfouiller dans les leviers de vitesse, couper les gaz, rien n'allait pouvoir empêcher ce foutu bateau de...

– Et voilà, fit Stubbs avec un clin d'œil.

Le côté droit du bateau frappa contre la pile avec un bruit sourd, puis s'écarta. Le capitaine passa en marche arrière, recommença à paniquer, tourna la roue dans le mauvais sens et frappa de nouveau contre la pile. Debout à l'avant, une petite blonde en bikini noir – la fille du capitaine ou sa petite amie, on ne pouvait jamais savoir ici, dans le sud-ouest de la Floride – tentait de garder son équilibre tandis que le bateau tamponnait une fois de plus le quai. Elle avait l'air étonnée, comme si elle se demandait si c'était bien la manière *normale* d'accoster. Le capitaine finit par se ranger le long du quai et cria à la jeune fille de sauter à terre. Elle hésita un moment, puis s'exécuta, ce qui fit jaillir un de ses seins hors de son minuscule soutien-gorge. D'un geste vif, elle le récupéra sans aucune gêne, puis se planta solidement sur ses deux pieds, prête à attraper l'amarre que le capitaine lui lançait.

– Vaudrait mieux aller l'aider, fit Stubbs, avant que cette petite bécasse tombe dans la flotte.

Il sortit en faisant sonner ses semelles sur les planches et s'avança rapidement vers le quai.

– Je vais m'en occuper, mademoiselle, dit-il gentiment.

Il prit l'amarre qu'elle lui tendait, puis l'enroula mécaniquement autour de la pile en faisant plusieurs demi-clés.

– Envoyez l'autre, cria-t-il au capitaine avant de répéter la manœuvre du côté gauche du bateau.

– Vous pensez qu'il faudrait l'amarrer à l'arrière ? demanda le capitaine.

– Pas si vous voulez qu'il cogne toute la journée, répondit Stubbs.

Il lui fallut une dizaine de minutes pour amarrer le bateau. La jeune fille l'observait pendant ce temps, essayant d'apprendre quelque chose. Matthew se dit qu'elle devait être dans le début de la vingtaine. Sept ou huit ans de moins que Mai Chim. Et il se demanda pourquoi le nom de Mai Chim lui était tout à coup passé par la tête. Peut-être parce que la jeune fille debout sur le quai paraissait tellement à sa place en Floride, et que Mai Chim y était une parfaite étrangère.

Stubbs revenait de son pas lourd. Il regarda le capitaine et la jeune fille qui s'éloignaient vers leur voiture, puis il rentra dans le bureau.

– S'il passait moins de temps à baiser la petite et plus à s'exercer à accoster, il deviendrait sûrement un meilleur marin. La première chose qu'on apprend quand on arrive du Nord, c'est qu'il y a que deux choses à faire en Floride. Baiser et picoler. Lui, il vient du Michigan et il a vraiment bien appris les deux.

Stubbs secoua la tête.

– Et quand est-ce qu'il va se pointer votre inspecteur des portes et fenêtres ? reprit-il.

– Il va falloir voir ça avec lui au bureau, répondit Matthew. Il s'appelle Warren Chambers, il est venu ici...

– Oui, la semaine dernière. Un jeune homme bien sympathique. Et malin comme un singe. Si quelqu'un trouve quelque chose ici, ça sera lui. Mais regardez-moi un peu ce chien. On dirait qu'il n'a pas mangé depuis un mois.

Une fois de plus, il secoua la tête et regarda l'animal. Puis il se retourna vers Matthew.

– Bon, si c'est tout, j'ai du travail qui m'attend.

– Encore une dernière chose, répondit Matthew. J'aimerais bien vous faire écouter quelque chose.

– Écouter quelque chose ?

– Oui, fit Matthew en sortant de sa poche le petit Sony qu'il avait apporté à son bureau la veille.

– Qu'est-ce que c'est ?

– Un enregistrement que j'ai fait.

Il appuya sur un bouton pour s'assurer que la cassette était bien rembobinée.

– Écoutez.

Il enfonça alors le bouton PLAY et la cassette se mit à tourner.

– Allô, ici Stephen Leeds, disait une voix d'homme. Je voulais simplement vous dire que je vais reprendre le bateau pour faire une petite balade au clair de lune, vers 10 heures, 10 h 30, et qu'il ne faudra pas vous faire de souci si vous m'entendez sur le quai.

Stubbs regardait le magnétophone.

Silence.

La cassette continuait à tourner.

– Est-ce que c'était l'homme qui vous a téléphoné le lundi soir ? demanda Matthew.

– Vous pourriez me repasser la bande ?

– Naturellement.

Matthew rembobina la cassette et appuya sur le bouton PLAY.

– Allô, ici Stephen Leeds. Je voulais simplement...

– C'est sûr que ça ressemble drôlement à M. Leeds.

– ... vous dire que je vais reprendre le bateau pour faire une petite balade au clair de lune, vers 10 heures, 10 h 30, et qu'il ne faudra pas vous faire de souci si vous m'entendez sur le quai.

Stubbs hochait la tête.

– Ouais... C'est M. Leeds, sûr et certain.

– Ce n'est pas ce que je vous demande, dit Matthew. Je vous demandais si c'était l'homme qui vous avait téléphoné le lundi soir.

– Oh... répondit Stubbs. Vous voulez le faire rejouer, s'il vous plaît ?

Matthew repassa la cassette.

– Allô, ici Stephen Leeds. Je voulais simplement vous dire...

– Non, déclara Stubbs.

Matthew appuya sur le bouton STOP.

– C'est M. Leeds, ça oui. Mais c'est pas l'homme qui m'a téléphoné le lundi soir.

Enfin, se dit Matthew. Un point pour nous.

Des portes et encore des portes, plus que dans une prison. Et des fenêtres et encore des fenêtres. Partout. Le paradis du cambrioleur. Dis à ton camé-cambriot moyen qu'il y a une ferme là-bas, sur Timucuan Point, sans système d'alarme, bourrée de fenêtres, et il en pissera dans son froc de pur bonheur. Et même le cambriot évolué apprécierait un peu de travail facile, pour une fois.

Le camé-cambriot va droit aux fenêtres. Tout ce qu'il connaît, c'est le crack, *man.* Trouve-toi du crack, *man.* Tu casses, tu piques, et t'as ton crack. Et même s'il *sait* crocheter une serrure ou forcer une porte avec une carte de crédit, ce qui n'est pas le cas, il n'a pas de temps à perdre avec ces minuties. Plus facile de casser une vitre avec une brique ou un marteau, de rentrer, de ramasser tout ce qui brille et de foncer droit chez le dealer.

Le cambrioleur évolué en connaît un bout sur les serrures et les alarmes. Pas une porte qu'il ne sache ouvrir, pas une alarme qu'il ne sache court-circuiter. Casser une vitre ? Jamais. Tout le monde reconnaît le bruit du verre cassé. Et le type qui roupille dans son lit à cinq kilomètres de là en ronflant comme une Harley Davidson, dès qu'il entend un bruit de vitre cassée, il saute en l'air, comprend tout de suite ce qui se passe et décroche le bignou. Vous cassez une fenêtre, et c'est comme si vous annonciez au monde entier à coups de cymbales qu'un cambriolage est en cours. Le vrai cambrioleur rentre et sort par les *portes.* Warren avait déjà lu un livre qui s'appelait comme ça. *Portes.* À propos d'un cambrioleur. Il ne se souvenait plus du nom de l'auteur.

Ici, à la ferme des Leeds, pas besoin d'être un cambrioleur même amateur pour entrer. Un mouflet de deux ans qui apprend encore à marcher aurait pu rentrer dans la bicoque. Pas une fenêtre n'avait de loquet. La porte principale et les deux autres n'avaient que des serrures à la Mickey Mouse, le modèle avec un petit bouton qu'on enfonce pour verrouiller, style de serrure pour salle de bains, sans aucune utilité lorsqu'il s'agit d'empêcher un intrus de venir faire un petit tour chez vous. À l'arrière de la maison, les portes coulissantes n'étaient équipées que de poignées à poussoir. On pouvait les ouvrir de l'extérieur avec un simple tournevis. Warren cherchait des traces d'outils qui puissent prouver l'effraction, mais il savait qu'il ne trouverait rien. Pas besoin d'outils pour entrer ici. Tout ce qu'il vous fallait, c'était de la détermination. Et même, pas tellement.

Il essayait une porte qu'il avait oubliée, sur le côté de la maison...

Des portes et encore des portes.

... tournait le bouton, pas du tout surpris lorsque la porte s'ouvrit sans la moindre ré...

– Cherchez quelque chose ? fit une voix derrière lui.

Warren se retourna.

Il découvrit un homme blanc, grand et plutôt balèze, en salopette bleue, brodequins aux pieds. Un mètre quatre-vingt-huit, à vue de nez. Au moins cent kilos. Vingt-six, vingt-sept ans, dans les parages. Biceps comacs sous les manches courtes de sa chemise en jean. Une sirène tatouée sur l'avant-bras droit, seins nus, fesses couvertes d'écailles. Une mèche de cheveux roux sur le front. Des yeux verts brillants. Large sourire sur le visage. Un sourire qui n'était pas amical, mais raisonnable. Un sourire qui disait au voleur qu'il venait de se faire prendre la main dans le sac. Qui dirait même peut-être qu'un *nègre* venait de se faire prendre la main dans le sac. Pas facile à dire, simplement d'après le sourire, même quand il semble tout à fait raisonnable. Pas ici en tout cas, où tout le monde était, oh, si amical, si poli.

– Mme Leeds sait que je suis ici, dit aussitôt Warren.

– Ben voyons donc, répondit l'homme.

– Je m'appelle Warren Chambers, et je travaille pour Matthew Hope, l'avocat de M. Leeds.

L'homme continuait à le regarder, sans se départir de son sourire raisonnable.

– Demandez donc à la patronne.

– C'est ce que je vais faire. Vous venez avec moi ?

Et le regard précisait : *Ou bien je te casse le bras.*

Comme deux bons copains partis pour faire une petite promenade matinale, ils firent le tour de la maison par l'arrière, côte à côte. Moins d'une demi-heure plus tôt, Warren avait échangé quelques mots avec Jessica Leeds sur la terrasse. Elle prenait son café devant une table ronde à dessus de verre, à côté de la piscine. Enveloppée dans un châle de nylon, vert jungle, une chemise de nuit très courte dessous. Pieds nus. Jambes croisées. Elle lui avait offert une tasse de café. Il avait refusé poliment en prétextant qu'il voulait se mettre tout de suite au travail. Il croyait encore trouver des traces d'outils. C'était avant qu'il ne se rende compte que la maison était une vraie passoire. Mme Leeds n'était plus à sa table. Les trucs et les machins du petit déjeuner avaient disparu.

– Je lui ai parlé, juste ici.

– Ouais, ouais.

– Je suis détective privé, je vais vous montrer ma carte.

– Ah, j'aimerais sûrement la voir.

Il surveillait Warren tandis qu'il fouillait dans sa poche. Et ses yeux clignaient : *T'as vraiment pas intérêt à sortir un couteau ou un truc du genre.* Mais tout ce que Warren sortit, ce fut un portefeuille. Il l'ouvrit, trouva sa carte d'identité plastifiée et la montra au type en salopette. La carte et le permis de catégorie A qui l'autorisait à exploiter une agence de détectives privés dans l'État de Floride lui avaient coûté cent dollars, renouvelables tous les ans à minuit, le 30 juin. Il avait aussi versé une caution de cinq mille dollars en échange du privilège d'être autorisé à enquêter et réunir des renseignements divers sur toutes affaires publiques et privées. Le type en salopette parut singulièrement peu impressionné.

– Et pourquoi vous alliez rentrer dans la maison ? demanda-t-il d'une voix égale.

Un bouzeux *de nègre doit rester dans les champs,* disait son regard. *Seuls les nègres* domestiques *ont le droit d'entrer dans la maison des maîtres.*

– Je n'allais pas entrer dans la maison. Je vérifiais simplement la porte. Vous voulez bien me rendre mes papiers, s'il vous plaît ?

Le type en salopette lui rendit sa carte.

– Alors, pourquoi vous vérifiez la porte si vous voulez pas entrer ? demanda-t-il fort raisonnablement.

Son sourire raisonnable était revenu lui aussi. Warren était déjà en train de préparer sa défense. Avec un malabar de cette espèce, c'étaient les couilles ou rien, et tout de suite.

– Je cherche des traces d'effraction.

– Ha ! Ha !

– Nous essayons de voir si quelqu'un est entré ici la nuit des meurtres.

– Ha ! Ha !

– Écoutez, appelez donc Mme Leeds. Elle va tout arranger en une...

– Bien sûr, bien sûr. Mais je pense que je devrais plutôt appeler les flics, vous croyez pas ?

– Allez-y, pourquoi pas, répondit Warren en poussant un grand soupir.

– Ned ?

Sa voix. Notre-Dame-de-la-Rédemption. Sa voix qui appelait de la maison.

– Qu'est-ce qui se passe, Ned ?

– Tout va bien, répondit l'homme par-dessus son épaule.

Ned. Un nom parfait pour un trou du cul en salopette bleue. Qu'est-ce qui se passe, Ned ?

– Tout va bien. J'vas simplement casser le bras de ce type, c'est tout.

– Madame Leeds ? lança Warren. Pourriez-vous venir ici une minute ?

Silence à l'intérieur.

Avait-elle oublié que le détective privé était là ?

Elle croyait peut-être qu'il était venu tailler les palmiers ? Vous voulez que j'arrange vos arbres, madame ? Dix dollars l'arbre ? Bon, d'accord, je vous les fais à six cinquante.

– Un moment...

Ils attendaient.

Ned souriait.

Warren regardait les champs, au loin.

Il ne fallut pas un instant, mais plutôt une bonne dizaine. Quand elle apparut finalement, elle portait un jean griffé et un T-shirt émeraude assorti à la couleur de ses yeux. Le vert était la couleur de la dame, pensa astucieusement Warren. Il se dit également que la raison pour laquelle elle avait tellement tardé était qu'elle s'était habillée. Mais elle était encore pieds nus. Et elle n'avait pas de soutien-gorge sous son mince T-shirt de coton.

– Vous avez besoin de quelque chose ? demanda-t-elle en paraphrasant la question que le jeune Ned lui avait posée dix minutes plus tôt à peine.

– Ned me prend pour un cambrioleur.

– Ah bon ?

Elle avait l'air de trouver cela amusant.

Yeux verts pétillants de malice, un sourire sur les lèvres.

– Je l'ai vu en train d'essayer d'ouvrir la porte de côté.

– Oui, c'était d'accord avec moi, Ned.

– Peut-être, mais j'ai cru bon de voir un peu ce que c'était, dit-il en haussant les épaules. Un drôle de type qui essaie d'ouvrir une porte...

Un drôle de *Noir,* c'était ce qu'il voulait dire.

– Il s'agit de Warren Chambers, dit Jessica. Ned Weaver.

– Enchanté, fit Warren sans tendre la main.

Weaver suivit son exemple.

– Warren essaie de voir si quelqu'un est entré par effraction dans la maison, reprit Jessica.

– Dites-moi, madame Leeds, dit Warren, vos portes ne sont jamais fermées à clé ?

– Nous sommes en sécurité ici, à la campagne. N'est-ce pas, Ned ?

Il y eut quelque chose entre elle et lui.

Un regard ?

Non, rien d'aussi évident.

Mais quelque chose quand même.

– Tout à fait en sécurité, renchérit Weaver.

La même chose, encore.

Inexprimable.

Mais bien réelle.

Tout à coup, Warren se demanda si le jeune Ned ne fricotait pas avec la femme du fermier.

Le regard – ou ce qu'il y avait eu entre Jessica et Weaver – se brisa comme une coupe de cristal. Weaver écarta la mèche qui lui tombait sur les yeux et la sirène tatouée sur son avant-bras reçut de plein fouet les rayons du soleil, comme si elle émergeait à la surface d'une mer étincelante. Warren jeta un coup d'œil au tatouage. Weaver surprit son regard.

– Joli tatouage, dit Warren.

– Merci, répondit Weaver.

Leurs yeux se frôlèrent encore, ceux de Weaver et de Jessica, vert effleurant le vert, s'écartant aussitôt.

Insiste, se dit Warren.

– Service dans la marine ? demanda-t-il.

– Non, répondit Weaver.

– J'ai toujours voulu avoir un tatouage, reprit Warren. Vous vous êtes fait faire ça à Calusa ?

– San Diego.

San Diego, l'un des principaux ports de guerre des États-Unis, mais il n'avait jamais été dans la marine...

– Il y a une grande base navale, là-bas, non ? À San Diego ?

– Je n'en sais rien, répondit Weaver. Je n'ai jamais été dans la marine.

Ce qui ne laissait qu'une autre possibilité, se dit Warren.

– Vous voulez bien m'excuser ? fit Jessica qui se retourna et rentra dans la maison.

– Je dois encore vérifier quelques portes, lui dit Warren tandis qu'elle lui tournait le dos, moulée dans son T-shirt vert.

– J'ai du travail, moi aussi, fit Weaver qui le laissa planté en plein soleil, absorbé dans ses réflexions.

Patricia Demming était assise dans la salle d'attente de Matthew quand il rentra à 3 heures. Elle était habillée d'un ensemble tropical bleu foncé, avec un chemisier de soie blanc et des chaussures de cuir bleu à talons mi-hauts. Elle feuilletait ce qui aurait pu être l'annuaire téléphonique de Calusa, mais il ne s'agissait en fait que du numéro spécial d'automne de *Vogue*. Derrière elle, des couleuvres d'eau serpentaient sur les vitres de la fenêtre. La pluie était revenue, et avec elle l'avocat général. Elle déposa sa brique sur la table.

– Bonjour, fit-elle en souriant. Je vous attendais.

Matthew se souvint de la façon dont Andrew Holmes avait décrit ses plaidoiries : beaucoup de panache, séductrice, agressive et inlassable. Il se demanda ce qu'elle pouvait bien faire là.

– Entrez donc, dit-il.

– Je vous suis.

Elle se leva, lissa les plis de sa jupe, passa devant le bureau de Cynthia Huellen qui la toisa des pieds à la tête, puis suivit Matthew dans le corridor qui menait à son bureau.

– Asseyez-vous.

– Merci.

– Un café ? Quelque chose de frais ?

– Non, rien, merci.

– Eh bien...

– Eh bien... répéta-t-elle en écho.

– Qu'est-ce qui me vaut l'honneur ?

Patricia croisa les jambes. Bas-culotte bleus. Jambes élancées. Cheveux blonds, longs, yeux bleu électrique. Une belle femme.

– Je me disais que vous étiez peut-être prêt pour le petit marchandage usuel avec le ministère public.

Matthew la regarda.

– Je me trompe ?

– Vous vous trompez.

– J'avais pourtant l'impression du contraire.

– Et pourquoi ?

– Cessons ces petits jeux, d'accord ? Morris Bloom m'a dit que vous aviez parlé de l'affaire avec lui...

– Je n'ai pas parlé d'un compromis.

– Je le sais. Mais il vous a dit que *moi*, j'étais peut-être prête à en faire un, je me trompe ?

– Oui, il m'a dit quelque chose de semblable. Nous sommes amis.

– Je sais cela aussi.

– Il avait peur que je me retrouve avec un dossier indéfendable.

– Il ne voulait pas que son ami se fasse brûler par la Méchante Sorcière de l'Ouest, c'est ça ?

– Il ne vous a jamais appelée ainsi.

– Mais vous connaissez mon surnom, n'est-ce pas ?

– Je l'ai entendu prononcer.

– Parce que vous avez fait faire votre petite enquête sur moi, c'est bien ça ?

– Oui.

– Et vous avez appris que j'ai eu mon premier emploi à Los Angeles, chez Dolman, Ruggiero...

– Oui.

– ... où l'on m'appelait la Méchante Sorcière de l'Ouest.

– C'est ce qu'on dit, en effet.

– J'étais effectivement une vraie rosse, dit Patricia en souriant. J'ai fait ma petite enquête sur vous aussi, soit dit en passant. Et je peux vous dire tout ce que vous voulez savoir sur votre compte.

– Hum...

– Études à Northwestern University où vous avez également fait votre droit, marié très jeune à une jolie fille de Chicago, divorcé quelques années plus tard, retour avec elle, nouvelle rupture. Vous avez une fille de quatorze ans que l'on dit aussi belle qu'intelligente et qui est actuellement dans une école privée du Massachusetts. Vous êtes passé relativement tard dans votre carrière à la pratique du droit pénal. Auparavant, vous étiez spécialisé dans l'immobilier, les divorces, et j'en passe.

– Exact, et j'en passe, fit Matthew.

– Très bien. Mais d'après ce que je crois savoir, vous avez remporté des succès tout à fait étonnants jusqu'à présent...

Matthew entendit parfaitement le « jusqu'à présent ».

– ... à défendre des meurtriers comme Stephen Leeds.

– Objection, répliqua-t-il avec un sourire.

– Accordée, répondit-elle en lui rendant son sourire. En réalité, il y a des gens à Calusa qui disent que vous êtes encore plus compétent que Benny Weiss.

– Je suppose que c'est un compliment.

– Vous supposez bien. C'est un requin. Mais moi aussi.

– C'est bien ce qu'on m'a dit.

– Dans ce cas, vous devriez vous estimer heureux.

– De quoi ?

– De ma présence ici. Pour vous proposer un compromis.

– Mon client est innocent.

– Non, non, Matthew.

– Si, si, Patricia.

– Ah, et il se souvient de mon nom. Écoutez-moi, s'il vous plaît. Vous savez ce que j'ai dans ma manche, vous avez eu communication de notre dossier.

– Oui.

– Eh bien, j'ai encore autre chose maintenant.

– Vous voulez m'en parler ?

– Bien sûr. J'ai un témoin qui a vu Leeds amarrer son bateau devant un restaurant du nom de *Kickers*...

– Je suppose que je vais recevoir...

– Naturellement, en temps voulu, vous aurez son nom, sa déposition et la taille de son soutien-gorge, répondit-elle en faisant rouler ses grands yeux bleus. Elle a également vu Leeds monter dans la voiture décrite par un de mes témoins vietnamiens. Une Oldsmobile Cutlass Supreme verte.

– Il ne connaissait pas la marque.

– À part ce détail, il en a donné une description exacte.

– Non, il n'était pas sûr de la couleur non plus.

– Il a dit bleu ou vert foncé. Et mon nouveau témoin a précisé les choses en disant qu'elle était verte.

– Est-ce qu'elle a aussi élucidé le mystère de la plaque d'immatriculation inexistante ?

Patricia le regarda.

– Il n'y a pas de plaque avec ce numéro en Floride, expliqua-t-il.

– Je suppose que vous vous êtes informé.

– Oh, oui.

– Vous travaillez encore mieux que je ne croyais.

– Je m'applique...

– Mais j'ai encore suffisamment d'éléments pour l'envoyer rôtir sur la chaise.

– Peut-être.

– Acceptez mon offre, Matthew.

– Pourquoi ? Si votre dossier est si solide...

– Je veux faire économiser de l'argent à l'État.

– S'il vous plaît, pas avec moi.

– D'accord. Skye voudrait que l'affaire soit rapidement classée.

– Pourquoi ?

– Il faudra le lui demander à *lui*.

– Moi ? Quand les poules auront des...

– Voilà le marché que je vous offre. Vous plaidez coupable de...

– Je ne veux pas vous écouter.

– Allez, Matthew, reprit-elle avec un sourire. Je me suis trempée sous la pluie pour venir vous voir. Le moins que vous puissiez faire, c'est de m'écouter.

– On dirait que la pluie vous en veut personnellement.

– Vous n'avez pas tort. Alors ? Soyez donc un peu gentil, hein ?

Yeux bleus grands ouverts. Miss Innocence.

– Si j'écoute votre proposition, je vais être obligé d'en faire part à mon client.

– Si vous savez que je suis *prête* à négocier, vous êtes *aussi* obligé de lui en faire part.

Matthew la regarda.

– Je vous écoute.

– Vous plaidez coupable pour les trois accusations de meurtre au premier degré, et nous renonçons à demander plus que la peine minimale.

– À savoir ?

– À savoir que votre client sera condamné à perpétuité, mais qu'il sera admissible à la mise en liberté conditionnelle dans vingt-cinq ans.

– Trois fois, lança Matthew.

– Oh, c'est vrai... Nous avons *trois* chefs d'accusation distincts, c'est bien ça ?

Comme si elle ne le savait pas.

– Mais nous pouvons toujours stipuler la confusion des peines, n'est-ce pas ? fit-elle en souriant.

– Hum...

– Ce qui le rendrait admissible à la mise en liberté conditionnelle dans vingt-cinq ans, c'est bien ça ? Qu'en pensez-vous, Matthew ?

– Qu'est-ce qui vous fait penser qu'un juge accepterait de se contenter de la peine minimale ?

– Le ministère public lui-même réclame la clémence pour l'*accusé* ? Récite une kyrielle de circonstances atténuantes ? Aucun antécédent judiciaire significatif... Sous l'effet d'un trouble mental ou affectif extrême... Oh, oui, ça marcherait, Matthew.

– Peut-être.

– En tout cas, je suis sûre que j'y arriverais, croyez-moi.

– Hum...

– Je connais mon métier, Matthew.

– Et je vois aussi que vous êtes modeste.

– Vous en parlez à votre client, d'accord ?

– Je lui dis que vous connaissez votre boulot ?

– Non, que je lui donne la possibilité de se retrouver à l'air libre avant d'être un petit vieux.

– Dans vingt-cinq ans, ce sera un petit vieux.

– C'est quand même mieux que d'être un *mort*.

– Sauf quand on est innocent, répliqua Matthew.

Stephen Leeds était en train de dîner lorsque Matthew vint lui rendre visite. À la prison de Calusa, on servait le dîner à 5 h 30. Couvre-feu à 9 heures.

– C'est la routine qui me tape le plus sur le système, dit Leeds.

Il déplaçait sur son plateau à alvéoles une matière apparemment amorphe qui collait à sa fourchette comme de la glu.

– Comme on n'a rien à faire en prison, reprit-il, ils pourraient vous laisser vous coucher tard et faire la grasse matinée. Mais non. Il faut respecter l'horaire. Alors on éteint la lumière à 9 heures et on vous réveille à 6 heures. Chez moi, les seules personnes qui sont debout à cette heure-là sont mes employés. Regardez-moi cette saloperie.

Il souleva sa fourchette.

Le spécimen de nourriture extraterrestre s'y accrochait obstinément. C'était vert. Épinards, peut-être.

– Il y a un habitué ici, un type qui entre et sort de prison depuis qu'il a l'âge d'y faire un tour, expliqua Leeds. Il m'a dit que leur budget était de trois dollars soixante-cinq par repas. C'est ce que la municipalité leur donne. Qu'est-ce que vous pouvez acheter pour trois dollars soixante-cinq à l'heure actuelle ? Regardez-moi ça, fit-il encore avant de reposer sa fourchette.

La chose semblait se déplacer toute seule sur le plateau. Mais, réflexion faite, peut-être ne le tenait-il pas tout à fait droit.

– Mon courtier est venu me voir hier, continua-t-il. Il vient tous les jours, comme moi j'allais à son bureau tous les jours. La seule chose, c'est qu'il ne peut venir que pendant les heures de visite, de 11 à 12 le matin et de 3 à 4 l'après-midi. Encore le règlement, évidemment. Vous, vous pouvez venir quand vous voulez, mais c'est différent, vous êtes mon avocat. Bernie vient généralement le matin, avant le déjeuner. Le déjeuner est à peu près mangeable. Ils se fournissent chez *McDonald's*. Au moins, personne ne peut rater un hamburger-frites. Le petit déjeuner est passable. Mais le dîner... Regardez-moi ça, fit-il en secouant la tête.

Matthew regarda.

La fourchette semblait être en train de rouiller sous ses yeux.

Mais peut-être était-elle déjà rouillée, réflexion faite.

– Je disais que Bernie vient ici et nous parlons de mon portefeuille. Mais ce n'est pas la même chose que lorsque j'allais le voir tous les après-midi à 2 heures, 2 h 30, non, ce n'est pas la même chose. Je suis assis et je l'écoute qui me dit comment Motorola s'en tire maintenant qu'elle livre des téléphones aux constructeurs de voitures japonais, et je me demande si je donnerai encore un jour un coup de téléphone de ma voiture. J'ai le téléphone dans la Cadillac, je l'ai fait installer après une crevaison, un soir, près d'Ananburg. Pas un garage ouvert, pas une cabine téléphonique sur le boulevard Timucuan. Alors je me suis dit : « Cette fois, ça suffit ! » Le lendemain matin, j'avais le téléphone dans la Cadi. Bon, Bernie s'assied devant moi et me parle de téléphones mobiles, et je me demande s'ils vont me laisser donner un dernier coup de téléphone assis sur la chaise électrique.

– Vous n'irez pas sur la chaise électrique.

Le moment aurait été propice pour lui parler de la proposition de Patricia Demming, mais il attendit, car Leeds parlait et il voulait qu'il continue. Un client qui parle donne parfois une précision à laquelle il n'avait pas pensé plus tôt, une information qui pourrait torpiller tout le dossier du ministère public. Matthew espérait que Leeds allait sortir cette chose insaisissable. Laisse-le parler, laisse-le dire n'importe quoi, écoute-le bien. C'était Benny Weiss qui lui avait appris ce truc. Bien avant qu'ils ne deviennent des adversaires irréconciliables.

– J'oublie les choses, dit Leeds, les choses de ma vraie vie. Ici, c'est comme une vie *à part,* vous comprenez ? Alors, vous vous souvenez des choses de cette vie-*là* – réveil à 6 heures, appel à 6 h 10, douche à 6 h 15, petit déjeuner à 7 heures, exercice dans la cour à 8 heures, et ainsi de suite – mais vous commencez à oublier les choses *importantes,* les choses de votre *vraie* vie. Depuis trois jours déjà, je veux dire à Jessie que ma voiture est prête. La Cadillac. Elle devait être prête lundi matin, et c'est déjà mercredi après-midi. Trois jours. Mais j'oublie tout le temps de le lui dire. Quelqu'un devra bien aller la chercher, elle ou Ned. Je ne veux pas qu'elle reste au garage, on risquerait de l'esquinter. Et puis, il faut faire attention aux vandales. Même ici, à Calusa, c'est la drogue comme partout en Amérique, et là où vous avez de la drogue, vous avez de la délinquance. Est-ce que vous pensiez que ça tournerait comme ça un jour ?

Est-ce que vous auriez pu penser une minuscule fraction de seconde que l'Amérique allait s'embourber dans cette merde ? J'en ai honte. J'ai envie de pleurer.

Tout à coup, il se tut.

Et il semblait au bord des larmes.

Fais-les parler, disait Benny Weiss à Matthew.

Et s'ils arrêtent de parler, pousse-les.

– J'ai fait écouter l'enregistrement de votre voix à Stubbs ce matin, commença Matthew. Il m'a dit que ce n'était pas la voix qu'il avait entendue au téléphone, la nuit des meurtres. Ce qui confirme que quelqu'un d'autre est parti avec votre bateau. Ou du moins, que quelqu'un d'autre a téléphoné pour *dire* qu'il allait prendre votre bateau.

– Ce qui ne m'éloigne toujours pas beaucoup de la chaise électrique, c'est bien ça ?

Leeds avait les larmes aux yeux. Fais-le parler, se disait Matthew. Sois à l'affût de cette petite lumière dans le brouillard.

– Quels sont les gens qui savent où vous laissez votre bateau ? demanda-t-il.

– Il y en a des dizaines et des dizaines.

– Nommez-les-moi tous, du début jusqu'à la fin.

– Tous nos amis connaissent la marina. La plupart se sont promenés en bateau avec nous. Mais aucun ne serait capable de me tendre un piège pour me faire accuser de meurtre.

– Comment le savez-vous ?

– Quand même, on connaît ses amis. Si vous ne les connaissez pas, ce ne sont pas vos amis.

– Je voudrais quand même la liste de leurs noms. Avant que je m'en aille. Tous les gens qui ont été à bord du bateau ou qui savent où vous le laissez.

– D'accord.

Mais il n'y avait que du désespoir dans la voix de Leeds. L'homme était persuadé que cette corvée ne servirait à rien.

– Mon enquêteur m'a dit qu'on pouvait entrer chez vous avec un ouvre-boîte. Correction. Même *sans* ouvre-boîte. Est-ce que toutes les portes étaient fermées à clé la nuit des meurtres ?

– Je ne sais pas.

Le son de la défaite dans sa voix. Ils étaient déjà en train de l'attacher sur la chaise. Un homme à cagoule noire se tenait près du mur, les bras croisés, attendant d'aller se réfugier dans l'autre salle d'où il regarderait à travers une vitre et abaisserait la manette du coupe-circuit.

– Est-ce que *normalement* vous fermez à clé les portes avant d'aller vous coucher ?

– Pas toujours. Nous sommes à la campagne, il n'y a jamais eu de problèmes par ici. En plus, Ned dort dans un petit pavillon, juste un peu plus loin au bord de l'avenue, il aurait entendu...

– Ned ?

– Le frère de Jessie. Notre régisseur. Ned Weaver.

– Votre régisseur est...

– Oui, mon beau-frère. Ma femme s'appelle Weaver de son nom de jeune fille. Jessie Weaver. Ned travaille pour nous depuis...

Léger silence. À peine perceptible – sauf quand on est à l'affût de cette seule et unique note discordante.

– ... l'été dernier.

Matthew le regarda.

Leurs yeux se croisèrent.

Quoi ? pensait Matthew.

Qu'est-ce qu'il y a là-dessous ?

– Si je comprends bien, vous ne jugez pas nécessaire de fermer les portes à clé. À cause de votre beau-frère, qui habite dans le pavillon.

– Il est bâti comme une armoire à glace.

– À quelle distance se trouve le pavillon ?

– Au bout de l'avenue.

– C'est à quelle distance ?

– Deux, trois cents mètres.

– Alors... si les portes n'étaient pas fermées à clé... quelqu'un aurait pu entrer quand même ? Sans que Ned entende quoi que ce soit ?

– Je suppose que oui. Mais on ne pense jamais à ces

choses-là, vous savez ce que c'est. Quelqu'un qui entre par effraction chez vous...

– Ou qui se contente de pousser la porte, en réalité, si elle n'est pas fermée à clé.

– Oui, mais on ne pense pas à ça à la campagne.

– Je vois. Monsieur Leeds, lorsque vous avez emmené votre voiture au garage... la Cadillac...

– Oui ?

– Est-ce que vous avez laissé vos clés ?

– Oui...

– Quelles clés ?

– Eh bien, mon trousseau.

– Les clés de chez vous étaient dans ce trousseau ?

– Attendez... Oui, à bien y penser, je crois que oui.

– Vous avez laissé les clés de chez vous au garage ?

– Heu... oui. Je suis client de ce garage depuis... je ne sais pas combien de temps. Je leur fais totalement confiance.

– Vous leur faites confiance au point de leur laisser les clés de chez vous ?

– Je suis certain que Jimmy ne laisse pas les clés traîner n'importe où. Je suis sûr qu'il doit avoir une sorte de boîte de métal pour les ranger. Une boîte fixée au mur, avec un cadenas.

– Jimmy qui ?

– Farrell. Le propriétaire du garage.

– Comment s'appelle le garage ?

– Silvercrest Shell. Sur le boulevard Tamiami, près du centre commercial Silvercrest.

– D'autres clés dans ce trousseau ? À part les clés de votre voiture et celles de chez vous ?

– Sans doute les clés de la voiture de Jessie.

Matthew le regarda.

– C'est que le trousseau n'est vraiment pas facile à défaire, expliqua Leeds.

Matthew continuait à le regarder.

– Vraiment pas facile...

– Si je comprends bien, reprit Matthew, n'importe qui aurait pu prendre ces clés au garage...

– Non, je suis sûr que Jimmy les range quelque part.

– Mais si quelqu'un a mis la main dessus, il a parfaitement pu entrer chez vous même si les portes étaient fermées à clé...

– Heu, oui, je...

– ... et s'en aller ensuite avec la Maserati de votre femme.

– Oui, je pense que oui.

– Combien de personnes savaient que votre voiture était au garage ?

– Je ne sais pas vraiment. J'en ai parlé, je crois...

– À des amis ?

– Oui, je crois que oui.

– J'ai vraiment besoin de cette liste, monsieur Leeds. Qui d'autre aurait pu être au courant ?

– Tout le monde à la ferme. Les gens qui travaillent pour moi. Ils savaient que la Cadillac n'était plus là. Mais je ne pense pas qu'ils auraient pu savoir *où* elle était. Dans quel garage. Non, ils ne pouvaient pas le savoir.

– La clé de votre bateau n'était pas sur ce trousseau ?

– Non, non.

– C'est bien ce que je pensais. Qu'est-ce que vous utilisez ? Un de ces petits porte-clés à flotteur... ?

– Oui, en forme de bouée...

– Le modèle qui se dévisse ?

– Oui.

– Pour que vous puissiez glisser les papiers d'immatriculation à l'intérieur ?

– Oui, rouge et blanc.

– Le mien est vert et blanc. Où gardez-vous cette clé, monsieur Leeds ?

– Dans mon bureau. À la ferme.

– Où ça ? Je veux dire, où est votre bureau ?

– Juste à gauche de la porte d'entrée. Vous descendez deux marches, et vous y êtes.

– Et la clé était là ?

– Sur un crochet de laiton, au mur. À côté de la porte du garage. C'est là que nous mettons les clés des voitures et du bateau.

– Vous avez un double de la clé du bateau ?

– Oui.

– Où ça ?

– À la marina. Au cas où on aurait besoin de déplacer le bateau.

– Et ce sont les seules clés de votre bateau ? Celle qui est accrochée au mur de votre bureau et celle de la marina ?

– Oui.

– Lorsque vous êtes sorti en bateau, l'après-midi des meurtres... Avez-vous remis la clé à sa place dans votre bureau ?

– Oui.

– Savez-vous si elle est toujours là ?

– Comment voulez-vous que je le sache ? J'ai été arrêté le lendemain matin.

– Est-ce que Jessica saurait où trouver cette clé ?

– Naturellement. Sur le mur.

– Qui d'autre sait où vous la rangez ?

– Il faut que vous compreniez...

– Oui ?

– Quand nous invitions des amis à faire du bateau, nous nous retrouvions d'abord à la ferme. Vous comprenez ?

– Oui...

– Et la dernière chose que je faisais avant de partir pour la marina, c'était de prendre la clé sur le mur. Je suis sûr que des tas de gens savaient où je la gardais. Ce n'était pas un secret. C'était simplement la clé du bateau, expliqua Leeds en haussant les épaules. Je veux dire... qui aurait pu prévoir une histoire pareille ?

– Bien sûr...

Non, qui aurait pu prévoir une histoire pareille, un triple meurtre, pensa-t-il. Ce n'est que lorsque ça arrive que les clés d'un bateau, d'une maison et d'une Maserati rouge deviennent tellement importantes. Ce n'est que lorsque ça arrive que vous vous rendez compte que des tas de gens auraient pu entrer dans cette maison ouverte à tous les vents. Et prendre la clé d'un bateau *et* la clé d'une voiture. Et s'en aller à la marina Riverview dans la Maserati rouge que Stubbs avait vue. Des tas de gens. Ce qui revenait à dire *n'importe qui.* Et quand votre enquête vous mène à *n'importe qui,* vous n'avez en réalité *personne.*

Matthew poussa un grand soupir.

– Monsieur Leeds, Patricia Demming est venue...

– Patricia Demming ?

– L'avocat général qui...

– Oh, oui.

– Elle propose un compromis, continua Matthew. Je suis dans l'obligation de vous en parler.

Leeds hocha la tête sans répondre.

– Vous plaidez coupable pour les trois chefs d'accusation de meurtre au premier degré...

– Je n'ai pas tué ces hommes.

– ... vous plaidez coupable et le ministère public fusionne les trois instances et ne demande que la peine minimale.

– C'est-à-dire ?

– Emprisonnement à perpétuité. Si le juge est d'accord.

– Je n'ai pas tué ces hommes.

– Vous serez admissible à la liberté conditionnelle dans vingt-cinq ans.

– J'aurai soixante-six ans.

– Vous serez vivant.

– Mais je n'ai pas tué ces types.

– Qu'est-ce que je dois lui répondre ?

– Qu'elle aille se faire foutre.

– C'est ce que je voulais vous entendre dire. Merci.

En sortant de la prison de Calusa, Matthew entra dans une cabine téléphonique et composa de mémoire le numéro du parquet. Il demanda Patricia Demming et attendit quelques instants avant d'entendre sa voix au bout du fil.

– Bonjour, fit-elle sur un ton agréable.

– Bonjour, Patricia. Je viens de parler à mon client.

– Et... ?

– Il me dit de vous dire qu'il n'a pas tué ces hommes. Il ne veut pas de votre compromis.

– Je suis désolée de sa décision.

Elle semblait sincèrement désolée.

– Il ne s'agit pas d'une *décision*. Il *sait* la vérité. Il n'a pas tué ces hommes.

– Nous ne sommes pas de cet avis.

– Oui, et c'est pour ça qu'il y a des tribunaux.

– Très bien, dit-elle d'une voix tout à coup cassante. Alors, vous n'avez plus qu'à prouver votre thèse devant le juge, c'est tout.

– Non, je regrette, mais c'est exactement le contraire, Patricia. C'est à vous de prouver...

– Et c'est ce que je vais faire. Au revoir, Matthew.

Un déclic au bout de la ligne. Matthew regarda sa montre. Il ouvrit l'annuaire qui pendait au bout d'une chaîne recouverte d'une gaine de plastique – miracle qu'il soit encore là, à notre époque de vandalisme gratuit –, trouva le numéro du garage Silvercrest Shell, glissa une pièce de monnaie dans la fente et composa le numéro. Le petit gars qui répondit au téléphone lui dit que Jimmy Farrell était absent pour la journée et qu'il ne serait pas de retour avant le lendemain matin. Matthew laissa son nom en disant qu'il rappellerait plus tard.

Il rouvrit l'annuaire.

Il fouilla dans sa poche pour y chercher une autre pièce.

Puis il hésita.

Pourquoi pas ? se dit-il. Et il composa le numéro.

Le vieil homme avait l'habitude de faire une petite promenade après le dîner. La tradition. Vous avalez votre riz, vos légumes et votre poisson, puis vous faites une petite promenade sur la levée. Vous regardez les montagnes, derrière Saigon. Mais ici, on était à Calusa, Floride, et les montagnes les plus proches se trouvaient en Caroline du Nord. Beaucoup d'eau, cependant. Si vous faisiez les cent ou deux cents mètres qui séparaient la Petite Asie du boulevard Tamiami et si vous regardiez à gauche en suivant la Nationale 41, là où elle tournait au nord, après le cimetière, vous découvriez tout à coup une vue de la baie de Calusa si belle que votre cœur aurait pu s'arrêter de battre. Des voiliers sur l'eau ou amarrés à la *Marina Lou's,* la digue de Sabal Key qui s'avançait vers les îles du littoral, le golfe, le soleil couchant qui embrase le ciel, les nuages bourgeonnants qui s'amassent – à couper le souffle.

Le vieil homme devait mourir.

Ce soir.

– À vrai dire, j'étais contente que vous m'ayez appelée, dit Mai Chim.

– Et moi, je suis content que vous ne soyez pas occupée, répondit Matthew.

– Oh, je ne suis jamais bien occupée.

Ils étaient assis à une table, devant une fenêtre du bar de la *Marina Lou's,* à quatre ou cinq mètres de l'endroit où Trinh Mang Duc marchait en direction du nord sur la Nationale 41, les mains derrière le dos, la tête tournée à gauche tandis qu'il contemplait la baie, un sourire mélancolique sur les lèvres. Matthew et Mai Chim regardaient le même paysage, la petite péninsule du parc municipal au premier plan, la baie embrasée par le soleil couchant, grouillante de bateaux à cette heure. Le soleil se cachait tout juste derrière la première île du littoral, Flamingo Key, un îlot artificiel. Dans moins d'une demi-heure, la nuit se serait emparée de la baie.

Matthew était en tenue tiers monde, qualificatif que son associé Frank donnait aux pantalons et chemises de coton qu'il avait achetés dans un magasin, pas très loin de la maison qu'il louait. Fabriqués au Guatemala, en Corée, en Malaisie ou à Taiwan, ces vêtements étaient à la fois légers et décontractés, parfaits pour la chaleur de l'été. Ils étaient aussi plutôt amples, et donc tout à fait appropriés pour un homme qui venait de prendre cinq kilos en se bourrant de pasta à Venise, Florence et Rome. Ce matin, la balance lui avait indiqué qu'il avait perdu un de ses kilos en trop. Et il espérait bien retrouver son poids de coq de combat dans une quinzaine de jours. Ce soir, il avait commandé un simple poisson grillé. Pas trop de cholestérol, pas trop de graisses, pas trop de calories.

Mai Chim piochait dans un steak aussi grand que son pays

natal. Elle avait une jupe rose, des sandales blanches et un chemisier bleu pastel à encolure en V. Ses longs cheveux noirs retombaient des deux côtés de son visage. De longues boucles d'argent pendaient à ses oreilles. Un gros bracelet, en argent lui aussi, encerclait son poignet droit. Très américaine, et pourtant très asiatique. Mais surtout, elle était vraiment très belle. Et elle mangeait comme un camionneur. Son appétit ne cessait d'étonner Matthew. Mais ce qui l'étonnait encore plus, c'était sa minceur. Au point qu'il se demandait s'il lui arrivait de manger quand elle n'était pas avec lui. Il se demandait aussi ce qu'elle avait voulu dire quand elle lui avait répondu qu'elle n'était jamais bien occupée. Une femme aussi belle ?

– Il m'a fallu longtemps pour apprendre à me servir d'un couteau et d'une fourchette, expliquait-elle. Mais je m'en tire plutôt bien maintenant, vous ne trouvez pas ?

Matthew fit une petite plaisanterie sur son appétit vorace. Et tout à coup, il se demanda si elle avait souffert de la faim au Viêt-nam. Ou après.

– Je mange comme un... comme un cochon, je sais, dit-elle avec bonne humeur en enfournant un autre morceau de steak. Vous savez, j'allais vous appeler quand vous m'avez téléphoné, annonça-t-elle entre deux bouchées.

– Ah bon ? Pourquoi ?

– Pour vous apprendre un peu de vietnamien, répondit-elle avec un sourire mystérieux.

Le vieil homme n'était vraiment pas tombé très loin. Tôt ou tard, quelqu'un allait le faire parler de cette plaque d'immatriculation qu'il avait vue, quelqu'un lui ferait vider son sac, et vlan ! Ce quelqu'un-là ferait le rapprochement.

Le plan ne prévoyait pas qu'on verrait la voiture.

La voiture devait rester un grand secret, tu la prends chez *Kickers,* tu vas à la Petite Asie, tu te stationnes à l'ombre des grands arbres qui bordent la rue, et puis tu t'en vas, tout en jaune avec ta casquette et ton blouson, pour tuer, tuer, et encore tuer. Il ne fallait pas qu'on voie la voiture. Seulement le blouson et la casquette jaunes. Aussi vite entré, aussi vite sorti, une jolie petite boutonnière à la gorge, bonne nuit les gars, dormez bien. Et je vous arrache les yeux, et je vous coupe la bite, oh quelle affreuse vision.

Mais le vieil homme avait vu la plaque d'immatriculation.

Il l'avait mal vue, apparemment, mais il l'avait vue quand même, et il n'était pas tombé loin. Alors, pas de pot pour le vieux. Il fallait qu'il disparaisse. Pas de témoins, pas de plaque d'immatriculation, pas moyen de remonter jusqu'à vous savez qui. Salut et bonne chance, mes amitiés à vos compatriotes récemment disparus.

Là.

Il passe maintenant devant l'entrée de la marina.

Il commence à faire noir sur la baie.

Attendre.

Attendre la nuit.

– Vous vous souvenez que je vous ai parlé des signes diacritiques ? disait Mai Chim.

– Oui. La cédille et l'*umlaut.*

– Voilà. Et pendant que j'y pense, je me suis renseignée. Vous aviez raison, c'est comme ça qu'on les appelle.

– Je sais.

– Oui, vous me l'aviez dit. Mais j'ai pensé que *nos* signes pourraient être plus faciles à comprendre si vous pouviez les *voir.* Certains, en tout cas. Alors, j'ai photocopié l'alphabet vietnamien dans une vieille grammaire que j'ai chez moi. C'est pour ça que je voulais vous appeler, dit-elle avec un sourire. Vous voulez y jeter un coup d'œil ?

Dans sa bouche, les mots *y jeter un coup d'œil* avaient une curieuse intonation étrangère. Juste un poil à côté.

– Bien sûr.

Elle posa sa fourchette et son couteau, puis elle prit le sac à main qu'elle avait suspendu au dossier de sa chaise. Elle l'ouvrit, sortit une feuille de papier pliée en deux, l'ouvrit et la lui tendit.

– Je me suis servie de la photocopieuse du bureau, expliqua-t-elle.

L'alphabet avait quelque chose d'étranger lui aussi. À peine différent. Les lettres s'écrivaient pourtant exactement comme en anglais. Sans doute les signes diacritiques.

– Naturellement, vous n'avez ici que l'alphabet de base, expliqua-t-elle. Il y a aussi des signes pour les *intonations*. Je peux vous les dessiner, si vous voulez, mais vous ne verriez que des pieds de mouche.

– Des pattes de mouche ?

– C'est ça. C'est une langue difficile, vous savez. Un million de signes. Bon, peut-être pas autant. Mais beaucoup. Vous pouvez garder la liste, si vous voulez.

– Merci, répondit-il en pliant la feuille qu'il glissa dans sa poche.

– Pour votre prochaine visite à Saigon, reprit-elle en levant les yeux au ciel pour bien montrer qu'elle ne croyait guère à cette possibilité.

Elle reprit ses couverts et découpa un autre morceau de steak. Elle allait le porter à sa bouche lorsqu'elle lui demanda tout à coup, l'air très préoccupée :

– Et le poisson est bien ?

Bien.

La façon dont elle avait prononcé le mot.

Un léger chantonnement.

Un peu étrange. Un peu étranger. Comme tout chez elle.

– Pas terrible, répondit Matthew. Mon associé dit qu'on ne peut pas trouver de bon poisson dans toute la Floride. Les bateaux doivent aller trop loin au large pour pêcher. Le temps qu'ils rentrent au port, et le poisson n'est plus vraiment frais. Ainsi parle l'oracle.

– Je ne mange jamais de poisson, ici. Au Viêt-nam, j'en mangeais tout le temps, mais jamais ici. Le poisson n'est pas bon ici. Je pense que votre associé a raison.

– Moi aussi, pour être franc. Mais n'allez pas lui dire ça.

– Est-ce que vous l'aimez, votre associé ?

– Oh, oui. Beaucoup.

– Il est marié ?

– Oui.

– Heureux ?

– Eh bien... disons que lui et sa femme apprennent encore à se connaître.

– Est-ce que vous étiez heureux dans votre mariage ?

– Non.

– Et c'est pour ça que vous avez divorcé.

– En réalité, c'est plus compliqué que ça.

– Vous voulez dire qu'il y avait une autre femme.

– Oui.

– Et est-ce qu'il y a une femme maintenant ? Dans votre vie ?

– Rien de sérieux.

– Quelqu'un de *pas* sérieux ?

– Un certain nombre de femmes que j'aime bien voir.

Elle avait terminé son steak et elle déposa horizontalement son couteau et sa fourchette sur son assiette, comme on lui avait certainement appris à le faire, ici, en Amérique. Elle continuait à boire tranquillement sa bière en regardant la baie où le ciel flamboyait de tous ses pourpres. Dans quelques minutes, il plongerait dans la mer et ce serait la nuit. Elle resta silencieuse, pendant ce qui lui parut être un long moment, tandis que le ciel s'obscurcissait derrière elle.

– Vous voyez, dit-elle enfin en regardant toujours l'eau de plus en plus noire, je me demandais pourquoi vous m'aviez téléphoné.

– Parce que je voulais mieux vous connaître.

Elle hocha la tête.

Nouveau silence.

Puis elle se retourna vers lui :

– Est-ce que ça veut dire que vous voulez coucher avec moi ?

Son regard réclamait une réponse franche.

Il se risqua à la franchise.

– Je crois que oui. Un jour.

– C'est quand, un jour ? Ce soir ? Demain ? Le mois prochain ? L'année prochaine ?

– Quand ce sera le moment, *si* c'est jamais le moment.

– Mais vous voulez dire quand ?

– Seulement quand nous aurons tous les deux envie, si ça arrive.

– Et si je ne veux pas ?

– Alors, on ne fera rien.

– Et alors on ne se connaîtra jamais mieux.

– Non, je n'ai pas dit ça.

– Je suis asiatique.

– Je sais.

– C'est pour ça que vous voulez coucher avec moi ? Parce que je suis asiatique ?

– Je ne vous ai pas demandé de faire l'amour avec moi. Je vous ai invitée à dîner. Et ça n'a rien à voir avec le fait que vous soyez asiatique.

– Parce qu'il y a des hommes qui veulent coucher avec moi simplement pour ça, vous savez. Parce que je suis asiatique.

Il avait l'impression de se trouver sur une piste perdue en pleine jungle, mené par une belle femme qui tout à coup affichait les couleurs du Viêt-công, levait ses mains très haut au-dessus de sa tête pour montrer les grenades amorcées qu'elle cachait sous ses aisselles.

Il ne répondit rien.

– J'espère que ce n'est pas votre cas, dit-elle.

Il ne répondit pas davantage.

– Parce que je n'ai jamais couché avec personne, ajouta-t-elle en se retournant, tandis que la nuit engloutissait la baie.

Le vieil homme était debout devant le garde-fou, à quelques mètres du lampadaire. Il regardait les bateaux amarrés les uns à côté des autres dans la marina. Quelque part, quelqu'un jouait de l'ukulélé. L'instrument semblait si fragile dans la nuit, comme s'il était venu d'une autre époque, d'un autre lieu, comme le vieil homme. Il y avait de la lumière sur de nombreux bateaux et des éclats d'argent dansaient sur l'eau noire. Et puis des voix douces dans la nuit. L'ukulélé continuait à égrener ses notes dans la touffeur obscure. Le vieil homme écoutait, fasciné, la tête penchée. Puis il se retourna enfin et commença à s'éloigner du lampadaire...

Par ici, viens donc.

... les mains derrière le dos, la tête penchée, légèrement incliné vers l'avant, bien au-delà de l'orbite éclairée de la marina...

Oui, viens donc.

... il se rapproche, de plus en plus, le lampadaire est maintenant derrière lui, devant lui le trottoir est aussi noir que la nuit, il avance dans la noirceur de la nuit, il avance dans l'obscurité où l'attend le couteau, le couteau qui...

Oui !

9

Des photos des hommes qu'il avait commandées à Long Island s'alignaient sur le bureau de Morris Bloom, au commissariat central. À côté, un parchemin élogieux signé de la main de l'inspecteur-chef de Long Island, deux coupures plastifiées de la première page du *New York Daily News* et du *Newsday* de Long Island qui relataient la capture mouvementée de deux braqueurs à Mineola, Long Island, par un officier de police du nom de Morris L. Bloom, et plusieurs photos de sa femme. Un trophée de boxe reçu pendant qu'il était dans la U.S. Navy trônait au sommet d'une bibliothèque, à côté d'un Snoopy en peluche dont son fils de dix-neuf ans lui avait fait cadeau l'année dernière à la fête des Pères. Le beagle portait autour du cou une pancarte où était inscrit à la main : *Au plus fin limier du monde. Ton fils, Marc.*

Bloom regardait la manchette du *Calusa Herald Tribune*, édition du matin.

SAISIE RECORD DE DROGUE
EN FLORIDE

– Je croyais que la Troisième Guerre mondiale avait éclaté, dit Matthew.

– Hum... fit Bloom.

– Tu as vu la grosseur des caractères ?

– Hum...

L'article signé qui suivait le gros titre annonçait dans un style frisant l'hystérie qu'une saisie de cocaïne, la plus importante jamais réalisée dans le sud-ouest de la Floride, avait été effectuée la veille au matin, 21 août, et que l'arrestation de douze hommes dans le « quartier bolivien » de Calusa avait de fortes chances de mettre un terme au trafic dans cette partie de la Floride. L'article ajoutait que l'enquête de quatre mois avait été lancée par Skye Bannister, procureur général, et que des enquêteurs de ses services avaient travaillé en coopération avec la Drug Enforcement Agency et la police de Calusa pour mener à bien une opération d'infiltration. Les forces de l'ordre avaient confisqué tôt dans la matinée plusieurs tonnes de cocaïne, des millions de dollars en numéraire et suffisamment de pistolets, fusils et armes automatiques pour déclencher une guerre en Amérique centrale. Et le journaliste de citer Skye Bannister : « Si vous touchez à la drogue, vous allez vous faire prendre. Et quand vous vous serez fait prendre, vous serez puni. Ces hommes vont rester à l'ombre très, très longtemps. J'y veillerai personnellement. Nous ne tolérerons pas la drogue dans cette ville. Nous ne tolérerons pas la drogue en Floride. »

– Je vois, c'est donc ça qu'il mijotait, dit Matthew.

– Exactement, c'est ça qu'il mijotait, confirma Bloom.

– Skye lorgne du côté de notre auguste capitale, Tallahassee.

– Et ce coup de filet devrait certainement lui faciliter les choses.

– Raison pour laquelle il fait tout ce qu'il peut pour cacher les trois cadavres sous le tapis.

– Pour ainsi dire.

– Il propose un compromis, son bonhomme est aussitôt reconnu coupable et il rentre tout frétillant chez sa maman.

– Hum...

– Parce que s'il *perd* celui-là...

– Ce serait un gros morceau, vraiment un peu dur à avaler, Matthew.

– Et comment donc...

– Il perd le procès, et il peut dire adieu à Tallahassee.

– Je vais faire de mon mieux pour qu'il perde, tu peux me croire.

– Bonne chance, mais je crois vraiment que tu rêves en couleurs.

– Ah bon ? Dis-moi, est-ce que mon type est sorti de sa cellule hier soir, est-ce qu'il se baladait au bord de l'eau ?

– Un cinglé qui s'est mis dans la tête d'imiter les trois autres meurtres, Matthew. Aussi simple que ça.

– Je vois, la ligne du Parti, répondit Matthew.

Le meurtre était planqué à la page 14 du journal, un court article d'une demi-colonne sur le côté gauche de la page, en bordure d'une énorme annonce pour la maison Curtis Brothers qui occupait le reste de la feuille. L'article racontait que Trinh Mang Duc, âgé de soixante-huit ans, d'origine vietnamienne, sans emploi, domicilié au 1224, rue Tango, avait été trouvé mort sur le boulevard Tamiami, près de la *Marina Lou's,* à 2 h 05 du matin par deux officiers de police qui patrouillaient dans le secteur.

Lorsqu'on avait signalé certaines ressemblances à Patricia Demming – l'avocat général qui représentait le ministère public dans l'affaire sensationnelle du meurtre et de la mutilation de trois immigrants vietnamiens récemment acquittés d'une accusation de viol –, le jeune magistrat avait répondu aux reporters que les incidents de ce genre n'étaient pas rares. « Malheureusement, il arrive souvent qu'un meurtre crapuleux incite des gens impressionnables à commettre un meurtre semblable, avait-elle dit. Le meurtre de M. Trinh est une horrible tragédie qui entre dans cette catégorie. Le malheureux a été la victime innocente d'une personne à l'esprit dérangé qui a voulu faire parler d'elle en imitant un autre meurtre – un triple meurtre dans le cas présent. Il ne fait aucun doute dans mon esprit qu'il n'existe pas d'autre lien entre ce meurtre et les autres. Nous avons déjà arrêté l'homme qui a commis les meurtres précédents et je suis certaine que la police de Calusa mettra la main sur l'homme ou la femme qui est responsable de cette dernière atrocité. »

– Grande gueule, la petite dame, dit Bloom.

– Assez grande pour dire des conneries en tout cas, répliqua Matthew. Et qui a réussi à faire enterrer l'histoire dans un coin de page ?

– Pas moi.

– Je ne pensais pas à toi.

– Je n'étais même pas là quand on a appris la nouvelle. C'est Palmieri qui était de service hier soir.

– Est-ce que le corps était mutilé de la même façon ?

– Exactement.

– Pour nous faire croire qu'il s'agissait d'un imitateur, c'est ça ?

– Je suis persuadé que c'est un imitateur.

– Et le meurtrier est simplement tombé par hasard sur l'un des témoins de Demming ?

– Non, il l'a choisi *délibérément*.

– Pourquoi ?

– Je n'en sais rien. Peut-être parce que Trinh avait quelque chose à voir avec les meurtres précédents. Va donc savoir ce qui peut passer par la tête d'un type comme ça, Matthew. Ces gens-là sont complètement dingues. Tu crois qu'ils savent ce qu'ils font ? Ils n'en ont pas la moindre idée, crois-moi. J'ai eu affaire une fois à un imitateur, à Long Island, quand je travaillais là-bas. Il tuait un peu partout des petites vieilles, parce qu'un autre pauvre cinglé avait zigouillé sa mère de quatre-vingts ans la semaine précédente. Gros titres partout à New York. Mais le bonhomme ne s'intéressait qu'aux vieilles dames à cheveux *gris*. Parce que sa mère avait les cheveux gris. Et il s'en foutait pas mal si la mère du premier type avait les cheveux encore plus noirs que les tiens. La mère de l'imitateur avait des cheveux gris, donc il choisissait des victimes à cheveux gris. Complètement bargeot.

– Pas de mobile, c'est ce que tu essaies de dire ?

– Peut-être la notoriété. Demming a raison d'insister là-dessus. Beaucoup de ces types font ça parce qu'ils pensent qu'ils vont devenir aussi célèbres que celui qu'ils imitent.

– Et qu'est-ce que tu penses de ça comme mobile, Morrie :

Trinh aurait vu la plaque d'immatriculation de la voiture du meurtrier.

– Il n'y a pas de plaques comme ça, répondit Bloom en secouant la tête.

– Je sais. Mais tu crois que j'en serais resté là ? Tu crois que je n'aurais pas essayé de le cuisiner jusqu'à ce qu'il se souvienne de ce qu'il avait vraiment vu ?

– Évidemment, répondit Bloom en haussant les épaules.

– Et tu ne crois pas que le meurtrier a compris ça, lui aussi ?

– Je ne sais pas ce qu'il a compris ou pas compris, en supposant que ce soit un homme pour commencer. Les assassins ne pensent pas comme toi ou moi. Dans un meurtre, il n'y a rien de logique, tu peux me croire. Un meurtre est toujours bordélique. Et les gens qui commettent des meurtres ne lisent pas Agatha Christie. Ils ne sont pas tous fous, Matthew, mais celui-ci est un cinglé, crois-moi. Un cas classique d'imitation. Et le coupable recommencera, et recommencera peut-être encore après ça, et continuera jusqu'à ce qu'on l'attrape. Nous allons l'attraper, Matthew, attends un peu. Et tu verras qu'il s'agit d'un imitateur. Et il attendra son tour avec ton bonhomme pour grimper sur la chaise électrique.

– Je lui ai promis tout à fait autre chose.

– Tu n'aurais pas dû, répondit Bloom.

Ils avalaient un café et des œufs brouillés au bacon dans un boui-boui de Sabal Key, le *Miami Deli*. La climatisation ne marchait pas bien aujourd'hui, expliquait la serveuse. Ce qui voulait dire que la température à l'intérieur de la gargote tapait les quarante degrés. Warren aurait voulu prendre ses cliques et ses claques, trouver un autre endroit, mais Nick Alston prétendait que la chaleur ne le dérangeait pas. Assise près de la fenêtre, une petite grosse femme en short et maillot rose s'éventait avec un menu plastifié. Dehors, sur la route, une voiture passait de temps en temps, en direction de la plage publique de Sabal, plus au nord. Alston engloutissait ses œufs avec appétit.

– Et qu'est-ce que tu veux maintenant ? demanda-t-il.

– Un petit travail d'informatique, répondit Warren.

Il avait pour principe que si vous avez une faveur à demander, autant le faire tout de suite, sans tourner autour du pot. En fin de compte, moins de temps perdu. Et puis, dans la meilleure hypothèse, on vous respecte davantage. Au téléphone, il avait expliqué à Alston qu'il avait besoin d'un autre petit service. Un peu à contrecœur, Alston avait accepté de le voir, en lui faisant comprendre que cette fois il y aurait un prix. Mais maintenant, en voyant le type, Warren n'était plus très sûr de vouloir foncer tête baissée.

Alston n'avait vraiment pas l'air en forme.

Il n'avait jamais été ce qu'on pourrait appeler un bel homme, mais aujourd'hui, ses yeux bruns étaient injectés de sang, son visage taillé à coups de hache était bouffi, ses cheveux couleur paille pendaient comme de la filasse, il avait un début de barbe au menton, et il était parfaitement évident qu'il avait bu ce matin. 10 heures du matin, et il puait l'alcool. Il avait expliqué à Warren qu'il était en congé aujourd'hui, mais Warren commençait à se demander s'il ne buvait pas aussi les jours où il était de service.

– Qu'est-ce que tu deviens, Nick ? demanda-t-il.

– Quelle sorte de petit travail d'informatique ? répondit Alston.

– Tu vas bien ?

– Comme ci, comme ça.

Les yeux rivés sur son assiette, il coupait les œufs avec sa fourchette, avalait le morceau et recommençait l'opération.

– Il y a un nouveau dans le secteur, Frank, dit-il.

– Quel genre de type ?

– Correct, j'ai l'impression.

Il continuait à manger. Warren fit signe à la serveuse de leur resservir du café. C'était une blonde plutôt moche, mais elle avait des jambes spectaculaires. Et elle portait une jupe très courte pour bien les montrer, ce qui n'échappa pas aux deux hommes. Impossible de ne pas remarquer des guibolles pareilles.

– Un oreiller sur la tronche, dit Alston, et c'est parti pour la gloire.

Une plaisanterie éculée, mais Warren sourit quand même.

– Il fait le deuxième patrouilleur dans le secteur, reprit Alston. Dans l'ancienne voiture de Charlie Macklin. Tu sais qu'on travaille en solo. Mais il y a deux voitures dans chaque secteur, alors on peut se faire appuyer très vite si c'est nécessaire. Je le connais pas encore vraiment bien, mais c'est pas Charlie Macklin, ça je peux te le dire.

– Tu connaissais Charlie depuis combien de temps ?

– Pfff... Il y a des années et des années qu'on se connaît.

Au présent. Comme s'il était toujours vivant.

– Ça doit être dur..., reprit Warren. De perdre son partenaire.

– Oui. Tu sais, on s'entendait vraiment bien. J'aurais confié ma vie à Charlie, comme on dit dans les livres – d'ailleurs, nom de Dieu, c'est exactement ce que j'ai fait, plus de fois que j'ai de doigts sur les mains. Et c'est plus la même chose sans lui, Chambers, ça, tu peux me croire, conclut-il en hochant la tête avant de prendre une gorgée de café.

Warren l'observa un moment.

« Continue, pensait-il, jette-toi à l'eau. »

– Tu bois ?

– Un peu, répondit Alston.

– Tu devrais essayer de mettre la pédale douce.

– Pas tes oignons.

– Non.

– Alors, ferme-la.

– Je me disais que je pourrais peut-être t'aider.

Alston le regarda.

– Tu me fais marrer.

– Je suis sérieux. Si je peux faire quelque chose...

– Allons donc... Je te connais à peine. Qu'est-ce que t'en as à foutre ?

– Je n'aime pas voir les gens dans la merde.

– Je ne suis pas dans la merde.

– Tu as déjà bu ce matin, non ?

– Pratiquement rien. Mais tu te prends pour un curé ou quoi ?

– J'aimerais t'aider, Nick. Téléphone-moi, d'accord ? Si un jour tu as envie de parler...

– Si ça peut te faire plaisir, oui, j'ai bu un peu, reprit Alston en haussant les épaules.

Puis il détourna les yeux. Au fond du restaurant, la serveuse se penchait au-dessus de la table de la grosse pour lui resservir du café.

– T'as déjà vu des quilles pareilles ? fit Alston.

– Jamais.

– Des quilles de compétition, ou je m'y connais pas.

– C'est vrai.

– Nom de Dieu ! dit Alston en secouant la tête, admiratif.

Les deux hommes gardèrent le silence quelques instants. Ils regardaient tous les deux la jeune fille aux longues et splendides jambes.

– Le seul problème, c'est que je repense parfois à ce qui s'est passé, reprit Alston. Je ne croyais pas qu'il me manquerait tellement... Charlie. Je veux dire... On prenait le petit déjeuner ensemble tous les matins avant de monter dans nos bagnoles... on s'arrêtait pour prendre un café deux ou trois fois pendant le quart, ensuite on cassait la croûte à la fin de la journée, et puis... et puis, on parlait de tas de choses. Les femmes, le boulot, les endroits où on avait été, les choses qu'on voulait faire. J'aimais bien pouvoir parler comme ça avec quelqu'un. Parce que ce genre de boulot, tu sais, ça finit par te taper sur le système après un bout de temps. Avec toutes les saloperies que tu vois. Toute la merde qu'il y a dans cette ville, particulièrement aujourd'hui, avec la drogue partout. Tu as lu les journaux ce matin ? Quelle connerie ! Le procureur fait saisir un petit tas de drogue, et il croit que tout est fini. Il devrait venir se balader la nuit dans mon secteur. Je lui montrerais que *rien* n'est fini.

– Comme s'ils croyaient pouvoir éliminer les gros caïds de la drogue avec des pistolets à amorce, renchérit Warren.

– Le budget antidrogue, c'est une vraie farce. J'essaie d'expliquer ça à ma petite amie. Elle est au standard, alors elle comprend un peu le travail de la police. Mais pas les vrais rouages, tu vois ce que je veux dire ? Ce que tu dois faire à longueur de journée. Tu as besoin d'un coéquipier pour parler de ça.

– De quelqu'un qui connaît vraiment le travail...

– Exact. Autrement, tu es là, tu commences à gamberger, et tu te dis : « Qu'est-ce que je fous ici ? Personne n'en a rien à cirer de ce que je fabrique. »

– J'ai fait ce boulot moi aussi, tu sais, dit Warren.

– Non, je savais pas.

– Si. À Saint Louis.

– Alors, tu sais de quoi je parle.

– Oh oui...

– Ah bon... Comme ça, t'étais flic à Saint Louis...

– Tu connais le coin ?

– Non, mais on m'a dit que les femmes ont toutes des bagues de diamant là-bas, répondit Alston en souriant.

– Ce n'est pas tout ce qu'elles ont.

– Mais sûrement pas des jambes comme celles-là. Je lui vernirais bien les cannes à coups de langue jusqu'au fond de la tirelire, en commençant par le petit bout des doigts de pied.

Elle revenait à leur table. Talons hauts qui claquaient sur les carreaux plastifiés. Dandinement de pintade. Fière de ses stupéfiantes guibolles.

– Encore un peu de café ? demanda-t-elle.

– Vous auriez pas une sœur pour mon copain ? demanda Alston en faisant un clin d'œil à Warren.

La jeune fille esquissa un sourire. Elle ne savait pas trop quoi répondre. Un Blanc et un Noir... Mieux valait ne pas prendre de risques.

– Encore du café ? redemanda-t-elle.

– Peut-être que vous pourriez me le réchauffer un peu, dit Alston avec un nouveau clin d'œil pour Warren.

– Le mien aussi, enchaîna Warren.

La jeune fille remplit les deux tasses. Elle était vraiment tout à fait moche, à part ses jambes. Des jambes qui lui avaient probablement valu des attentions imméritées depuis l'âge de la puberté. Pour les hommes, les jambes de ce calibre étaient synonymes de sexualité. C'était une réalité de la vie, pas totalement découragée d'ailleurs par la publicité à la télévision et dans les revues. Mais pour savoir qu'elle avait des jambes du tonnerre, elle le savait. La tête haute, elle s'éloigna en faisant claquer ses talons, piaffant comme un cheval de course.

Ils la regardèrent s'éloigner.

– Mmmm-*mmmmm*, fit Alston.

– Je ne te le fais pas dire.

Ils étaient là, buvant leur café à petites gorgées. La grosse se leva et s'approcha de la caisse.

– La mienne est quand même mieux que la tienne, dit Alston.

Les deux hommes éclatèrent de rire comme des écoliers.

– Tu sais, j'étais sérieux tout à l'heure, dit Warren.

– O.K.

– Si un jour t'as besoin de parler à quelqu'un, tu me téléphones.

– O.K., c'est noté.

– Je suis sérieux.

– J'ai compris.

– Parfait.

– Et qu'est-ce que tu veux que je te sorte de l'ordinateur ? demanda Alston.

– Pour toi, un tatouage, qu'est-ce que ça veut dire ?

– Braqueur, répondit aussitôt Alston.

– Souvent, en tout cas, précisa Warren en hochant la tête.

– La plupart du temps, confirma Alston. En fait, tous les braqueurs que je me suis faits étaient tatoués.

– Je voudrais tout ce que tu pourras me trouver sur un type qui s'appelle Ned Weaver. Et je crois que tu pourrais commencer par San Diego.

– Autre chose encore ? Plus on en donne à l'ordinateur, plus il est content.

– Fin de la vingtaine, très costaud, un mètre quatre-vingt-huit à peu près, cent, cent cinq kilos, le profil d'un type qui aurait fait des poids et haltères. Cheveux roux, yeux verts, pas de cicatrice visible. Tatouage sur l'avant-bras droit. Une sirène à gros lolos avec une grande queue pleine d'écailles. Il dit qu'il n'a jamais été militaire, mais tu pourrais peut-être quand même vérifier les fichiers du F.B.I.

– Je file au central dès qu'on sort d'ici.

– Tu peux me dire combien de temps ça va te prendre ?

– Pourquoi ?

– Comme ça, on pourra calculer...

– Dis pas de conneries, répondit Alston.

– Au téléphone, tu m'avais dit...

– C'était avant. Maintenant, c'est maintenant.

Warren le regarda.

– O.K. ? dit Alston.

– O.K., dit Warren.

Jimmy Farrell était plié en deux sous le capot d'une décapotable Chrysler LeBaron quand Matthew arriva au garage, à 11 heures du matin. Il avait téléphoné pour annoncer sa visite et Farrell l'attendait. Mais l'homme prit tout son temps avant de se redresser. Instantanément, Matthew eut de l'antipathie pour lui. Quelque chose dans son physique, sûrement, puisque l'homme n'avait pas encore ouvert la bouche.

Il était barbu, chauve, un mètre soixante-dix-huit, un mètre quatre-vingts, un peu plus petit que Matthew, mais beaucoup plus costaud. T-shirt rouge avec la coquille jaune Shell sur le devant. Le T-shirt laissait deviner des pectoraux bien définis et des biceps musclés saillaient au-dessous de ses manches courtes. L'homme avait glissé un paquet de cigarettes sous la bordure élastique d'une manche. Il avait des yeux brun foncé et des sourcils broussailleux, comme sa barbe imposante, un vrai orang-outan si ce n'était son crâne parfaitement glabre et très certainement rasé. Un type à bouffer des bougies et à cracher des pistons. Comme un de ces lutteurs à la gomme qu'on voit à la télévision. Matthew aurait été prêt à parier que c'était un maniaque de la chasse.

– Matthew Hope, dit-il. J'ai téléphoné.

Il ne tendit pas la main ; celles de Farrell étaient couvertes de cambouis.

– Est-ce qu'il sait que la Cadillac est prête ? demanda Farrell.

– Oui. Il allait en parler à sa femme. Ou à son beau-frère.

– Ah oui, cette *merde*, commenta Farrell sans en dire davantage. Alors, quand est-ce qu'on va venir la chercher ? J'ai pas tellement d'espace ici. Et puis j'aimerais bien me faire payer.

– Le type est en prison, répondit Matthew calmement.

– Pas de bol. Il aurait dû faire plus attention, comme ça il serait pas en prison.

– Monsieur Farrell, je me demandais si vous pourriez me montrer l'endroit où vous gardez les clés des voitures qu'on vous laisse ici.

– Pourquoi ?

– Un détail qui pourrait être important dans l'affaire Leeds.

– Il se croyait encore dans la jungle, hein ? Tout le monde se foutait pas mal de ce qu'il pouvait faire là-bas. Il s'est pas rendu compte qu'il était rentré dans un pays civilisé.

Un ancien du Viêt-nam, comprit Matthew. Le bon âge – trente-neuf ou quarante ans – et dans ses yeux une lueur que Matthew n'avait pas remarquée jusque-là. Un regard amer et cynique qui disait que lui et ses semblables avaient fait des choses que les mortels moins malchanceux n'avaient pas été contraints de faire.

– Je ne crois pas qu'il ait tué ces hommes, dit Matthew.

– S'il ne l'a pas fait, il aurait dû, répondit Farrell. Avec un peu plus d'astuce seulement. Mais je ne vois toujours pas pourquoi vous voulez voir l'armoire à clés.

– Vous avez une armoire ?

– Bien attachée, répondit Farrell en montrant du doigt une longue boîte de métal grise vissée au mur, juste derrière la porte du bureau. Le couvercle de la boîte était grand ouvert, une clé était glissée dans la serrure. À l'intérieur, une demi-douzaine de trousseaux pendaient à des crochets.

– Elle reste ouverte comme ça toute la journée ?

– Il n'y a personne ici, sauf nous.

Plus ceux qui pourraient venir faire un tour au garage, pensa Matthew.

– Quand est-ce que vous la fermez à clé ?

– Quand je m'en vais, le soir.

– Mais la clé reste dans la serrure toute la journée, c'est ça ?

– C'est sûrement plus sûr. Comme ça, elle risque pas de se perdre.

– Où mettez-vous cette clé lorsque vous fermez l'armoire le soir ?

– Dans le tiroir-caisse.

– À quelle heure partez-vous normalement ?

– Vers 6 heures.

– Et vos employés ?

– En même temps que moi, en général. De temps en temps, quelqu'un reste un peu plus tard pour travailler sur une voiture. Mais nous ne vendons plus d'essence à 6 heures. Point final. La vie est trop courte.

– Est-ce que vous savez quel jour les meurtres ont eu lieu ?

– Il y a une quinzaine de jours, c'est ça ?

– Le 13. Un lundi dans la nuit.

– Ah...

– Est-ce que vous vous souvenez à quelle heure vous êtes parti ce soir-là ?

– Vers 6 heures, je suppose. Comme d'habitude.

– Est-ce que vous avez fermé l'armoire des clés quand vous êtes parti ?

– Sûrement.

– Est-ce que le trousseau de Leeds était dans l'armoire lorsque vous l'avez fermée ?

– Je pense que oui. Pas de raison pour l'avoir sorti de là.

– Est-ce que vous savez quelles sont les clés qui se trouvent sur ce trousseau, monsieur Farrell ?

– Oui. En fait, j'ai téléphoné pour le demander. J'ai parlé à ce couillon de beau-frère, je lui ai dit que je ne voulais pas être responsable de toutes les clés du trousseau, j'avais l'impression qu'il y avait aussi la clé de la maison, et tout le reste. Il m'a dit qu'il passerait les prendre. Vous le voyez quelque part, vous ?

– Monsieur Farrell, est-ce que quelqu'un d'autre savait qu'il y avait une clé de maison sur ce trousseau ?

– Vous voulez dire, les gars qui travaillent ici ?

– Oui.

– Si vous pensez qu'on a pris la clé pour entrer chez les Leeds...

– Je pense que c'est une possibilité, oui.

– Eh ben, pas moi.

– J'aimerais quand même parler à tous ceux qui ont eu accès à ces clés.

– On est simplement trois ici. Le pompiste est un petit gars qui vient ici après l'école, vers 3 heures, 3 h 30. Il a seize ans, et vous pouvez être sûr qu'il ne rentre pas comme ça dans les maisons.

– Il mesure combien ?

– Pourquoi ?

– Parce que quelqu'un d'assez grand portait le blouson et la casquette de Leeds la nuit des meurtres.

– Danny doit faire un mètre soixante-dix et il doit peser à peu près soixante-dix kilos. Alors, j'ai bien l'impression que c'est pas lui qui est entré chez Leeds pour piquer ces putains de fringues.

– Qui a parlé de piquer des fringues ?

– Si quelqu'un les avait sur lui, c'est qu'il les avait volées.

– Qui d'autre travaille ici ?

– J'ai un mécanicien qui me donne un coup de main, c'est tout. Et il mesure pas loin d'un mètre quatre-vingt-dix. Ça vous va mieux, ça ?

– Où est-il ?

– Il est allé chercher du café.

– Je vais l'attendre.

L'ordinateur s'appelait Bessie. Alston se demandait bien pourquoi. Et il se demandait aussi si les ordinateurs avaient des noms de femmes partout dans le monde. Des noms de *grosses* femmes. La fille aux belles guibolles, là-bas au restaurant, impossible, absolument impossible de l'appeler Bessie. Une gueule à faire arrêter les pendules, mais ses gambettes, sûr qu'il ne les oublierait pas de sitôt. On donnerait jamais le nom d'une fille avec des jambes comme ça à un ordinateur. Bessie. O.K., allons-y, Bessie, voyons un peu ce que tu sais sur M. Ned Weaver.

Il était tout seul dans la salle de l'ordinateur, au commissariat central, un écran à moins de cinquante centimètres du visage, ses grosses mains planant au-dessus du clavier, index prêts à enfoncer les touches. Comme s'il jouait *Au clair de la lune* sur un piano d'enfant, il picota les lettres de code qui ouvraient le fichier, puis appuya sur la touche RETURN.

L'écran lui demanda de choisir entre plusieurs catégories de recherches.

Il tapa les lettres CR, pour « criminel ».

La machine ronronna doucement.

Puis l'écran lui dit CHOISISSEZ :

1 MUNICIPALITÉ
2 ÉTAT
3 ENSEMBLE DES U.S.A.
4 AUTRE ÉTAT

Il savait que s'il tapait le numéro 3 pour demander une recherche à l'échelle des États-Unis, Bessie se mettrait à consulter les fichiers du F.B.I. et qu'il en aurait pour toute la journée. Il choisit plutôt le numéro 4 qui demandait une recherche dans un État particulier, hors de la Floride, puis il tapa CA, pour Californie, à la question suivante.

La machine se remit à bourdonner.

Un seul mot apparut sur l'écran :

ANNÉE ?

Il tapa « ? » pour « inconnue ».

PÉRIODE ?

Chambers lui avait dit que le suspect était dans la vingtaine avancée. Alston était payé pour savoir qu'il y avait des petits gars qui avaient le don de se foutre dans merde avant de savoir nouer leurs lacets. Mais plus il demanderait une recherche sur une longue période, plus longtemps il resterait coincé ici. Dix ans devraient suffire. Weaver devait avoir seize ou dix-sept ans à l'époque, le bon âge pour commencer à faire des conneries, et la recherche se poursuivrait jusqu'à l'année en cours. Il tapa donc les chiffres 1-0, puis appuya sur la touche RETURN.

NOM DE FAMILLE ?

W-E-A-V-E-R.

PRÉNOM ?

N-E-D.

DEUXIÈME PRÉNOM ?

?

L'écran lui demanda alors à NED = SURNOM ? RÉPONDEZ « O » OU « N ».

Il tapa N. Non.

La machine ronronna.

Les mots PAS DE CASIER JUDICIAIRE POUR NED WEAVER EN CALIFORNIE apparurent sur l'écran de la machine qui redemanda aussitôt NED = SURNOM ? RÉPONDEZ « O » OU « N ».

Cette fois, il tapa O.

L'écran lui disait maintenant CHOISISSEZ :

1 NED POUR EDMUND
2 NED POUR EDWARD
3 NED POUR NORTON
4 TOUS LES CHOIX CI-DESSUS

Il tapa 4.

Une centaine d'emmerdeurs d'Edmund, Edward et Norton Weaver défilèrent sur l'écran.

Alston n'avait plus qu'à se mettre au travail.

Le mécanicien de Farrell mesurait effectivement un mètre quatre-vingt-dix à peu près. Ridé et bronzé, les bras fauchant l'air autour de lui, il se trouvait à la hauteur des pompes à essence et se dirigeait d'un pas nonchalant vers le bureau, un sac de papier brun dans la main droite, une cigarette au coin de la bouche, une casquette de base-ball enfoncée sur la tête. Oui, il était grand. Mais il avait aussi quelque chose d'un épouvantail, ce type dans le début de la soixantaine qui ne pouvait pas peser plus de soixante-dix kilos. Qu'il ait eu ou non les clés de la maison, il était impossible de croire qu'il ait pu maîtriser et assassiner – avec un *couteau*, s'il vous plaît – trois jeunes gens.

– Avery Shoals, dit Farrell. Ave, le monsieur voudrait te poser quelques questions.

– Pas de problème.

L'homme déposa le sac de papier brun sur le comptoir, à côté de la caisse enregistreuse, et tira sur sa cigarette en plissant les yeux.

– J'ai rapporté seulement deux cafés, reprit-il. Je savais pas qu'on avait de la visite.

– Ça fait rien, répondit Farrell avec un sourire. Je crois pas que M. Hope va rester bien longtemps.

Warren Chambers l'attendait lorsqu'il rentra au bureau à 1 heure de l'après-midi. Aucun des deux n'avait déjeuné. Ils descendirent Main Street à pied, dans la direction du mini-centre commercial qu'on venait d'ouvrir dans le Burns Building. De la taille d'un court de tennis, il occupait le rez-de-chaussée d'un immeuble de bureaux de trois étages, l'un des plus anciens dans le centre, entouré maintenant par des tours assez modestes qui tenaient lieu de gratte-ciel à Calusa. Les « restaurants » étaient en fait de petites usines à sandwichs. Vous choisissiez votre comptoir et vous faisiez la queue pour commander hamburgers, hot dogs, spaghettis et autres concoctions chinoises ou mexicaines, puis vous apportiez votre tambouille, votre bière, votre boisson gazeuse ou votre milk-shake à l'une de ces petites tables rondes disposées dans une sorte de cour ouverte. Des haut-parleurs invisibles diffusaient inlassablement de la musique parfaitement incolore, inodore et sans saveur. Vous n'éprouviez en fait qu'une vague *sensation* de musique avec ce bruit de fond assourdi, constant, discret.

Warren apportait de bonnes nouvelles.

Bonnes ou mauvaises, question de point de vue.

Il parla d'abord à Matthew du tatouage sur le bras de Ned Weaver et du nombre de braqueurs qui se faisaient tatouer. C'était un fait, expliquait-il, même si Matthew n'en savait rien. Weaver s'était montré très hésitant à parler de sa jolie sirène, ce qui avait piqué la curiosité de Warren. Il avait donc demandé à un de ses amis de la police de Calusa d'asticoter un peu l'ordinateur pour voir s'il avait quelque chose sur un Ned Weaver à San Diego, puisque c'était là que Ned Weaver avait dit qu'il s'était fait tatouer.

Mais à San Diego, il s'était fait aussi vingt-deux mille dollars et un peu de menue monnaie dans une banque qu'il avait dévalisée avec un pote du nom de Sal Genovese, le boss dans ce coup. En fait, le hold-up aurait marché comme sur des roulettes si, primo, l'un des gardiens de la banque n'avait pas été assez bête pour dégainer pendant qu'on lui mettait un 44 Magnum sous le nez. Naturellement, Weaver avait dû tirer. Le type s'en était sorti par un poil. Les balles de Weaver avaient labouré le biceps gauche du gardien à environ cinq centimètres du cœur et elles avaient bien failli lui arracher le bras.

Pourtant, malgré ce léger contretemps, le coup aurait pu encore bien tourner si, deuzio, la voiture dans laquelle ils s'enfuyaient ne s'était pas trouvée coincée dans un embouteillage. Il y avait eu alors une autre malencontreuse fusillade entre les braqueurs en fuite et la police de San Diego, l'avantage allant cette fois à la police. Norton (le véritable prénom de Ned) et son bon copain Salvatore (baptisé sous ce nom) avaient été envoyés en prison pour de longues, longues années. La prison s'appelait Soledad. L'été dernier...

Nous y voilà, pensa Matthew.

L'été dernier, Weaver avait été mis en liberté conditionnelle et s'était installé en Floride.

Exactement ce que Leeds lui avait dit la veille. Mais seulement après une légère hésitation.

Ned travaille pour nous depuis... l'été dernier.

Avait-il failli dire « depuis qu'il est sorti de prison » ?

Peut-être. Un élément d'information qui aurait pu plaire à Matthew – comme il lui plaisait en ce moment –, d'autant plus qu'il savait déjà que Jessica Leeds avait pensé payer quelqu'un pour tuer les trois hommes qui l'avaient violée. Son frère n'avait pas *tout à fait* tué le gardien de la banque, mais ce n'était pas faute d'avoir essayé.

– Je me demande où se trouvait le jeune Ned, le soir des meurtres, pas toi ? dit Warren.

– Oh, que si.

– Parce que nous pourrions bien tenir le bon bout, Matthew. Par exemple, suppose que Weaver n'ait pas aimé l'idée que ces trois petits Vietnamiens s'en tirent après le viol de sa sœur, suppose qu'il décide de *faire* quelque chose. Le type a passé neuf ans en prison...

– C'est tout ?

– Il avait dix-neuf ans quand on l'a mis en tôle. Neuf ans derrière les barreaux, c'est long, Matthew, particulièrement pour quelqu'un qui a déjà un peu chaud à la tête. Bon. Il sort, les trois petits mecs s'en tirent avec les doigts dans le nez après l'histoire du viol, et il se dit : « Hé, hé, mais c'est ma *sœur* ! » Ce n'est plus un gardien de banque qui se met dans ses pattes, il s'agit de trois petits cons qui ont violé sa *sœur*. Alors, peut-être – je dis bien peut-être –, peut-être qu'il se met dans la tête de leur faire leur fête.

– Particulièrement si sa sœur le lui demande, dit Matthew.

– Là, nous n'en savons rien, répondit Warren.

– Elle a parlé de cette possibilité avec son mari.

– Quoi?

– Oui.

– Hum...

– Exactement, hum, confirma Matthew.

– Bien. Supposons que le jeune Ned ait fait le coup...

– Non, Warren, ça ne colle pas.

– Pourquoi pas ?

– Le portefeuille de Leeds était sur les lieux.

Les deux hommes restèrent un moment silencieux. Warren mangeait des *enchiladas* arrosées d'une bière. Matthew avait commandé un hamburger qu'il faisait descendre avec un Diet Coke. À une table voisine, deux jeunes femmes essayaient de manger avec des baguettes, mais tout retombait dans leurs assiettes. Et elles partaient d'un rire hystérique chaque fois qu'une autre petite bouchée leur échappait.

– On apprend une chose en prison, dit enfin Warren.

Matthew le regarda.

– C'est à ne pas se faire prendre.

– Ce qui veut dire ?

– Ce qui veut dire : Weaver s'entendait bien avec son beau-frère ?

– Bonne question.

– Parce que, supposons qu'il ne l'aimait pas trop... si c'est le cas, pourquoi ne pas monter un coup contre lui ? Tu t'envoies les trois petits cons et tu t'arranges pour faire porter le chapeau à Leeds.

– Mais là, tu ferais mal à sa sœur aussi. Je ne crois pas...

– Le type a fait de la tôle, reprit Warren. Au trou, tu apprends un code, Matthew, tu apprends une loi différente. Et cette loi dit : tu violes ma sœur, je te fais la peau. Et cette loi dit : je déteste mon beau-frère, je lui fais la peau à lui aussi. Voilà la loi qu'on apprend en prison, Matthew, rien à voir avec le droit que tu pratiques.

– Je vais dire deux mots à Leeds...

– Je ne parle que d'une possibilité.

– ... pour essayer de voir quelle était la nature de leurs relations, continua Matthew.

– Parce que ce type peut aller et venir comme il veut dans cette maison, reprit Warren. Il peut prendre le blouson et la casquette de Leeds s'il en a envie, piquer les clés de la voiture de sa sœur, les clés du bateau, tout ce qu'il faut pour commettre les meurtres et faire une fleur à son beau-frère. Mais je peux me tromper.

– Tu pourrais me trouver un enregistrement de sa voix au téléphone ? demanda Matthew.

Elle trottait dans la tête de Bannion.

La plaque d'immatriculation que le vieux Chinetoque avait vue sur la voiture du type quand il s'était enfui.

2AB 39C.

Pas de plaque de ce type en Floride. Et pourtant, on avait fait la peau du pauvre vieux. Bannion aurait bien voulu être d'accord avec son patron sur ce point, mais il ne pouvait tout simplement pas accepter sa thèse du meurtrier imitateur. Pas quand la victime était l'un des témoins de l'accusation. Certainement pas. Bannion était dans le milieu depuis trop longtemps pour ne pas faire la différence entre un fou et un fou dingue. Pour lui, tout meurtrier était un fou. Mais ceux qui tuaient sans rime ni raison, ceux-là étaient fous dingues.

Et Bannion n'avait pas du tout l'impression que la personne qui avait tué Trinh Mang Duc venait de sortir de l'asile. Un « copieur » ne se serait pas donné le mal d'attendre Trinh dans le quartier de la Petite Asie, puis de le suivre jusqu'à la *Marina Lou's*. Un copieur dingue de l'espèce habituelle se serait contenté de n'importe quel Chinetoque en train de se balader dans les rues de Calusa, et il n'aurait rien eu à foutre d'un témoin qui avait vu le meurtrier en train de monter dans une voiture portant une plaque d'immatriculation qui n'existait pas en Floride. Encore une fois, n'importe quel Chinetoque aurait fait l'affaire, petit, grand, gros, maigre, vieux, jeune, aucune importance pour un « copieur ». Tu attrapes le pauvre con par-derrière, tu lui fais une belle boutonnière à la gorge, tu lui arraches les yeux, tu lui coupes la bite et tu la lui fous dans la gueule.

Mais ce type avait manifestement cherché Trinh Mang Duc.

Il fallait qu'il ait lu son nom dans le journal. Première erreur. On n'imprime pas le nom d'un témoin dans le journal. À moins, naturellement, que le meurtrier présumé soit déjà derrière les barreaux, ce qui était le cas ici. En principe.

Bannion n'était pas payé pour faire des emmerdes à son boss. Son travail, c'était de réunir des renseignements pour l'aider à prouver que l'homme accusé de trois meurtres était bien l'homme qui avait commis ces meurtres. Mais le travail de

Bannion consistait aussi – du moins, c'était ainsi qu'il voyait les choses – à s'assurer que Patricia Demming ne fasse pas de trop grosses boulettes. Et si elle avait inculpé le mauvais bonhomme, alors que le vrai meurtrier se promenait encore dans la nature et tuait un témoin qui avait vu la plaque d'immatriculation de son auto...

Mais cette plaque n'existait pas.

En tout cas, pas en Floride.

Et Trinh Mang Duc avait bien dit que c'était une plaque d'immatriculation de Floride.

2AB 39C.

Il l'avait vue à travers le grillage de sa porte. La nuit. Oui, mais la lune était encore presque pleine. Ah... mais la voiture était sous un grand arbre. Pas tout près. Et lui était chez lui, en train de regarder à travers le grillage de sa porte.

2AB 39C.

Alors, soit ce n'était pas une plaque de Floride...

Mais les plaques de Floride sont facilement reconnaissables, lettres orange sur fond blanc...

Soit ce n'était pas une plaque de Floride, soit Trinh l'avait mal vue. Peut-être avait-il lu de travers les chiffres et les lettres. Mais alors, pourquoi le tuer ? S'il se trompait, il ne valait pas un pet de lapin comme témoin. Pourquoi s'en prendre à lui ? Laisse-le vivre. À moins...

À moins qu'il soit tombé tout près du bon numéro. Avec le risque qu'il finisse par s'en souvenir si on insistait un peu. Et s'il finissait par s'en souvenir, le numéro pourrait conduire non pas à l'homme que Patricia Demming avait envoyé en prison, mais à l'homme ou à la femme qui avait effectivement saigné les trois Chinetoques. Dans ce cas, Trinh devait disparaître. Tout de suite. *Avant* qu'il se souvienne. Au revoir, monsieur, j'espère que vous avez aimé votre séjour en Floride, que vos ancêtres vous accueillent dans la joie et que vos descendants vous pleurent éternellement.

2AB 39C.

Qu'est-ce que ça pouvait bien être, en réalité ?

Bannion prit un crayon et commença à écrire des combinaisons de chiffres et de lettres...

... et il comprit tout à coup ce que Trinh Mang Duc avait vraiment vu, et sut au même instant pourquoi il avait fallu tuer le vieil homme.

Il approcha de lui le téléphone et commença à composer un numéro.

10

Cette fois, la pâleur était là. Et aussi la tristesse.

Dixième journée en prison de Stephen Leeds, et la routine dont il avait parlé un jour à Matthew commençait à faire ses ravages. Envoyez cet homme en prison pour plus de quelques semaines, et vous l'anéantirez aussi sûrement que s'il était ficelé sur la chaise électrique.

Il était assis au bout d'une longue table, dans ce qu'on appelait la S.C.P., salle des consultations privées, un cube lugubre réservé aux entretiens entre détenus et avocats. Il n'y avait qu'une seule fenêtre grillagée, tout en haut du mur auquel il tournait le dos. Il était 9 heures, vendredi matin, et il pleuvait. Vous pouviez entendre les gouttes de pluie claquer sur les palmiers qui bordaient le trottoir, devant la prison. La petite pièce paraissait presque douillette avec cette pluie qui tombait à verse dehors. Leeds serrait ses grosses mains posées devant lui sur la table. Il écoutait attentivement Matthew qui lui demandait s'il s'entendait bien avec son beau-frère, ou s'il...

– Je ne peux pas le blairer.

– Pourquoi ?

– Je suis un fermier. Lui, un repris de justice. Ce serait déjà une raison suffisante, même s'il n'y avait pas *autre chose*.

– Pourquoi l'avez-vous engagé ?

– Jessica voulait qu'il vienne.

– Pourquoi ?

– Pour qu'il ne fasse plus de bêtises, en tout cas c'est ce

qu'elle m'a dit. Si vous voulez mon avis, c'est le genre de type qui fera *toujours* des conneries. Il n'en était pas à son premier coup avec le braquage de banque, vous savez. C'était simplement la première fois qu'il faisait un tour en prison.

– Qu'est-ce qu'il avait fait d'autre ?

– Tout, tout ce que vous pouvez imaginer.

– Par exemple ?

– Drogue, voies de fait, viol, camb...

– Viol ?

– Viol.

– Quand ?

– Quelle fois ?

– Commencez depuis le début.

– La première fois qu'il s'est fait arrêter pour trafic de drogue, il avait treize ou quatorze ans à peu près. Le juge a eu pitié de lui et l'a condamné avec sursis. Il a l'air tellement net, vous savez, le bon petit gars, le bon petit Américain de la porte d'à côté. On ne croirait jamais que c'est une saloperie de fils de pute.

– Parlez-moi des voies de fait et du viol.

– Les voies de fait, c'était quand il avait seize ans. Il a attaqué une vieille dame dans un parc et il a foutu le camp avec son sac à main. Jessie prétend que la vieille dame s'est trompée de personne quand elle a cru le reconnaître. Peut-être. Ils ont fouillé partout pour retrouver le sac. Ils ont mis l'appartement sens dessus dessous, particulièrement la chambre de Ned, sans jamais rien trouver.

– Et le viol ?

– Ned avait dix-sept ans, la petite treize. C'était une arriérée mentale.

– Et il s'en est tiré ?

– Jessie prétend que ce n'était pas lui. Le jury a été du même avis. Son avocat avait trouvé cinq témoins qui ont juré que Ned jouait avec eux au bowling au moment du viol. Le jury les a crus.

Plus compliqué que ça n'en a l'air, comme disait Warren.

Ned Weaver accusé de viol à l'âge de dix-sept ans. Acquitté.

Sa sœur, victime d'un viol collectif des années plus tard. Nouvel acquittement.

– Il n'a pas eu autant de chance la fois suivante, reprit Leeds. Avec le braquage de la banque. Jessie prétend qu'on l'a forcé. Ned devait de l'argent à une espèce d'Italien. Le type l'a obligé à faire le coup avec eux, pour rembourser sa dette, vous comprenez ? En tout cas, c'est ce que Jessie raconte. Qu'il essayait simplement de rembourser une dette. Ce qui n'explique quand même pas pourquoi Ned a tiré sur le gardien, vous ne croyez pas ?

– Non, en effet.

– Eh bien, s'il a tiré, c'est parce que c'est un petit salopard, voilà pourquoi. Mais regardez un peu pour combien il en a pris. Neuf ans plus tard, et il était dehors. Il a toujours eu de la chance avec les juges au cœur sensible et les jurés qui gobent n'importe quoi.

– Votre femme n'est pas de votre avis, je me trompe ?

– Oh non. D'après elle, il est blanc comme neige. Il a simplement eu quelques petits coups de malchance, c'est tout. Mais il va encore faire des conneries, croyez-moi. Et la prochaine fois, j'espère qu'on le bouclera pour de bon.

– Ces arrestations, c'était toujours en Californie ?

Matthew se demandait pourquoi l'ordinateur n'avait trouvé qu'une seule arrestation et une seule condamnation.

– Au début, c'était dans le Dakota du Sud, répondit Leeds. Il n'était même pas encore un homme. Mais il était déjà *pourri* jusqu'à la moelle. J'ai du mal à croire que lui et Jessie aient eu les mêmes parents. Elle a sept ans de plus que lui, vous savez, elle a trente-six ans. Ses parents sont morts dans un accident de voiture, et elle est un peu comme une mère pour lui. Je suppose que c'est pour ça qu'elle voulait qu'il vienne ici, à la ferme. En fait, ils ne sont allés s'installer à San Diego que lorsqu'il avait dix-huit ans, après l'histoire du viol. Juste à temps pour repartir du mauvais pied. Un passé vierge dans une nouvelle ville, prêt à sauter à pieds joints dans la merde.

– C'est là que vous vous êtes rencontrés ? À San Diego ?

– Non, non. Nous nous sommes connus ici, en Floride. Elle était mannequin autrefois, vous savez.

– Non, je ne savais pas.

– Oh oui. Elle était venue pour un défilé de mode estivale, à l'*Hôtel Hyatt*. Nous avons bavardé un peu, je l'ai invitée à prendre un verre... Et puis, ben voilà, c'est ça.

– C'était quand ?

– Nous sommes mariés depuis près de six ans maintenant.

La tristesse burinait à nouveau son visage.

Mariage. Souvenirs. Un passé plein de promesses.

Et un avenir qui semblait aussi noir que le ciel dehors.

– Je ne savais même pas qu'elle avait un frère, continua-t-il. Il était en prison lorsque j'avais fait sa connaissance et elle ne m'avait jamais parlé de lui. Et puis, le voilà qui débarque un jour devant la porte, l'été dernier. Première nouvelle. Il faisait terriblement chaud, je me souviens...

... le soleil perché dans le ciel comme une boule de feu, les arroseurs qui tournent dans les champs, un taxi de Calusa remonte l'avenue en soulevant des nuages de poussière d'un kilomètre de haut. Leeds est occupé dans la grange, il ne se souvient plus exactement à faire quoi, peut-être recoudre une sangle de selle, il a toujours été très adroit de ses mains, même lorsqu'il était petit, il adore réparer les choses. Il ne voit absolument pas ce que le taxi peut bien fabriquer à Timucuan Point, encore moins qui peut bien être le type qui en descend.

Il pose la sangle – oui, il était en train de recoudre une sangle, il s'en souvient très bien maintenant – et sort tandis que le jeune homme paie la course, le chauffeur lui rend la monnaie, la poussière flotte encore dans l'air autour d'eux. Il se dit que le jeune homme a quelque chose de sa femme, yeux verts, cheveux roux – bon, ceux de sa femme tirent un peu plus sur le brun. Mais l'idée ne fait que lui passer par la tête, pas un moment il ne songe qu'ils pourraient être frère et sœur.

Le jeune homme se retourne et lui tend la main.

Il porte une chemise à col ouvert et manches courtes, un jean bleu, des bottes de cow-boy.

Un tatouage, une sirène sur l'avant-bras droit.

La sirène a de longs cheveux blonds, des yeux bleus, des lèvres rouge vif, des seins aux tétons rouges, une queue aux écailles bleues.

Je m'appelle Ned Weaver, dit l'étranger en tendant toujours la main.

Naturellement, c'est le nom de jeune fille de Jessica, Jessica Welles Weaver, Welles était le nom de jeune fille de sa mère – un cousin, peut-être ?

Mais non, ce n'était pas un cousin.

Car un cri de joie sort de la maison et Jessica arrive en courant, short découpé dans un vieux jean, T-shirt vert, pieds nus, elle court vers le jeune homme qui laisse tomber le sac de marin qu'il tenait dans la main gauche, se tourne vers elle, ouvre les bras, la serre contre lui, les longs cheveux roux de sa femme – elle avait les cheveux longs à l'époque – tombent en cascade sur ses bras derrière son dos, inondant les cheveux blonds et les seins à tétons rouges de la sirène. Oh, Ned, crie-t-elle, oh mon Dieu, comme je suis heureuse de te voir !

– Elle lui avait écrit tout le temps qu'il était en prison, expliquait Leeds. Elle avait pris une boîte postale en ville et c'est là qu'il lui envoyait ses lettres. Je ne savais pas du tout qu'elle lui avait offert de travailler pour nous jusqu'à ce qu'on en ait eu fini avec les présentations, les rires et les oh mon Dieu. On s'est retrouvés assis au bord de la piscine en train de prendre un verre. Je n'ai su que c'était un ancien taulard que ce soir-là, au lit, quand elle m'a raconté sa triste, triste histoire. Toujours la victime innocente, le petit frangin, ce pauvre petit Ned, blanc comme neige. Norton Albert Weaver, qui avait hérité son deuxième prénom de son père, pauvre homme, le père qui avait eu la chance de mourir longtemps avant que son fils unique ne montre qu'il était une vraie pourriture. Norton Albert Weaver, une saloperie de fils de pute, si vous voulez savoir, mais je ne l'ai compris que le jour de l'histoire du chien. C'était sans doute...

... en octobre dernier, la saison des ouragans était pratiquement terminée, Ned commençait à connaître son travail à la ferme. Le type est tellement pas doué qu'une tomate mûre peut devenir bleue tout d'un coup avec lui ! Mais il est devenu régisseur, il aboie ses ordres, il se promène comme un paon pour se faire voir des femmes qui travaillent dans les champs, il n'arrête pas de draguer la jolie petite Allie dans la cuisine, Allie qui adore son mari et qui est si troublée par les attentions déplacées de Ned qu'elle pense renoncer au seul bon emploi qu'elle ait jamais eu. Elle en parle à Jessica, Jessica lui promet d'en parler à son frère. Mais en secret, elle raconte à Leeds que la bonne flirte avec Ned.

Le jour de l'affaire du chien...

Le chien, c'est celui d'Allie et de son mari, Pete, le contremaître, qui s'en tirait très bien tout seul avant que Ned ne devienne régisseur. Pete est un ancien du Viêt-nam, trente-cinq ans – on a du mal à croire que les anciens de cette guerre-là ont *au moins* trente-trois ans aujourd'hui, mais c'est pourtant la vérité. Un homme qui parle d'une voix douce, baisse les yeux quand on lui adresse la parole, comme s'il craignait qu'on lise dans son regard et qu'on y voie le reflet de tout ce qu'il a vu – et fait. Difficile d'imaginer que cet homme ait jamais tué quelqu'un. Mais il est vivant aujourd'hui. Et si vous étiez dans une unité combattante au Viêt-nam, comme Pete, et que vous refusiez de tuer les gens autour de vous, vous ne seriez pas là aujourd'hui pour le dire. L'équation est vraiment toute simple.

Chaque fois qu'il prend le camion pour aller dans les champs, son chien est assis à côté de lui, dans la cabine. Il s'appelle Jasper. Robe mouchetée, une de ces races bizarres ; personne n'a jamais pu établir précisément ses origines, mais on dit qu'il a sûrement du sang de dalmatien, un chien avec un regard un peu larmoyant, aussi gentil que son maître.

Ce jour d'octobre...

Un de ces jours limpides et radieux, trop rares dans cette partie de la Floride, qui font dire à tous ces gens venus du Nord qu'ils ont vraiment de quoi remercier le ciel, qu'ils ont pris une bien bonne décision, qu'ils rendent grâce au Seigneur tout-puissant. Le ciel sans nuages s'étendait comme une bâche bien tendue au-dessus des hectares verdoyants de la ferme, bleu comme de la porcelaine de Chine, un petit vent souffle du golfe.

Leeds a fait creuser un étang artificiel rempli de truites, surveillé par des oiseaux aquatiques qui s'enfuient à tire-d'aile dès qu'un alligator pointe son museau sans y être invité.

La loi interdit de tuer les alligators en Floride.

Les alligators sont une espèce protégée.

Il arrive bien qu'un fermier ou qu'un patron d'orangeraie tire sur un alligator, il arrive bien qu'on serve des steaks d'alligator à dîner – mais on n'en parle pas trop. En Floride, il y a des tas et des tas de choses dont on ne parle pas trop. La pluie, par exemple. Le froid. La chasse aux alligators ou aux orfraies. Mais au fil des années, Leeds a tué et plus tard grillé et mangé trois alligators qui avaient décidé d'élire domicile dans son étang à truites. Un quatrième alligator est là dans cet étang, par cette belle journée d'octobre.

– Nous entendons tous Jasper hurler, raconte Leeds. Comme un être humain. Un bébé. Il hurle et il hurle. Et puis, les hurlements s'arrêtent. Nous étions déjà tous partis vers l'étang. L'alligator bouffait encore le pauvre chien. La gueule pleine de sang – vous avez déjà vu les dents d'un alligator ? Quelqu'un avait attaché Jasper à un vieux chêne, au bord de l'étang. La corde était toujours enroulée autour du tronc. Jasper avait tourné et tourné autour de l'arbre en essayant d'échapper à l'alligator, et puis il était arrivé au bout de sa corde et la bête l'avait happé, dit Leeds en secouant la tête. C'était mon beau-frère qui avait attaché le chien à l'arbre.

– Comment le savez-vous ?

– Il l'a presque dit.

– Quand ?

– Juste après le procès. Nous étions tous écœurés du verdict, vous savez, libérer ces trois types après ce qu'ils avaient fait à Jessie. Et Ned a dit que s'il n'en tenait qu'à lui, il leur ferait la peau à tous les trois, il les amènerait à l'étang et il les attacherait au vieux chêne, comme on avait fait avec Jasper. C'est à ce moment-là que j'ai compris que c'était lui qui avait fait le coup. Je le soupçonnais depuis longtemps – nous le soupçonnions *tous* –, mais c'est à ce moment-là que j'ai été sûr que c'était lui. Je le voyais dans ses yeux.

– En fait, ce qu'il a dit, c'est qu'il voulait *tuer* ces hommes.

– Heu... oui. Mais surtout, qu'il voulait les tuer comme Jasper...

– Oui, je comprends. Et il avait l'air sérieux en disant ça ?

– Autant que nous tous. Nous voulions *tous* les voir morts.

– Oui, mais ce que je vous demande... Pensez-vous qu'il s'agissait d'autre chose que d'une menace en l'air ? Ce que votre beau-frère a dit ?

– De leur faire la peau, vous voulez dire ?

– Oui. Est-ce que vous pensez qu'il l'a vraiment fait ?

– Ben, je...

– Est-ce que vous pensez qu'il les a tués ?

Manifestement, l'idée n'avait jamais traversé l'esprit de Leeds. Ned Weaver, le vengeur de sa sœur ? Ned Weaver, le redresseur de torts ? Mais si...

– Vous voulez dire... ?

Il essayait d'y voir clair. Si Ned était vraiment allé crever ces hommes, alors Ned avait aussi laissé son portefeuille sur les lieux, Ned lui avait fait porter le chapeau.

– Le fils de pute.

– Il aurait *pu* ?

– Il est sûrement assez salaud pour ça.

– Vous l'avez vu, la nuit des meurtres ?

– Oui, il est passé à la maison juste après le dîner.

– Il avait l'habitude de le faire ?

– Heu... oui. Jessie est sa sœur, vous comprenez. Ils sont très proches.

– Pour quelle raison est-il venu ?

– Simplement pour dire bonsoir. Sans doute un peu avant 8 heures, nous venions de terminer de dîner. On se préparait à regarder le film.

– Il est resté combien de temps ?

– À peine quelques minutes. Jessie lui a proposé de prendre un verre avec nous – on s'était installés dehors –, mais il a dit que non, qu'il avait à faire.

– Quoi donc ?

– Il ne l'a pas dit.

– Et il est parti à quelle heure ?

– 8 heures ? Un peu après ? Pas beaucoup en tout cas. On était toujours assis derrière la maison, au bord de la piscine.

– Quelqu'un l'a reconduit jusqu'à la porte ?

– Non. Pourquoi ? Il connaît le chemin. Il entre et il sort comme s'il était chez lui.

– Il est donc allé tout seul jusqu'à la porte ?

– Oui.

– Est-ce qu'il a traversé la maison ?

– Je pense que oui.

– Il a traversé la maison jusqu'à la porte de devant.

– Oui.

– Et vous et Jessie, vous étiez toujours derrière.

– Oui.

– Ensuite ?

– Excusez-moi, je ne comprends pas.

– Il vous a dit bonsoir au bord de la piscine. Ensuite, il a traversé la maison, jusqu'à la porte de devant...

– Je suppose.

La nuit des meurtres, quelqu'un avait pris la Maserati de Jessie pour se rendre à la marina, puis était parti avec le bateau de Leeds. Cette personne portait un blouson et une casquette jaunes. On l'avait vue plus tard au *Kickers* et à la Petite Asie. Le blouson et la casquette de Leeds étaient accrochés dans le vestiaire du hall d'entrée. Le bureau se trouvait sur la gauche, deux marches plus bas. Les clés de la Maserati de Jessie étaient suspendues à un crochet de laiton, dans le bureau. Les clés du bateau de Leeds étaient accrochées sur le même mur.

– Vous avez entendu la porte d'entrée se refermer derrière lui ?

– Je... vraiment, je ne sais pas.

– Donc, vous ne savez pas combien de temps il est resté dans la maison *après* vous avoir dit bonsoir.

– Non, je ne sais pas.

Matthew hocha la tête. C'était donc au moins une possibilité.

Mais Leeds s'était replongé dans sa tristesse, ses yeux dans le vague, la bouche entrouverte. Il savait à quoi pensait Matthew, mais il n'y croyait pas. Pas du tout. Dans ses yeux, il n'y avait que du désespoir.

– Vous savez, nous n'avons pas à trouver le vrai meurtrier, dit Matthew.

– Je sais, répondit Leeds en serrant nerveusement ses deux mains devant lui.

– Il suffit de démontrer que vous ne pouviez pas faire ce qu'on vous reproche.

– Oui.

– Et nous faisons du chemin dans cette direction.

– Vous croyez ?

– Certainement. Nous avons un témoin qui a vu une plaque d'immatriculation, et cette plaque n'existe...

– Un témoin qui est *mort*.

– La déposition de Trinh est quand même toujours là. Et son assassinat ne peut que nous aider.

– Je ne vois pas comment.

– Parce que celui qui l'a tué a pu tuer les autres aussi.

– Les journaux disent qu'il ne faisait qu'imiter le premier meurtrier.

– Les journaux disent ce que le procureur général *veut* qu'ils disent.

– Ils détestent mon père. Parce qu'il a essayé un jour d'acheter le journal.

– Je sais. Alors, ne vous inquiétez pas de ce que disent les journaux. Les journaux ne remplacent pas les juges et les jurés.

– On le croirait pourtant.

Il regarda ses mains nouées devant lui. La tête penchée en avant. Derrière lui, la pluie continuait à fouetter les feuilles des palmiers. La détresse de cet homme crevait les yeux. Matthew aurait voulu faire quelque chose.

– Et puis, Stubbs a viré de bord.

Pas de réponse.

– Il est prêt à témoigner que l'homme qui lui a téléphoné n'était pas vous.

Pas de réponse.

– Ce qui est une très bonne nouvelle. C'était un de leurs principaux témoins.

Pas de réponse. Il était là, les yeux fixés sur ses mains, tandis que la pluie tombait dans son dos. Puis, sans lever les yeux, d'une voix si basse que Matthew eut du mal à l'entendre, il dit :

– Ce serait drôlement chouette si c'était Ned, vous ne trouvez pas ? Mais quand je pense aux victimes qu'il a choisies – il secouait la tête maintenant –, je ne veux pas parler du gardien de la banque, il était simplement sur son chemin, mais les autres – il secouait toujours la tête en regardant ses mains – une vieille dame... une enfant attardée... ce gentil chien...

Il releva enfin les yeux.

Ils étaient remplis de larmes.

– Non, monsieur Hope. Je ne crois pas que c'est Ned. Non, il n'a tout simplement pas les couilles.

Mai Chim Lee avait laissé un message sur le répondeur. Matthew consulta sa montre. Pas tout à fait midi. Espérant qu'elle n'était pas encore sortie pour déjeuner, il composa le numéro qu'elle avait laissé. Le téléphone sonna six fois sans réponse et il allait raccrocher quand une voix de femme se fit entendre au bout du fil.

– Longstreet & Powers, bonjour. Ou plutôt bon après-midi, si vous préférez.

– Bonjour, répondit Matthew. Il n'est que midi moins cinq.

– Enfin quelqu'un qui a l'heure juste ! Vous avez encore du courant ?

– Oui. Ou plutôt, je ne sais pas. Attendez une seconde, fit-il en allumant sa lampe de bureau. Oui, nous avons du courant par ici.

– Il y a plusieurs pannes de secteur. Nous n'avons plus d'électricité depuis 10 heures ce matin. Mais je ne vais pas vous raconter ma vie. Qu'est-ce que je peux faire pour vous ?

– Je pourrais parler à Mlle Lee, s'il vous plaît ?

– Mary ? Bien sûr, une minute.

Mary... Il attendit.

– Allô ?

Cette voix chantonnante. Avec un soupçon de tristesse.

– Mai Chim ? C'est Matthew.

– Oh, bonjour, Matthew, comment ça va ? Je suis bien contente que vous me rappeliez.

– Tout va bien ?

– Oui, très bien, merci. Vous savez la nouvelle, pour M. Trinh ?

– Oui...

– Un vieux monsieur si gentil...

– Oui.

– Matthew, je me sens très mal à l'aise à propos de l'autre soir.

– Et pourquoi donc ?

– Parce que je me suis comportée comme une idiote.

– Mais pas du tout...

– Si, comme une idiote.

– Non.

– Comme une enfant.

– Ce n'est pas du tout mon avis. Vous savez, Mai Chim...

– J'ai presque trente et un ans, Matthew.

– Je sais.

– Je ne suis plus une enfant.

– Je sais.

– Matthew, est-ce que vous voulez bien dîner avec moi demain soir ?

– J'en serais absolument ravi...

– Mais il faut comprendre que c'est *moi* qui vous invite à dîner.

– Oui, je comprends.

– Alors c'est entendu. Je crois connaître un petit endroit très agréable. Vous pourrez passer me prendre à 8 heures ?

– Parfait, à 8 heures.

– Nous pourrons peut-être faire un peu mieux connaissance, dit-elle avant de raccrocher.

Matthew resta un moment à regarder son téléphone.

Warren Chambers avait un répondeur qui permettait d'enregistrer relativement facilement une conversation sans que la personne à l'autre bout du fil s'en rende compte. Il suffisait d'appuyer sur le bouton PLAY-BACK, de composer le numéro et, lorsqu'on répondait, d'appuyer simultanément sur RECORD et START. Aucun bip n'était audible à l'autre bout de la ligne. Pas très élégant, mais efficace.

Il téléphonait du petit bureau qui avait été celui de Samalson Investigations, avant que le pauvre Otto Samalson ne cesse ses activités. Et s'il avait cessé ses activités, c'était parce que quelqu'un l'avait descendu d'un coup de revolver. Les détectives qui se font descendre n'existent généralement que dans les romans et les films, mais Otto avait réussi ce tour de force dans la vie réelle. Allez savoir comment. La Chinoise qui travaillait pour lui – Warren ne pouvait se souvenir de son nom, mais elle était terriblement efficace – était partie pour Hawaii peu de temps après et le bureau était resté vide jusqu'à ce que Warren reprenne récemment le bail et rachète tout le mobilier à l'homme à qui les enfants d'Otto l'avaient vendu.

La porte de verre dépoli de l'Agence Chambers s'ouvrait sur une réception qui faisait bien deux mètres sur trois, dans laquelle s'entassaient un bureau de bois surmonté d'une machine à écrire, une chaise de bois derrière le bureau, un gros fauteuil rembourré en face, des classeurs et des étagères de métal vert, une Xeros et un portemanteau, le tout enfermé entre quatre murs sur lesquels étaient maintenant accrochées des photos de la mère et des deux sœurs de Warren, avec leurs petites familles, là-bas, à Saint Louis. Warren se disait que si ces photos de famille pouvaient faire hésiter un client éventuel, ce même client n'avait qu'à lever les yeux pour voir que l'homme qu'il avait en face de lui, derrière le bureau, était tout à fait noir lui aussi.

Warren n'avait pas encore de réceptionniste ; son répondeur téléphonique remplissait cette fonction. Lorsqu'il engageait quelqu'un pour l'aider dans une affaire, l'enquêteur travaillait normalement dans la réception. Son bureau à lui était plus grand que la réception – trois mètres sur trois, ou même un peu plus – mais il était tout aussi encombré. Il appréciait cependant la fenêtre qui faisait paraître son bureau plus spacieux que la réception, même si elle ne laissait voir qu'une banque tristounette, de l'autre côté de la rue.

La pluie zébrait les vitres de cette fenêtre quand Warren fit le numéro de la ferme des Leeds. Ce fut Jessica Leeds qui répondit au troisième coup. Warren s'identifia, ils parlèrent quelques instants du temps épouvantable, puis il lui demanda s'il pouvait parler à M. Weaver, s'il vous plaît. Délibérément, il évita de dire : « Pourrais-je parler à votre *frère*, s'il vous plaît ? » Il lui semblait préférable de la laisser croire qu'il ignorait leur lien de parenté. Jessica Leeds lui demanda d'attendre, s'il vous plaît. Et il attendit. Et pendant qu'il attendait, il appuya simultanément sur les boutons RECORD et START. Pour le moment, la machine tournait dans le vide. Mais c'était mieux ainsi, plutôt que de faire entendre un déclic révélateur à Weaver quand il arriverait au bout du fil. Des petits serpents d'eau dégringolaient sur la vitre. Il regarda la banque, de l'autre côté de la rue. Tout avait l'air gris, horrible, sinistre. Il attendait toujours.

– Allô ?

Vous êtes en ondes, pensa-t-il.

– Allô, monsieur Weaver ?

– Oui ?

– Ici Warren Chambers. J'espère que je ne vous dérange pas.

– Non.

– Je voulais m'excuser d'abord de notre petit malentendu de l'autre jour. Je comprends bien que...

– O.K.

Tiens, un monosyllabiste.

– Je comprends bien que je pouvais vous donner l'impressioner d'essayer d'entrer...

– J'ai dit O.K.

Plus loquace, cette fois. Pas si mal. Et Warren se demanda s'il parviendrait à extraire de lui une phrase encore un peu plus longue.

– Si vous avez une minute...

– Naturellement.

– ... j'aimerais vous poser quelques questions.

– Naturellement.

– Monsieur Weaver, savez-vous si M. Leeds prenait parfois son bateau pour faire une petite balade au clair de lune ?

– Une quoi ?

– Une petite balade au clair de lune.

– Naturellement. Ça lui arrivait très souvent.

– Vous comprenez bien ce que je veux dire ?

– Naturellement. Une petite balade au clair de lune.

Parfait. Il avait répété exactement les mots que Stubbs avait entendus au téléphone. *Une petite balade au clair de lune.* Le type faisait des progrès remarquables : il réussissait maintenant à articuler huit mots dans la foulée. Si Warren parvenait à lui en faire dire neuf, peut-être dix, peut-être même une phrase complète avec sujet, verbe et complément, et ensuite un paragraphe complet, les possibilités seraient immenses, l'horizon pratiquement illimité.

– D'après vous, à quelle heure sortait-il pour faire ces petites balades ?

– Ça dépend.

Retour à la parcimonie spartiate.

– 7 h 30 ?

– Plus tard.

– 8 h 30 ?

– Parfois.

– À quelle heure, d'après vous ?

Allez, réponds 10, 10 h 30, se disait Warren. Vas-y, *10 heures, 10 h 30.*

– 11 heures, 11 h 30, répondit Weaver. C'est à peu près l'heure pour une balade au clair de lune, non ? Quand il y a de la lune, évidemment.

Tiens, un peu d'humour. Le petit rigolo du mitard. Et certainement plus de mots d'un seul coup que Warren n'en avait entendu sortir de son téléphone depuis qu'il parlait avec lui. Mais Warren n'avait pas prononcé ceux qu'il voulait entendre, ce qui pourtant n'aurait pas été sans mal du tout, puisque

10 heures, 10 h 30, c'était justement l'heure d'arrivée que l'interlocuteur de Stubbs avait indiquée au téléphone.

– Et vous ne vous faisiez pas de souci lorsqu'il sortait en bateau la nuit ?

– Non.

– Même s'il faisait noir et...

– Pas avec sa grosse lune.

Encore un petit accès de bonne humeur. Le petit rigolo qui faisait marrer les copains dans la cour de la prison.

– Mais quand il n'y avait pas de lune, s'il sortait en bateau pour faire une petite balade au clair de lune quand il n'y avait pas de lune, vous vous faisiez du souci ?

Vas-y, dis-le...

– Du souci ?

Et vlan !

– Oui, vous vous seriez fait du souci ?

– Non.

– Comment ça ? Vous comprenez bien ce que je dis ?

Allez, répète...

– Naturellement, vous me demandez si je me serais fait du souci.

Merci...

– Oui, de le voir partir comme ça, dans le noir...

– Il connaît son bateau, non ? répondit Weaver, et Warren se l'imagina en train de hausser les épaules.

– Très bien. Merci d'avoir éclairci ce point. Nous étions un peu inquiets.

– Pourquoi ?

– Un détail dans les documents du parquet.

– Ah bon.

– Merci encore. Vous m'avez été d'un grand secours.

– O.K., répondit Weaver en raccrochant.

Et maintenant, petit con, se dit Weaver, voyons un peu si tu as donné des coups de téléphone dans la nuit du 13 août.

À Chicago, quand il était petit, Matthew courait au bord du lac, dans l'espoir d'être un jour admis dans l'équipe d'athlétisme de son école. Peine perdue. Trop léger pour le football, trop lent pour la cendrée, il avait fini par opter pour le hockey sur glace et s'était cassé la jambe – ou plutôt, se l'était fait casser – dès le premier match de la saison. Et cette jambe lui faisait encore mal quand le temps était humide. Comme aujourd'hui. Tandis qu'il courait sur la piste du gymnase de la police, privilège incontesté et illimité qu'il devait à l'inspecteur Morris Bloom, sa jambe lui faisait foutrement mal. Mais il sentait les kilos fondre petit à petit.

Ce matin à 8 heures, après avoir fait au bas mot cent longueurs dans sa piscine – *sous* la pluie –, il s'était pesé : cent quatre-vingt-quatre livres anglaises, c'est-à-dire presque quatre-vingt-quatre kilos à Rome où il avait pris un peu d'embonpoint, et un peu plus de treize pierres, ou plutôt *stones*, vénérable unité de mesure qui ne s'employait plus guère à Londres où il s'était arrêté sur le chemin du retour pour voir un ami avocat qui passait maintenant le plus clair de son temps à Hawkhurst, dans le Kent. Demain matin, s'il ne pleuvait pas, il prendrait une autre leçon de tennis avec Kit Howell qui l'avait battu à plate couture samedi dernier. Cette fois, Matthew espérait peser *au moins* trois kilos de moins, ce qui lui permettrait sûrement d'être nettement plus agile sur ses pieds.

Le martèlement régulier de ses semelles de caoutchouc sur la surface synthétique de la piste, au lieu de l'endormir, fournissait un cadre rythmique à ses pensées. C'était la même chose lorsqu'il allait au concert. Et il s'interrogeait sur la raison de ce phénomène. Pourquoi un exercice physique abêtissant stimulait-il sa pensée aussi efficacement que s'il était assis dans une salle de concert, baigné par le ressac des vagues sonores. Deux autres sportifs couraient devant lui, le premier, grand et fort, en survêtement noir, l'autre, un homme plutôt fluet d'environ un mètre soixante-quinze, en sweat-shirt et pantalon molletonné gris, casquette de laine bleue enfoncée jusqu'aux oreilles. Matthew n'essayait pas de les doubler. Les deux hommes ne semblaient pas vouloir battre des records de vitesse. Le balèze était devant, le petit à une dizaine de mètres derrière, tandis que Matthew fermait la marche encore une dizaine de mètres plus loin. Ils couraient régulièrement, maintenant la distance qui les séparait, comme des étrangers en train de jogger dans un parc de grande ville. Mais on était ici dans le gymnase de la police, et la pluie tambourinait toujours dehors.

Il se demandait pourquoi on avait tué Trinh.

C'était le principal fait nouveau depuis qu'il avait accepté de s'occuper du dossier, l'assassinat de l'homme qui avait vu le tueur monter dans une auto stationnée au bord d'un trottoir, à la limite de la Petite Asie. L'information n'avait paru que dans le torchon de Calusa, le *Herald Tribune* : *Trinh Mang Duc, l'un des principaux témoins dans l'affaire Stephen Leeds, aurait vu la plaque d'immatriculation du véhicule du meurtrier*. Voilà. Invitation au crime. Et une raison suffisante pour demander le renvoi devant une autre instance.

Mais alors, pourquoi le meurtrier ne s'en était-il pas pris également à Tran Sum Linh qui fumait sur son perron avec un de ses nombreux cousins, quand il avait vu au clair de lune un homme habillé en jaune courir vers la maison des victimes ? Lui aussi était témoin, *avant* le fait, tandis que Trinh l'avait été *après*. Pourquoi éliminer l'un et pas l'autre ? Ou Tran était-il le suivant sur la liste du tueur ?

Devant lui, les deux hommes accéléraient la cadence.

Matthew leur emboîta le pas pour conserver la distance qui le séparait du deuxième coureur ; l'homme à la casquette de laine bleue était maintenant trempé de sueur, de grandes taches noires grandissaient sur le dos de son sweat-shirt et ses cuisses trempaient l'arrière de son pantalon molletonné de coton gris, tandis que ses semelles battaient régulièrement la piste. Matthew était en nage lui aussi, heureux de baigner dans son jus. Demain matin, il ferait son entrée sur ce court de tennis aussi svelte et vif qu'Ivan Lendl. *Whack*, sa raquette frapperait la balle – *swissssssh* – qui foncerait au-dessus du filet. Et encore un ace pour Matthew Hope, mesdames et messieurs, le quatrième de ce set palpitant. Rayon des rêves en couleurs.

C'était sûrement à cause de la plaque d'immatriculation.

Parce que Trinh avait vu la plaque.

Mal vu, à ce qu'il paraissait maintenant, mais vu quand

même. Car autrement, si le tueur essayait d'effacer ses traces, il s'attaquerait à *tous* les témoins : Tran qui l'avait vu un peu après 11 heures et la femme dont le journal d'hier avait donné le nom – cette fois *après* que Matthew avait reçu du parquet son nom et sa déposition sous serment – merci, mon Dieu, de toutes vos bontés –, une certaine Sherry Reynolds qui travaillait au *Kickers* et qui prétendait avoir vu celui qui semblait être le contraire de l'homme invisible dans son blouson jaune, au moment où il débarquait d'un Mediterranean de quinze mètres, comme par hasard le même type de bateau que celui de Leeds. Elle l'avait vu débarquer à 10 h 30 ce soir-là, puis monter dans une Oldsmobile Cutlass Supreme verte qui était ensuite apparue à côté de la Petite Asie, avec cette plaque d'immatriculation que Trinh et seulement Trinh avait vue, une plaque qui ne pouvait pas exister en Floride.

Alors, pourquoi le tuer ?

La plaque qu'il avait vue n'existait tout simplement pas.

Mais le tueur ne pouvait pas le savoir, car le journal n'avait pas révélé les chiffres et les lettres de cette plaque ; Patricia Demming n'avait quand même pas tout donné aux journalistes.

Donc le tueur ne savait pas que Trinh avait mal lu la plaque.

Il savait seulement que Trinh l'avait vue, que Trinh avait identifié la voiture et que si l'avocat général le savait, la police le savait *aussi*, ce qui voulait dire que la partie était terminée.

Mais alors, pourquoi tuer Trinh ?

Pourquoi ne pas foutre le camp de Calusa à toute vitesse, foutre le camp en Chine, foutre le camp au pôle Nord, foutre le camp de cette ville avant qu'on ne remonte de cette plaque d'immatriculation jusqu'à sa porte ?

Quelque chose ne collait pas.

Parce que...

Si le tueur pensait que l'avocat général et la police étaient en possession du bon numéro de sa plaque d'immatriculation, alors il était cuit et il se serait enfui sans demander son reste. Ou bien il se serait livré à la police, l'un ou l'autre. Ce qu'il n'aurait certainement *pas* fait, c'était aller faire sa fête à Trinh

Mang Duc pour qu'il la boucle, alors qu'il avait *déjà* dit ce qu'il avait vu. Complètement illogique.

Si bien que Bloom et Patricia avaient peut-être tous les deux raison, finalement. Peut-être qu'il s'agissait effectivement d'un *copieur*.

Ou peut-être le tueur savait-il – mais comment ? – que Trinh n'avait pas donné la bonne combinaison de chiffres et de lettres. Et il avait préféré se débarrasser de Trinh avant qu'il se souvienne de la *bonne*.

Nom de Dieu, c'était certainement ça.

Le tueur devait savoir...

La collision fut aussi soudaine qu'inattendue.

Un moment plus tôt, Matthew courait bien régulièrement, perdu dans ses pensées, occupé à perdre du poids et à songer à ses petites affaires, le moment d'après, le type dégoulinant de sueur qui le précédait s'était arrêté net. Emporté par son élan, Matthew n'avait pas pu s'arrêter et il l'avait embouti. Ils tombèrent à terre tous les deux, dans une embarrassante étreinte, Matthew les deux bras tendus en avant dans une vaine tentative pour éviter la collision, l'autre à demi retourné quand il avait compris qu'on venait de le heurter dans le dos, encaissant toute la force de l'impact avec la hanche, tandis que la piste s'approchait rapidement et inexorablement d'eux.

– Merde ! s'exclama l'autre.

Matthew reconnut la voix et comprit alors que cet enchevêtrement de bras et de jambes en sweat-shirt et pantalon molletonné de coton gris n'appartenait à nulle autre qu'à l'avocat général Patricia (« Ne m'appelez pas Pat, même pas Trish ») Demming, *avant* même qu'elle ne roule à terre pour prendre la position assise et qu'elle n'arrache sa casquette de laine bleue pour révéler une masse de cheveux blonds imbibés de sueur.

– Vous ! fit-elle.

– Mais nous sommes faits pour nous rentrer dedans, dirait-on, expliqua Matthew.

Ils étaient maintenant assis au beau milieu de la piste, haletants, face à face, genoux collés sous le menton, leurs chaussures de course si proches qu'elles s'en touchaient presque. Décidément, le sweat-shirt de l'avocate était complètement trempé.

– Cette fois, c'était *votre* faute, dit Patricia.

– Non, vous vous êtes arrêtée pile.

– Mon lacet s'était défait.

– Vous auriez dû prévenir ceux qui venaient derrière.

– Je ne savais pas qu'il y avait quelqu'un derrière, dit-elle en se remettant debout.

Matthew se releva lui aussi. L'autre sportif avait déjà fait un tour de piste et fonçait droit sur eux. Cramoisi, suant, soufflant, des écouteurs collés sur les oreilles, battant des bras comme un nageur s'exerçant à la brasse frénétique, il les invitait instamment à dégager la piste avant qu'un autre malheur n'arrive. Il passa devant eux comme une locomotive en route pour Albuquerque, Nouveau-Mexique, ou peut-être plus loin, la sueur giclant de son visage et de son cou, ses pieds martelant la piste, tandis que Patricia et Matthew se collaient contre la rampe pour éviter le pire.

– Vous êtes trempé, dit-elle.

– Et vous aussi.

– Comme la dernière fois, fit-elle avec un grand sourire.

Il se souvint d'elle dans sa robe de soie rouge. Ses tétons menaçants sous la fragile étoffe. Tous les deux debout sous la pluie.

– Je crois que je sais pourquoi on a tué Trinh, dit-il.

– Vous ne dormez jamais ? dit-elle.

– Voulez-vous en parler devant un verre ?

– Non, cher confrère. Au plaisir.

Elle fouetta sa casquette de laine contre sa cuisse et s'éloigna d'un pas rapide vers la porte de sortie en secouant la tête.

L'express de 6 h 01 revenait.

Matthew s'écarta.

Debout sous la pluie, les policiers sont tous pareils, partout dans le monde. Particulièrement quand ils sont debout sous la pluie et qu'ils regardent un cadavre. Pas de parapluie à l'horizon. Les flics en uniforme auront peut-être des cirés et les inspecteurs en civil des trench-coats, mais uniforme ou costume de ville, vous ne verrez jamais un parapluie. Il y avait huit policiers, certains en costume de ville, la plupart en uniforme, debout autour du corps allongé au fond du fossé.

Il n'était encore que 9 heures du soir ce vendredi, le week-end n'avait pas encore vraiment commencé. Et aucun des flics ne s'attendait à un cadavre lorsque la nuit était encore si jeune. De toute façon, à Calusa, les cadavres n'étaient pas tellement nombreux. Oh oui, la moyenne mensuelle avait un peu grimpé depuis que le crack avait fait son apparition dans le décor, mais cette saloperie de drogue faisait maintenant partie du décor partout en Amérique, le crack était la honte du pays, des milliers de petites flammes perchées sur la coke qu'on reniflait à la pipette, la resplendissante cité sur la montagne, voilà ce qu'était devenu le pays.

L'inspecteur Morris Bloom était avec les autres flics debout autour du cadavre. Costume bleu et chemise blanche, cravate bleu foncé décorée d'une tache de moutarde. La pluie s'était transformée en une bruine paresseuse. Tête nue, sans imper, il était debout sous la petite pluie et regardait le cadavre. Le légiste était à genoux à côté du corps. Le fond du fossé était un peu arrondi. Le cadavre couché sur le côté, le dos tourné à la route. Personne ne l'avait encore touché. Personne ne voulait le faire. La boîte crânienne était complètement défoncée. Il y avait du sang partout dans le fossé, du sang sur l'asphalte luisant de la route, là où l'on avait traîné le corps avant de le jeter.

Le légiste avait des problèmes au fond de son fossé. Le sol était très glissant et il perdait constamment l'équilibre tandis qu'il essayait d'examiner le corps. Personne n'avait encore été voir s'il y avait quelque chose pour identifier la victime. Ils attendaient tous que le légiste ait terminé. Ou plutôt, qu'il commence enfin son boulot.

Cooper Rawles qui parlait à l'agent arrivé le premier sur les lieux s'approcha. Comme Bloom, il n'avait ni chapeau ni imperméable. Mais il sortait d'un bar homo où il avait joué le rôle d'un client. Apparemment, on y vendait du crack au vu et au su de tout le monde, comme des dragées. Il était tiré à quatre épingles : pantalon chamois bien coupé, mocassins bruns décorés de petits pompons de cuir, chandail rose à col en V sur son torse nu, un anneau d'or à l'oreille droite.

– Tu es vraiment chouette, mon lapin, dit Bloom.

– Merci, répondit Rawles sans sourire. Le type de la voiture de patrouille George dit que l'automobiliste s'était tiré quand il est arrivé.

– Quel automobiliste ?

– Celui qui a téléphoné pour nous prévenir. Il a indiqué l'endroit, et puis il s'est barré.

– Pas étonnant. Tu sais, c'est la petite boucle en or qui fait vraiment vrai.

– C'est ce que je me suis dit moi aussi.

Le capitaine qui commandait les inspecteurs de Calusa – un nouveau, Rush Decker – était resté près de la camionnette des services techniques. Il avait récemment remplacé le capitaine Hopper, que Bloom avait coutume d'appeler Son Royal Trou du Cul. Quand il avait le bas du dos tourné. Decker semblait être un brave type. Pour le moment.

– Et ça avance ? demanda-t-il au légiste.

– Vous pourriez me faire un peu plus de lumière ? dit le légiste.

Les voitures étaient stationnées en biais pour éclairer la scène avec leurs phares. On avait aussi installé une génératrice et quelques projecteurs – sur cette route perdue, près du champ de foire, il faisait noir comme dans un four en temps normal – mais ce n'était pas suffisant. Les hommes tournaient en rond autour de l'endroit où l'on avait jeté le cadavre, projetant d'immenses ombres. La lumière des phares et des projecteurs se perdait dans le rideau de gouttes d'eau.

– Donnez un peu plus de lumière au toubib, dit Decker.

Deux flics en ciré orange sortirent du milieu des voitures de police et braquèrent leurs longues torches sur le cadavre, au fond du fossé. Une voiture portant l'écusson du procureur général sur la porte s'arrêta derrière les autres véhicules et un homme que Bloom n'avait jamais vu jusque-là en descendit et se présenta. Dom Santucci, avocat général. Decker lui serra la main, puis le présenta à Bloom et à Rawles.

– Pas très joli, fit Santucci.

Bloom avait vu pire.

– Une idée de l'arme ? demanda Decker au légiste.

– Instrument contondant.

Il était toujours à genoux, à côté du corps, un peu plus à son aise maintenant. Les deux policiers en ciré orange continuaient à éclairer l'arrière du crâne, là où les cheveux étaient poissés de sang autour de plusieurs cratères impressionnants.

– Comme quoi ? demanda Decker. Un marteau ?

– Difficile à dire. En tout cas, on l'a frappé extrêmement fort. Quelqu'un pourrait me donner un coup de main pour le retourner ?

Personne ne semblait trop pressé de lui donner un coup de main.

– Allez, donnez un coup de main au toubib, aboya Decker en se tournant vers les deux flics en ciré orange.

Les deux hommes déposèrent leurs torches et s'arc-boutèrent au-dessus du fossé. Posées sur la route, les torches projetaient des ombres qui faisaient un étrange ballet lumineux dans le noir. Jambes écartées, les deux policiers s'assurèrent de leur équilibre, puis cherchèrent une prise ; ni l'un ni l'autre n'avait envie d'avoir du sang sur les mains.

– Un, deux et *trois* ! fit l'un d'eux, et ils retournèrent le cadavre.

– De la lumière, s'il vous plaît, demanda le légiste.

Les policiers ramassèrent leurs torches et éclairèrent le visage du cadavre.

L'homme du parquet général eut un petit hoquet.

– C'est Frank Bannion, dit-il.

11

Ce matin, la balance indiquait quatre-vingt-deux kilos cinq cents ; un peu plus qu'il n'espérait. Il avait encore fait cent longueurs de piscine avant le petit déjeuner, et maintenant, à 8 heures moins 20, il était en tenue de tennis, prêt à partir pour le club, un peu plus en forme lui semblait-il que samedi dernier, quand Kit Howell lui avait donné une cruelle leçon sur le bon usage de la raquette contre un gaucher.

Il y avait quelque chose d'extrêmement satisfaisant à se lever au point du jour, avec le soleil et les oiseaux, à prendre le petit déjeuner quand les rues étaient encore plongées dans le silence. La pelouse étincelait de rosée quand il sortit du garage avec sa voiture de location. Mme Hedges était là, de l'autre côté de la rue, en robe de chambre. Elle allait chercher son journal dans la boîte à lettres. Un petit salut. Bonjour, madame Hedges. Bonjour, monsieur Hope. Longue robe de chambre rose, mules roses, il se demandait de quoi Patricia Demming avait l'air à 8 heures moins le quart du matin. Si elle pouvait encore avoir une allure fantastique ruisselante d'eau sous la pluie, ou de sueur en survêtement, est-ce qu'elle pouvait être moche le matin ? Vous ne dormez jamais ? lui avait-elle demandé. Mais c'était avant qu'on ne défonce le crâne de Frank Bannion avec un quelque chose contondant.

Le calme dans le parking du club. Matthew se demanda si les joueurs matinaux qui sortaient de leurs autos avaient vu les gros titres des journaux ce matin. Il se demandait s'ils savaient même qui était Frank Bannion. C'était une belle matinée, claire et ensoleillée après la pluie d'hier, pas trop chaude encore, un bien beau jour qui s'annonçait. Qui avait envie de penser à la mort d'un inspecteur un jour comme celui-ci ? Matthew se demandait si Patricia Demming pensait à son inspecteur assassiné. Il se demandait si elle croyait toujours qu'un « copieur » se baladait dans la nature, tandis que Stephen Leeds languissait en prison.

Il se rendit au vestiaire des hommes pour pisser une dernière fois, se lava ensuite les mains au lavabo, se regarda dans la glace et se dit : tu vas y arriver, mon vieux. Tu peux battre Kit Howell. Puis il se fit un petit salut, s'essuya les mains, prit sa raquette et s'avança d'un pas décidé vers le court d'entraînement.

– Le problème avec votre jeu, disait Kit, c'est que vous vous contentez de réagir. Vous devez préparer au moins deux ou trois coups d'avance. Sinon, vous serez toujours surpris par votre adversaire.

– Six-zéro, vous pouvez dire que j'ai été surpris, répondit Matthew.

Ils étaient assis dans la cafétéria du club, une sorte de véranda au bord de la piscine, protégée par des grillages contre les moustiques. Samedi matin... La piscine était pleine de mioches braillards. La plupart des hommes n'avaient pas encore terminé leurs doubles matinaux, la boutique était pleine de femmes qui attendaient leur tour. Le week-end, les hommes avaient la priorité sur les courts. À moins qu'une femme ne puisse prouver qu'elle *travaillait*. De 9 à 5. Comme Patricia Demming. Vous ne dormez jamais ?

Matthew et une bonne douzaine d'hommes qu'il connaissait au moins de nom avaient voté contre ce projet de règlement, mais la majorité en avait décidé autrement. Son ex, Susan, avait alors décidé que le Club Natation Tennis de Calusa était vraiment trop sexiste et elle s'était inscrite à celui de Sabal Key, même s'il lui fallait un quart d'heure de plus pour s'y rendre de la maison qu'il avait autrefois partagée avec elle. Sa protestation avait été somme toute plutôt modérée ; à Calusa, certaines femmes vous égorgeaient si vous aviez l'impudence de leur ouvrir une porte.

Quand Matthew était petit, sa mère lui avait appris à ouvrir les portes aux femmes. Aux dames, comme elle disait. Encore un autre tabou, pensa-t-il, ce mot *dame*. Elle lui disait qu'un vrai gentleman ouvrait la porte aux dames. Aujourd'hui, il n'y avait qu'un macho sexiste pour ouvrir la porte aux dames. Quand donc allait-on arriver à la deuxième étape *ici*, chère Betty Friedan ?

Kit et lui étaient entourés de conversations féminines, vives et enjouées à cette heure de la matinée, ponctuées de rires. Tout à coup, il se rendit compte avec un sursaut que la moitié des jeunes mères assises ici qui bavardaient et riaient devant leurs tasses de café auraient pu le battre sur un court de tennis. Ou était-ce encore une remarque sexiste ? Et puis tant pis, pensa-t-il ; vraiment trop dangereux de vivre à une époque où elles sont toutes prêtes à vous scalper.

– Si vous ne préparez qu'un seul coup d'avance, disait Kit, vous allez...

– Et qui vous a dit que je préparais quoi que ce soit ?

– Mais... vous avez certainement un plan, d'une sorte ou d'une autre, répondit Kit imperturbable.

– Pas très souvent.

– Au moins dans ce dixième de seconde avant que vous frappiez la balle.

– Bon, oui...

– Vous avez quand même une idée de l'endroit où vous voulez l'envoyer ?

– Oui. Mais elle n'y va pas toujours.

– Ça, je sais. Ce que j'essaie de vous dire, c'est que vous devez considérer une partie comme une succession logique de coups. Si vous envoyez la balle dans un endroit particulier, je ne devrais pouvoir la renvoyer que d'une seule manière, et vous devriez savoir exactement où elle va revenir, et c'est là que vous devriez l'attendre. Comme je suis là où je suis, votre plan devrait aussi prévoir où vous allez renvoyer la balle pour que je ne puisse pas la rattraper. Vous me suivez ?

– Oui. Mais j'ai déjà du mal à renvoyer la balle. Alors, me demander où elle pourra bien se trouver dans deux coups...

– C'est exactement ce que je veux dire. Vous avez du mal à la renvoyer parce que *moi*, j'ai un plan. Je frappe la balle ici, et vous devez nécessairement la renvoyer là, expliquait-il en se servant de la table comme d'un court où il faisait glisser le bout de son index. Vous n'avez pas le choix. Soit vous renvoyez la balle de la seule façon possible, soit vous la manquez complètement. Donc, la balle revient ici, expliquait-il toujours avec son doigt, je m'y attends et je l'envoie *ici*, où vous ne pouvez absolument pas la rattraper. Mais supposons que vous réussissiez à traverser tout le court assez vite, continuait-il en déplaçant rapidement son doigt à l'autre extrémité de la table, et que vous rattapiez la balle, que vous la touchiez avec votre raquette. Le seul endroit où vous pouvez l'envoyer – parce que la balle est ici, sur votre revers – c'est là, sur la ligne. Et je l'attends, parce que je *sais* que c'est la seule réponse possible. Je l'envoie de l'autre côté du court, et cette fois vous la manquez.

– Plus facile à dire qu'à faire.

– Mais c'est facile, si vous avez un plan. Comme aux échecs, d'une certaine façon. Le meilleur joueur est celui qui prépare plusieurs coups d'avance. Le tennis est moins prévisible, naturellement, les mouvements ne sont pas *fixés* au tennis... bon, ma comparaison avec les échecs n'est peut-être pas très bonne. Le tennis ressemble plus à une bataille. Vous ne vous contentez pas de riposter au petit bonheur la chance sous le feu de l'ennemi, jusqu'à vous trouver dans la merde jusqu'au cou, passez-moi l'expression. S'il s'agit d'une manœuvre planifiée, si par exemple vous *savez* que l'ennemi est là-bas, et si vous *savez* à peu près à combien d'hommes vous avez affaire, alors vous pouvez déployer votre unité pour que son tir entraîne nécessairement une réponse spécifique, expliquait-il en faisant encore courir son doigt sur la table, pendant que vous déployez vos réserves sur une *autre* position – l'index était reparti –, pour qu'ils puissent pilonner au mortier sur la gauche, ou envelopper le flanc de l'adversaire par la droite, ou ce que vous voudrez. Il s'agit de calculer les choix dont dispose encore l'ennemi, puis de vous préparer à ces choix afin de prendre finalement un avantage décisif. Un plan, conclut Kit. C'est très simple.

– Naturellement, renchérit Matthew.

– Je suis sérieux. Faites-vous un plan pour samedi prochain, d'accord ? Faites un schéma sur papier, si vous voulez bien. Votre coup, l'endroit où vous pensez qu'il va atterrir de mon côté, mes réponses possibles, l'endroit où vous devrez être pour recevoir mon retour, l'endroit où vous allez renvoyer pour tirer parti de ma position sur le court, et ainsi de suite. Planifiez cinq ou six coups d'avance, d'accord ? Et nous essaierons la semaine prochaine.

– D'accord, répondit Matthew sans enthousiasme.

– Ça marchera, vous verrez, dit Kit avec un sourire avant de regarder sa montre. Je dois y aller. Alors, samedi prochain, 8 heures, c'est d'accord ?

– D'accord.

Le téléphone se mit à sonner un peu avant 10 heures du matin. Il était sous la douche. Il sortit de la baignoire, noua une serviette autour de sa taille, courut jusqu'au bureau et décrocha.

– Allô ?

– Matthew ?

– Oui ?

– Patricia Demming.

– Naturellement... Je sors de la douche...

– Désolée, j'aurais pu choisir un meilleur moment. Vous avez lu les journaux ce matin ?

– Oui.

– Qu'est-ce que vous en pensez ?

Il hésita. Elle était l'ennemi, et Kit lui avait enseigné ce matin quelques petites choses sur la manière de se comporter face à l'ennemi, sur un court de tennis ou sur un champ de bataille. Et puis, quand la dame qui essaie de faire cuire votre client vous appelle à 10 heures du matin pour vous demander ce que vous pensez de l'assassinat de son enquêteur...

– Et *vous*, qu'est-ce que vous en pensez ?

Tir de mortier sur la gauche, se dit-il. Ensuite, renvoie la balle sur son revers et, lorsqu'elle la retourne sur la ligne, un smash de l'autre côté du court.

– J'aimerais vous parler, reprit-elle en le prenant complètement au dépourvu. Est-ce que vous pourriez venir me voir à mon bureau dans une heure environ ?

– D'accord.

– Merci, Matthew.

Matthew aurait donné cher pour savoir quel était le plan de la dame.

Quelques ados jouaient sur le terrain de base-ball voisin de l'ancien motel qui abritait maintenant les bureaux du parquet général. Leurs voix portaient dans le silence de ce samedi matin, flottaient au-dessus de la clôture et venaient mourir dans la cour du motel. Un instant, ces voix ramenèrent Matthew à Chicago. La maison où il habitait avec sa famille, l'école qu'il fréquentait, le parc où lui et sa sœur jouaient quand ils étaient petits, tout cela lui revint en mémoire comme les instantanés jaunis d'un vieil album. Il n'avait pas parlé à sa sœur depuis plus d'un mois. Et il se rendit compte tout à coup qu'elle lui manquait beaucoup. Les voix des adolescents montaient toujours pardessus la clôture. Des voix d'été. Des voix de base-ball. Il soupira et s'avança d'un pas rapide vers le bureau de Patricia.

Il faisait encore relativement frais pour cette heure de la journée, mais elle avait déjà allumé la climatisation dans son bureau. Sandales, jean, et T-shirt blanc. Ses longs cheveux blonds en queue de cheval. C'était son jour de congé, les bureaux du parquet général étaient officiellement fermés pour le week-end. Ils étaient seuls, elle et lui. Et il était un peu étrange de se trouver ici sans le crépitement des machines à écrire, les sonneries de téléphone, tous ces gens qui couraient ici et là avec des documents et des dossiers bleus sous le bras.

– Je vous aurais bien demandé de venir chez moi, dit-elle, mais je suis en train de repeindre.

– 407, boulevard Ocean. Fatback Key.

– Bonne mémoire.
– C'est plus près ici.
– Whisper est beaucoup plus près, c'est vrai.
– Mais Fatback est bien plus joli.
– Oh, je n'en suis pas si sûre.
– Plus sauvage, en tout cas.
– C'est vrai, un peu plus sauvage, reconnut-elle. La vraie Floride.

Une expression que l'on entendait tout le temps par ici. *La vraie Floride*. Ce qui voulait dire : pas encore trop esquintée. La Floride comme elle était autrefois. Par ici, les gens soupiraient toujours quand ils vous parlaient de la Floride d'autrefois, celle qu'ils espéraient retrouver quelque part. Mais elle avait disparu. Même dans les Everglades. Peut-être l'Amérique tout entière avait-elle disparu, d'une certaine façon.

– J'ai besoin de votre aide, dit-elle.

Il haussa les sourcils.

– Ce n'est pas un piège, Matthew.

Il attendait.

– Je n'ai jamais été aussi perdue qu'avec ce dossier.

Il continuait à attendre.

– Si le vrai meurtrier est déjà en prison, reprit-elle, alors c'est un homme vraiment stupide. Mais si le vrai meurtrier se balade toujours dans la nature, lui aussi est vraiment tout à fait stupide.
– Il se balade toujours dans la nature, j'en suis absolument convaincu.
– Alors, pourquoi continue-t-il à tuer ? Nous avons déjà un inculpé, pourquoi ne reste-t-il pas tranquille dans son coin ?
– Personne n'a jamais dit qu'un tueur devait avoir un cerveau de physicien nucléaire.
– D'accord. Ce que je veux dire...
– Je comprends ce que vous voulez dire.
– Puisqu'il est *déjà* tiré d'affaire...
– Il n'est peut-être pas de cet avis.
– Mais pourquoi prendre des risques pareils ?
– Il est peut-être inquiet.

– À propos de quoi ? D'un témoin qui n'avait même pas bien vu la plaque d'immatriculation ?

– Mais Trinh n'était peut-être pas tombé loin. Et c'est peut-être ce qui inquiétait le tueur.

– Ce ne sont que des hypothèses, vous le savez bien.

– Je le sais.

– Parce que je ne suis certainement pas en train d'admettre qu'un tueur se balade effectivement dans la nature.

– D'accord, nous ne faisons qu'explorer une possibilité.

– Et je vais en arriver à *votre* homme dans une minute.

– Je m'en doutais.

– Mais supposons, cas de figure, que nous ayons fait une erreur, d'accord ? L'homme que nous avons arrêté n'est pas le bon. Cas de figure.

– Cas de figure.

– Et disons, je vais même vous accorder cela, disons que l'autre avait effectivement peur que Trinh ait vu ce numéro de plaque et qu'il a décidé de le tuer. On tue des témoins tout le temps, vous le savez comme moi...

– Oui.

– ... le scénario est plausible. Mais s'il croyait que nous étions en possession du *bon* numéro, pourquoi n'a-t-il pas pris ses cliques et ses claques avant que nous lui mettions le grappin dessus ? Pourquoi tuer Trinh ? Ça n'a aucun sens, vous ne trouvez pas ?

– Non, ça n'a aucun sens.

– Ensuite, pourquoi Bannion ? Un enquêteur du parquet général ? Ça n'a aucun sens non plus. Cet homme doit être fou.

– Peut-être.

– Voilà. Pour moi, cette affaire n'a ni queue ni tête, Matthew. Tout me paraît trop... *suicidaire*. Nous avons déjà un homme en prison, pourquoi éveiller les soupçons ? Ce qui m'amène à Leeds.

– Leeds est en prison, comme vous venez de le dire. Il ne se balade pas dans les rues en train de tuer...

– Sa femme n'est pas en prison, Matthew. Et son beau-frère non plus. Qui a justement un casier judiciaire, vous le saviez ?

– Oui, je le savais.

– Charmante famille.

– Ils ne sont pas de la même famille, si c'est ce que vous insinuez.

– C'était un coup bas, excusez-moi. Ce que j'insinue...

– Ne dites rien, Patricia.

– Écoutez-moi, nous explorons une possibilité.

– D'accord, explorez. Mais avec prudence.

– Supposons que Leeds soit effectivement coupable des meurtres qu'on lui reproche. Supposons aussi...

– Nous devrions peut-être en rester là.

– Mais nous ne sommes pas au tribunal, Matthew !

Il la regarda.

– D'accord ? fit-elle.

– D'accord.

– Parfait. Supposons que Leeds se rende compte qu'il n'a aucune chance de s'en tirer... rien à voir avec votre compétence professionnelle, naturellement...

– Merci.

– ... mais il sait ce que nous avons entre les mains, il sait que les carottes sont cuites et il a compris que l'étape suivante est la chaise électrique.

Elle secoua la tête et se mordilla la lèvre. Elle cherchait ses idées, les sourcils froncés, elle essayait vraiment d'y voir clair. Tout à coup, il décida de lui faire confiance. Jusqu'à un certain point.

– Supposons que sa femme soit encore furieuse du verdict du jury. En passant, Matthew, nous avons fait de notre mieux. Elle a été violée, personne ne le conteste. Et nous avons mis en accusation les trois vrais coupables. Elle a simplement eu la malchance – et nous aussi – de tomber sur des jurés qui avaient trop bon cœur.

Matthew hocha la tête.

– Voyons la suite, dit-il.

– La suite, c'est le beau-frère. Weaver. Qui a fait de la prison et qui n'est pas un novice dans l'art d'amocher les gens. D'accord, il n'a jamais fait le grand saut, mais ce n'est pas si difficile que ça, n'est-ce pas ? Une fois que vous avez *essayé* de tuer quelqu'un, le faire *vraiment* n'est plus qu'un jeu d'enfant.

– Peut-être.

– Faites-moi confiance.

– D'accord.

– Bien. Leeds a donc une femme très en colère et un beau-frère violent. Et s'il peut les amener à...

– Vous êtes en train de dire...

– Je suis en train de dire qu'il aurait pu machiner ces meurtres de sa cellule.

– Mais il ne l'a pas fait.

– Comment le savez-vous ?

– Je le sais.

– Vous lui avez posé la question ?

– Non.

– Alors, vous ne pouvez pas en être sûr.

– Il est innocent des *premiers* meurtres. Pourquoi irait-il... ?

– Parce que le ministère public ne croit *pas* à son innocence, Matthew. Le ministère public l'a fait mettre derrière les barreaux, le ministère public va l'accuser d'un triple meurtre !

– Le ministère public se trompe.

– Oui, Matthew, le ministère se trompe, je me trompe, vous êtes seul à avoir raison. Mais vous n'écoutez pas.

– Oh si, je vous écoute.

– N'est-ce pas au moins *concevable* ?

– Non, absolument pas !

– Alors, il faut me convaincre.

– Premièrement, Leeds et son beau-frère ne peuvent pas se blairer. La simple *idée* que Weaver puisse lui rendre un service est parfaitement idiote. À plus forte raison un service qui consisterait à tuer deux personnes.

– Et la femme ?

– Elle pèse combien ? Cinquante-cinq kilos au maximum ? Vous l'imaginez, elle et Bannion... ?

– D'accord.

– Ce qui est d'ailleurs mon deuxième point. Je suppose que

vous avez remarqué que Bannion n'avait pas été tué avec un couteau.

– Le sarcasme n'est pas digne de vous, cher collègue.

– Si vous voulez que votre théorie tienne debout...

– Oui, oui, je vois où vous voulez en venir. En fait, c'est un bon argument.

– Merci.

– En fait... c'est même peut-être encore plus que ça.

Elle avait recommencé à se mordiller la lèvre. Il fallait qu'il s'en souvienne au procès, s'il y avait un jour un procès. Chaque fois qu'elle se mordillait la lèvre, elle cherchait quelque chose. Et lorsqu'elle trouvait ce quelque chose...

– Bannion l'a certainement surpris.

Son regard croisa celui de Matthew.

– Le tueur, précisa-t-elle.

Leurs yeux ne cillaient pas. Bleu contre brun.

– Parce que autrement...

– Il se serait servi d'un couteau, enchaîna Matthew.

Charlie Stubbs était en train de réparer un moteur de bateau quand Warren arriva à la marina un peu avant midi, le même jour.

– J'allais déjeuner, dit l'homme. Vous avez failli me manquer.

Les pièces du moteur étaient éparpillées autour de lui sur le sol de béton de l'atelier au toit de tôle ondulée, à côté du bureau. Bielles, pistons, soupapes, poussoirs, culbuteurs, arbres à cames, vilebrequin – Warren se demandait comment il allait faire pour tout remonter. Les puzzles n'avaient jamais été son fort.

– J'ai dû aller à un enterrement à Brandentown, hier, expliquait Stubbs. C'est pour ça que j'étais pas là quand vous êtes venu.

– Votre fils m'a raconté.

– Avec toute cette pluie, hier, un jour parfait pour un enterrement, vous trouvez pas ?

– S'il faut vraiment se faire enterrer, autant que ce soit un jour de pluie, effectivement.

– On dirait qu'il y a de plus en plus de mes amis qui se font enterrer, ces temps-ci, reprit Stubbs. Avec ou sans pluie. On dirait que c'est devenu à la mode, se payer un petit enterrement.

Il essuyait ses mains tachées de cambouis sur ce qui semblait être une culotte bouffante de dame, toute déchirée. Pas un slip. Une culotte bouffante. Une *énorme* culotte bouffante. Warren n'avait jamais vu la femme de Stubbs, mais si la culotte était à la mesure de ses...

– Le type qu'on a enterré hier était venu s'installer ici en Floride parce qu'il avait peur d'attraper la pneumonie et de crever là-haut, à Cleveland. Facile de s'abîmer les bronches avec un climat pareil. Ça, ou bien il aurait glissé sur la glace et se serait cassé le cou, invalide pour le restant de ses jours. Enfin, vous voyez. Il avait affreusement peur de toutes les horreurs qui peuvent vous arriver là-haut, dans le Nord. Vous faire attaquer par des voyous dans la rue, par exemple. Vous faire descendre accidentellement par des trafiquants de drogue. Vous voyez ce que je veux dire. C'est vraiment terrible tout ce qui peut vous arriver là-haut, dans le Nord. Mais vous savez de quoi il est mort, ici ?

Warren secoua la tête.

– Il s'est noyé.

Stubbs jeta la culotte bouffante maculée de cambouis dans un fût de métal.

– Ce moteur ne risque pas de bouger d'ici, dit-il en s'éloignant avec Warren en direction du quai. Voilà le bateau de M. Leeds, juste ici. Le *Felicity.* Poste numéro 12. Pas un chat dessus depuis le soir où il est sorti se promener.

– Vous êtes encore tout à fait sûr que c'était bien lui ?

– À vrai dire, non. Je n'en suis plus du tout sûr, même. Pas après l'enregistrement que M. Hope m'a fait écouter. Parce que c'était certainement pas la voix que j'ai entendue au téléphone. Alors, je me suis dit que peut-être ce n'était pas M. Leeds non plus qui était sorti avec le bateau. Il lui ressemblait, ça c'est sûr. Moi, je vous dis, c'est bien bizarre.

– Peut-être que ça pourrait vous aider, dit Warren en sortant de sa poche une minuscule cassette qu'il tenait entre le pouce et l'index.

– Encore !

– Si ça ne vous dérange pas trop, continua Warren en sortant un magnétocassette de son autre poche. Il portait une veste de sport très ample, lin d'Irlande fin comme un mouchoir de batiste, garanti froissable et frippable par tous les temps. Une veste rose. Son petit côté *Miami Vice*. Larges revers, poches profondes. Il l'avait commandée à New York et elle venait d'arriver hier. Il avait hâte que Fiona la voie. L'appareil était un Realistic Micro-27, assez petit pour tenir dans le creux de la main, et il pouvait jouer les cassettes de son répondeur téléphonique. Il fit pivoter le panneau et installa la cassette.

– Quelques mots importants que je voudrais vous faire écouter, dit-il. *Petite balade au clair de lune, souci* et *demie*. Ce sont les mots qu'a utilisés l'homme qui vous a téléphoné, vous vous souvenez ?

– Vaguement.

– Bon, il vous disait à peu près ceci : « Je veux simplement vous dire que je vais reprendre le bateau pour faire une petite balade au clair de lune, vers 10 heures, 10 h 30, et je ne veux pas que vous vous fassiez du souci si vous m'entendez sur le quai. » Vous vous souvenez maintenant ?

– Je crois que oui.

– Vous n'allez pas entendre tout ce qu'il a dit, reprit Warren. Vous n'allez écouter que quelques mots importants, d'accord ? *Petite balade au clair de lune, souci* et *demie*. C'est un peu plus difficile qu'avec l'enregistrement de M. Hope.

– On dirait, répondit Stubbs en regardant la petite machine d'un air soupçonneux.

– Si vous voulez réécouter, je peux arrêter la bande quand vous voulez. Vous me dites quand vous êtes prêt, d'accord ?

– Je suis prêt.

Warren enfonça le bouton PLAY.

La conversation téléphonique entre Warren et Ned Weaver avait été une suite de faux départs, une vraie bataille d'arracheur de dents pour lui extraire quelques-uns des mots que Stubbs avait entendus au téléphone la nuit des meurtres. Warren n'était pas trop sûr du mot *demie*, mais il espérait qu'au moins *souci* et *petite balade au clair de lune* seraient suffisamment caractéristiques pour permettre une identification positive.

La cassette tournait depuis trente-deux secondes lorsque Weaver prononça enfin les mots *petite balade au clair de lune.*

– Je peux réécouter ? demanda Stubbs.

Warren rembobina la cassette, puis la fit repartir :

Monsieur Weaver, savez-vous si M. Leeds prenait parfois son bateau pour faire une petite balade au clair de lune ?

Une quoi ?

Une petite balade au clair de lune.

Naturellement. Ça lui arrivait très souvent.

Vous comprenez bien ce que je veux dire ?

Naturellement. Une petite balade au clair de lune.

Warren enfonça le bouton STOP.

– Vous reconnaissez la voix ? demanda-t-il.

– Je ne suis pas totalement sûr. J'aimerais écouter encore une fois.

Warren fit repartir la cassette. Vingt-sept secondes plus tard, Weaver prononçait enfin le mot *souci.*

Stubbs louchait sur l'appareil.

Six secondes plus tard, Weaver prononçait le mot une deuxième fois.

– Vous pouvez me rejouer ce passage ?

Warren le fit repasser :

Mais quand il n'y avait pas de lune, s'il sortait en bateau pour faire une petite balade au clair de lune quand il n'y avait pas de lune, vous vous faisiez du souci ?

Du souci ?

Oui. Vous vous seriez fait du souci ?

Non.

Comment ça ? Vous comprenez bien ce que je dis ?

Naturellement. Vous me demandez si je me serais fait du souci.

Oui, de le voir partir comme ça, dans le noir...

Il connaît son...

Warren arrêta la cassette.

– Qu'est-ce que vous en pensez ?

– Ce n'est pas l'homme qui m'a téléphoné.

– Vous en êtes sûr ?

– Absolument. L'homme qui a téléphoné avait une drôle façon de dire *souci*. Je n'y ai pas pensé sur le coup, peut-être parce qu'il m'avait dit qu'il était M. Leeds, mais en écoutant la cassette... non, ce type ne dit pas le mot de la même façon. *Souci*. Je ne peux pas l'imiter, mais...

– Il avait un *accent* ? C'est ça ?

– Non, non.

– Comme un accent espagnol ?

– Non.

– Ou un accent britannique ?

– Non, rien de...

– Français ?

– Non, pas du tout un accent étranger. J'aimerais bien pouvoir l'imiter, mais je ne suis pas doué pour ça. C'était quelque chose de... différent. Une drôle de façon de dire *souci*.

– Pas comme cet homme sur la cassette, c'est ça ?

– Non, non, pas du tout.

Et merde, se dit Warren.

– Il parlait comme un type très connu, dit Stubbs. Mais je ne sais plus qui.

– Elle est à vous, la voiture de location, monsieur ? demanda le jeune homme qui s'occupait de sortir les voitures du parking.

– Oui, répondit Matthew.

Il doit avoir une boule de cristal, ce mec, pensa-t-il. Aucun signe particulier n'indiquait que la Ford était une voiture louée, pas de vignette sur le pare-chocs ou le pare-brise, rien.

– Tout le monde sait que c'est une voiture de location, dit-il à Mai Chim. Un des mystères de notre époque.

– Il y a peut-être quelque chose sur les clés.

– C'est sans doute ça.

Mais au garage, lundi dernier, l'homme n'avait pas vu les clés.

Elle est à qui, la voiture de location ?

C'était bien ce qu'il avait dit.

Vous pourriez la déplacer ? Il faut que je sorte une voiture.

Mai Chim avait une jupe courte beige et un chemisier de soie à manches longues, couleur crème, boutonné devant. Les deux boutons du haut étaient défaits, laissant voir un collier de perles. Chaussures à talons hauts, longues jambes nues ; c'était l'été dans ce bon vieux Calusa, et des bas auraient paru vraiment étranges dans cette chaleur étouffante. Elle avait beaucoup parlé, sans aucune nervosité, pendant tout le dîner, peut-être parce qu'elle avait avalé deux concoctions plus ou moins tropicales généreusement arrosées de rhum, avant de partager avec Matthew une bouteille de Pinot Grigio. Elle regardait l'eau d'un air absent, son bras sous le sien, la tête sur son épaule, observant les feux des bateaux qui sillonnaient la baie de Calusa.

Le jeune homme du parking arriva avec la Ford, descendit et fit au pas de course le tour de la voiture pour ouvrir la porte du passager.

– Merci, dit Mai Chim en montant dans la voiture.

Sa jupe remonta sur ses cuisses. Elle ne fit pas le geste de la redescendre.

Matthew donna un dollar au jeune homme, puis alla s'installer derrière le volant.

– Merci, monsieur, dit le jeune homme qui se tourna alors vers un homme à cheveux gris qui sortait du restaurant. La Lincoln, c'est bien ça ?

Décidément, une vraie boule de cristal.

Matthew ferma sa porte et alluma aussitôt le plafonnier. Il tendit la main vers les clés et regarda l'étiquette de plastique fixée au petit trousseau. Oui, bien sûr, le nom de l'agence de location y était indiqué. Ce qui n'expliquait toujours pas comment l'homme du garage avait pu deviner.

Elle est à qui, la voiture de location ?

– Je déteste les mystères, dit-il à Mai Chim en éteignant le plafonnier.

– Je déteste les *ratons laveurs,* répondit-elle assez mystérieusement.

Et il se demanda si elle n'avait pas un petit verre dans le nez.

– Il n'y avait pas de ratons laveurs au Viêt-nam. Nous avions plein d'animaux, mais pas de ratons laveurs.

Matthew fit le tour du terre-plein qui s'étendait devant la porte du restaurant, puis sortit dans la rue. Un employé du parking avait réglé la radio sur un autre poste. Il détestait ça. Il s'imaginait des étrangers assis dans sa voiture en train d'écouter la radio et de vider la batterie pendant que lui était tranquillement en train de dîner. Il appuya sur le bouton de la station de jazz qu'il écoutait normalement, la *seule* station de jazz à Calusa.

– Tu aimes le jazz ? demanda-t-il.

– Qu'est-ce que c'est, le jazz ?

– Ce qu'on écoute en ce moment.

Elle écouta.

Gerry Mulligan.

– Oui, répondit-elle en hochant la tête sans grande passion. Au Viêt-nam, il n'y avait que du rock. On n'entendait que ça dans les rues de Saigon. Je déteste le rock. Je déteste aussi les ratons laveurs. Les ratons laveurs ont l'air de gros rats, tu ne trouves pas ?

– Seulement par ici, répondit Matthew. Au nord, ils sont plutôt mignons, on a envie de les caresser.

– Je devrais peut-être aller plus au nord.

Le mot *peut-être* fut prononcé avec une langue un peu pâteuse.

– Des tas de belles villes au nord, dit-il.

Elle hocha la tête et resta silencieuse, comme si elle envisageait sérieusement de déménager.

– Mon père détestait les soldats, reprit-elle tout à coup. – Le mot *soldat* fit lui aussi un son pâteux. – Ce qui veut dire qu'il détestait *tous* les hommes. Parce qu'au Viêt-nam, il n'y avait rien d'autre. Des soldats. *Nos* soldats, *leurs* soldats, *vos* soldats. – Le mot *soldat* lui donnait décidément bien du mal –. Mon père ne laissait jamais un soldat s'approcher de moi. Une fois, il s'est battu avec un caporal américain qui me souriait. Il n'avait fait que sourire. Et mon père l'a frappé. Mon *père*, tu imagines ? Ce tout petit homme, en train de frapper ce gros monsieur. Et le soldat s'est mis à rire.

Soldat encore. Le mot semblait s'enrouler autour de sa langue.

– On pourrait rentrer chez moi ? demanda-t-elle.

Puis ce fut le silence.

Les notes du saxophone de Mulligan inondaient la voiture. Et Matthew se disait qu'il aimerait bien savoir jouer du sax comme ce type.

– J'avais peur d'eux, reprit Mai Chim. Des soldats. Mon père m'avait appris à avoir peur d'eux. Il disait qu'ils me violeraient. Ils violaient beaucoup de Vietnamiennes, les soldats. J'avais peur qu'on me viole, moi aussi.

Y aurait-il un juste retour des choses ? pensa-t-il.

Jeunes Vietnamiennes violées par des soldats américains.

Une Américaine violée par trois Vietnamiens.

– Mais je n'ai pas peur de toi, dit-elle.

– Tant mieux.

Il n'était pas si sûr de sa réponse. Il pensait qu'elle avait trop bu et que, si ce qu'elle lui avait dit était vrai, il n'avait pas envie d'être celui qui lui ferait l'amour pour la première fois, pas quand elle n'aurait pas toute sa tête. Le piano d'Oscar Peterson explosa dans la Ford de location comme un obus de mortier. Il pensa tout à coup à Chicago et à la banquette arrière de l'Oldsmobile de son père où il faisait si chaud, à cette fille de seize ans, Joy Patterson, allongée, les yeux fermés, l'haleine empestant la bibine, les cuisses écartées, complètement soûle ou feignant de l'être tandis qu'il explorait la bande élastique de ses bas nylon, puis ses douces cuisses blanches, quand il avait retiré sa main tremblante lorsqu'il avait enfin touché le soyeux jardin secret de sa culotte sans défense. Et il l'avait descendue, sachant parfaitement que si Joy était ivre, il commettait un viol.

S'il faisait l'amour ce soir avec Mai Chim, ce serait aussi un viol.

Juste retour des choses ?

Ils étaient arrivés devant le petit immeuble où elle habitait, sur Sabal Key. Les règlements d'urbanisme, rapportés depuis, avaient interdit jusque-là les immeubles de plus de quatre étages. Si bien qu'on pouvait voir l'océan derrière eux. Merveille. Il se gara devant une pancarte RÉSERVÉ AUX VISITEURS, puis il coupa le contact et éteignit les phares.

– Tu veux monter pour le coup de l'étrier ? demanda-t-elle.

Non, ce n'était pas l'alcool, cette fois, simplement une connaissance un peu approximative de la langue. *Et lorsqu'il n'y a pas de langue commune,* avait-elle dit, *on se méfie. On fait des erreurs. Beaucoup d'erreurs. Des deux côtés.* Et il se demandait s'il n'allait pas commettre une erreur maintenant. Mais il pensait aussi à une autre chose qu'elle avait dite, la dernière fois qu'ils s'étaient vus, *c'est pour ça que vous voulez coucher avec moi ? Parce que je suis asiatique ?* Et il se posait aussi cette question, une question qui était comme suspendue entre eux dans le silence de la voiture de location, *vous voulez monter pour le coup de l'étrier ?* Et il se dit, non, Mai Chim, je ne pense pas que je vais monter pour le coup de l'étrier, pas cette nuit, parce que tu as tout cet alcool dans le sang, ni une autre peut-être, parce que, oui, je pense que si j'ai envie de coucher avec toi, c'est peut-être uniquement parce que tu es asiatique et que je n'ai jamais couché avec une Asiatique. Et ce n'est pas une raison pour coucher avec *quelqu'un,* pas si je veux pouvoir me regarder en face dans la glace demain matin.

– Je dois me lever tôt demain, dit-il. On remettra ça ?

Elle semblait perplexe. Elle ne connaissait pas l'expression.

– Remettre ça, répéta-t-il en souriant. Une autre fois...

Elle continuait à le regarder d'un air interrogateur.

– Je vais vous reconduire chez vous, dit-il gentiment.

Il fit le tour de la voiture, ouvrit la portière de la jeune femme et lui offrit sa main. Elle sortit en vacillant un peu sur ses jambes, désorientée, surprise de se retrouver déjà chez elle. Il la prit par la taille pour la soutenir. Elle s'appuya contre lui.

– Merci, murmura-t-elle.

À la porte, elle chercha sa clé dans son sac, la glissa dans la serrure, se retourna vers lui, le regarda une fois encore dans les yeux.

– Il y aura vraiment une autre fois, Matthew ?

– J'espère.

Mais il se demandait s'il était sincère.

La voiture de Warren était garée le long du trottoir, devant chez Matthew. Warren était assis derrière le volant, endormi. La glace du côté du conducteur était descendue. Matthew tendit la main et lui toucha doucement l'épaule. Warren sursauta et sa main se glissa aussitôt sous sa veste, vers l'étui qu'il portait sous l'aisselle. Un très gros pistolet apparut presque aussitôt dans son poing.

– Hé ! cria Matthew en reculant.

– Excuse-moi, tu m'as fait peur.

– Tu crois ?

Warren rengaina son pistolet et sortit de la voiture. Les deux hommes s'avancèrent sur l'allée de ciment qui menait à la porte d'entrée. Matthew ouvrit et alluma la lumière.

– Tu veux un verre ?

– Un petit scotch, s'il te plaît, sans glace, répondit Warren. Je peux téléphoner ?

– Naturellement. Le téléphone est là-bas, sur le mur.

Matthew jeta un coup d'œil à la pendule. 10 h15. Il se demandait s'il ne devrait pas appeler Mai Chim pour s'excuser, ou lui dire quelque chose. Mais s'excuser de quoi ? Devant la table de la cuisine, Warren composait déjà son numéro. Matthew se dirigea vers le mini-bar, ouvrit le battant et versa un peu de Black Label dans un gros verre trapu. Et lui, qu'est-ce qu'il allait prendre ? Un dry Martini ? Avait-il fait ce qu'il fallait tout à l'heure ? Warren parlait à une certaine Fiona. Une Noire peut-être ? Fiona ? Un prénom irlandais. Fiona, c'était un prénom irlandais, non ? Warren couchait avec elle ? Si elle était irlandaise et si elle était blanche, est-ce que Warren couchait avec elle *uniquement* parce qu'elle était blanche ? Bref, il s'interrogeait. Là-bas, à Chicago...

Là-bas, à Chicago, en classe d'anglais, il y avait une stupéfiante Noire qui s'appelait Ophelia Blair. Et il l'avait emmenée au cinéma un soir. Ensuite, ils avaient acheté des glaces et il l'avait fait monter dans l'Oldsmobile à tout faire de son père. Il l'avait emmenée dans une rue déserte près du terrain de foot, il l'avait couverte de baisers, sa main s'était glissée sous sa jupe, il l'avait suppliée de le laisser « faire ça », parce qu'il n'avait jamais « fait ça » de sa vie avec une Noire.

À vrai dire, à dix-sept ans, il n'avait jamais fait ça non plus avec une *Blanche*. Son ultime argument était qu'elle était noire et lui blanc, oh la belle aventure qui les attendait si seulement elle le laissait faire, Stanley moderne explorant l'Afrique, baisser sa culotte, écarter ses si jolies jambes. Il ne lui était jamais passé par la tête qu'il la réduisait à l'anonymat, lui refusait son identité d'Ophélie, la considérait en fait comme n'importe quelle *autre* petite Noire dans le monde, exprimant son désir pour elle seulement parce qu'elle était noire et non parce qu'elle était simplement *elle,* une *elle* qu'il ne connaissait pas, cette personne qu'il n'avait pas pris la peine d'essayer de commencer à connaître. Et il avait été stupéfait lorsqu'elle avait baissé sa jupe et remballé ses seins dans son soutien-gorge, quand elle avait boutonné son chemisier, quand elle lui avait demandé d'une voix très douce de la ramener chez elle, s'il te plaît. Plus tard, il avait essayé une douzaine de fois de sortir avec elle, mais elle avait toujours poliment refusé.

Chicago.

Il y avait si longtemps.

Ce soir, il n'avait pas commis la même erreur.

Il n'avait pas refusé à Mai Chim son identité de femme.

Mais il se demandait si elle le comprenait bien.

– Dès que j'aurai fini, Fiona, disait Warren au téléphone.

Fiona.

Blanche ? Noire ? Vietnamienne ?

Ophelia Blair était très noire, vraiment une très belle fille. Il se demandait ce qu'elle était devenue, ce qu'elle faisait maintenant. Il la soupçonnait d'être devenue une beauté à couper le souffle. Il se l'imaginait dans une maison luxueuse des beaux quartiers de Chicago, au bord du lac. Elle donnait une réception très chic, hommes en smoking, femmes en robes chatoyantes. Ophelia Blair. À qui il avait fait très mal, un jour.

Il tourna le dos à Warren, toujours pendu au téléphone, et se prépara un dry Martini. Avait-il aussi stupidement blessé Mai Chim ce soir, mais pour les raisons exactement opposées ? Avait-il encore fait une terrible gaffe ? En essayant de bien faire, avait-il tout bousillé une fois de plus ? Il fit tomber une olive dans son verre. Puis une autre.

– Warren, tu as bientôt fini ?

– Une seconde... Allez, à tout à l'heure, dit-il au téléphone avant de raccrocher.

– Il faut que je donne un coup de téléphone, moi aussi, expliqua Matthew.

Il prit son verre et se réfugia dans son bureau. Il avala une gorgée, approcha le téléphone, composa le numéro de Mai Chim. Elle répondit à la quatrième sonnerie.

– Allô ?

– Mai Chim ?

– Oui ?

– C'est Matthew.

– Oh ! Matthew !

– Tu te sens bien ?

– Oui, mais ivre.

– Oh... un peu pompette seulement.

– Qu'est-ce que c'est, pompette ?

– Ivre.

Et ils se mirent à rire tous les deux.

Tout à coup, le rire s'arrêta. Et ce fut le silence.

– Merci de ne pas avoir voulu me faire du mal.

Il se demanda si elle savait vraiment ce qu'elle disait. Si l'expression *faire du mal* voulait bien dire la même chose pour elle que pour lui. Parce qu'il avait l'impression de lui avoir fait du mal. Stupidement, idiotement, qu'il lui avait fait mal.

Et lorsqu'il n'y a pas de langue commune, on se méfie. On fait des erreurs. Beaucoup d'erreurs. Des deux côtés.

– Matthew, quelqu'un a payé l'addition ?

– Oui, tu as payé.

– Oh, tant mieux. Je ne me souvenais plus. Je me suis dit, mon Dieu ! Je l'invite, et je le laisse payer.

Mon Dieu, mon Dieu. Si étrange dans sa bouche. Et parfaitement charmant.

– J'ai trop bu. Je ne suis pas habituée à boire autant.

– Ne t'inquiète pas. Ça ne fait rien.

– J'étais très nerveuse, c'est pour ça.

Il ne répondit rien.

– Alors, je me suis dit... si je bois un peu, je vais avoir moins peur. Des soldats.

Des soldats. Sa langue n'était plus pâteuse cette fois. Des soldats.

– Des hommes, reprit-elle à voix basse.

Ils gardèrent tous les deux le silence un moment.

– Une autre fois, dit-il enfin.

– Oui, une autre fois.

– Quand nous nous connaîtrons *vraiment.*

– Est-ce qu'on se connaîtra vraiment un jour ?

– J'espère bien – et cette fois il était tout à fait sincère. Je ne veux pas que ce soit...

– Oui, simplement une petite affaire entre un Blanc et une Asiatique.

Et il se demanda s'ils ne se connaissaient pas *déjà* mieux qu'ils ne le pensaient.

– Je te rappelle bientôt.

– On remettra ça.

– Pourquoi pas...

– Pourquoi pas ?

– Allez, bonne nuit.

– Je rêve encore aux hélicoptères.

Un déclic.

Matthew prit son verre et revint à la cuisine. Warren était toujours là, son scotch dans la main droite.

– Tu apprends tes lettres ? demanda Warren.

– Quoi ?

Warren montra la feuille de papier punaisée sur le petit tableau de liège, à côté du téléphone.

– Ah... C'est l'alphabet vietnamien.

– Il manque pas mal de lettres, tu avais remarqué ?

– Non...

– Voilà pourquoi je suis détective, et pas toi. Pas de F, pas de J, pas de W. Pas de Z non plus. Mais trois A, deux D, deux E, trois O, deux U, et un grand bœuf dans mon étable. Comment appelle-t-on ces petits signes bizarres ?

– Des signes diacritiques.

– Tu es sérieux ? répondit Warren en levant son verre comme pour porter un toast. Tu sais, on a décroché le gros lot, Matthew, reprit-il avant de boire une gorgée. Ahhhh, que c'est bon ! Weaver n'est pas le type qui a téléphoné.

– Santé, répondit Matthew d'un air lugubre en levant lui aussi son verre.

Il but, puis regarda le fond de son verre en connaisseur.

– C'est qui, cette Fiona ? demanda-t-il.

– Fiona Gill. Elle travaille à la recette principale. C'est elle qui m'a dit que nous ne tenions rien du tout avec cette plaque d'immatriculation.

– Blanche ? Noire ?

– Noire. Pourquoi ?

– Simple curiosité.

– Tu sors avec une Noire ?

– Non, non.

– On dirait, pourtant.

– Non.

Mais tu brûles, pensa Matthew.

Dans les films américains, les Asiatiques étaient une solution de rechange admissible. Le héros blanc pouvait avoir une liaison sérieuse avec une Asiatique, mais jamais avec une Noire. Le courage des producteurs américains s'arrêtait là. Le héros pouvait embrasser une Asiatique, mais s'il embrassait une Noire, holà, attention. Quant à un Noir embrassant une Blanche, c'était purement et simplement de la science-fiction. Matthew se demandait ce qu'il sentirait en embrassant Mai Chim. Peut-être trouverait-il un producteur courageux à Hollywood pour filmer leur premier baiser. Avec réserve et discrétion, bien entendu.

– Qu'est-ce qui te fait rire ? demanda Warren.

Matthew se rendit compte qu'il souriait.

– Je suis simplement un peu fatigué. Qu'est-ce que Stubbs t'a dit d'autre ?

– Simplement que l'homme qui lui avait téléphoné parlait comme quelqu'un de très connu.

– Très connu ?

– Très connu. Sa façon de prononcer le mot *souci*.

– Et comment les gens très connus prononcent-ils *souci* ?

– Pas la moindre idée, répondit Warren en soupirant. Bon, je file. Fiona m'attend. Tu es sûr que tu n'as pas envie de parler de quelque chose ? demanda-t-il après un instant d'hésitation.

– Non, merci; mon vieux.

– Si tu changes d'avis, tu peux me rejoindre à ce numéro.

Warren écrivit un numéro sur le bloc glissé sous le téléphone. Il vida son verre, serra la main de Matthew et sortit. Matthew entendit la Buick démarrer. Très vite, le bruit du moteur disparut dans la nuit. Il n'entendait plus maintenant que le ronronnement du climatiseur. Il posa son verre sur la table de la cuisine, s'assit sur un tabouret et regarda le numéro que Warren lui avait laissé :

381-3645

Les trois premiers chiffres lui indiquaient que Fiona n'habitait pas sur une des petites îles de Calusa. Il déchira la page du bloc et la punaisa sur le tableau d'affichage, juste au-dessous de l'alphabet que Mai Chim avait photocopié pour lui. Lorsqu'il était à l'université, un de ses amis sortait avec une Chinoise dont le père était propriétaire d'un restaurant, rue La Salle. Le type s'appelait Nathan Feinstein et la fille Melissa Chong. Nathan et Melissa avaient une relation que Nathan qualifiait d'Esse-Ouesse, quand même plus facile à prononcer qu'Est-Ouest, un vrai canon à postillons pour *n'importe qui*.

Matthew prit le crayon qui se trouvait à côté du bloc et se mit à écrire :

EEMIE-WESS

Il regardait ce mot étrange qui lui faisait penser à un film à gros budget, avec en vedette Le Mai Chim et Matthew Hope – pas nécessairement dans cet ordre. La première scène commencerait par un plan de l'Oldsmobile Cutlass Supreme verte stationnée sous un grand poivrier, à la limite de la Petite Asie, dans le centre bien léché de Calusa. Un couple s'embrasserait sur la banquette avant. Notre héros et notre héroïne, Leslie Boy et Fleur-de-Lotus Wong, comme ils s'appelleraient dans le film. La caméra montrerait ensuite en gros plan leurs lèvres fiévreuses collées ensemble, puis un autre gros plan antiseptique d'une plaque d'immatriculation de Floride orange et blanche sur le pare-chocs arrière. 2AB 39C.

Matthew griffonna sur le bloc : 2AB 39C.

Il regarda ce qu'il avait écrit. Puis il recommença : 2AB 39C.

Et encore, encore, encore, et encore...

Il écrivait, de plus en plus vite, jusqu'à ce que son écriture commence à se déformer...

... le chiffre 2 ressemblait...

Pas de F, pas de J, pas de W. Pas de Z non plus.

Il chercha des yeux l'alphabet punaisé sur le tableau.

Pas de Z. Mais il y avait un 2 dans leur langue, naturellement. *Oh, oui, nous utilisons les chiffres arabes*. Pas de Z, mais un 2 ! Et si vous voyez un Z à travers un grillage la nuit et que vous n'avez aucune idée de l'allure que peut bien avoir un Z, rien de plus facile que de le confondre avec un 2 ! Trinh avait vu ZAB 39C, mais ses yeux et son cerveau avaient automatiquement traduit le numéro sous une forme familière, 2AB 39C. Matthew se précipita vers le téléphone et composa le numéro que Warren lui avait laissé. Un coup, deux...

– Allô ?

– Mademoiselle Gill ?

– Oui ?

– Ici Matthew Hope...

– Oui, monsieur Hope...

– Je suis désolé de vous déranger à cette heure...

– Mais je vous en prie.

– Warren est déjà arrivé ?

– Pas encore.

– Est-ce que vous seriez assez gentille de lui dire quand... ou plutôt, vous pourriez peut-être m'aider.

– Avec plaisir.

– Est-ce qu'il y a des plaques d'immatriculation en Floride qui commencent par la lettre Z ?

– Oh oui, répondit Fiona. Y et Z. Ce sont les lettres que nous réservons aux voitures de location.

– Aux voitures de location ?

Une voiture de location, se dit-il. Une saloperie de voiture de location ! Pas étonnant que le tueur ait dû...

– Hertz, Avis, Dollar, vous les connaissez aussi bien que moi, continuait Fiona. Les plaques de toutes ces voitures commencent par un Y ou par un Z.

– Merci beaucoup, mademoiselle Gill, merci infiniment.

– Mais de rien. Voulez-vous que Warren vous rappelle ?

– Non, sauf s'il veut me parler.

– Je lui transmettrai le message. Bonsoir.

– Bonsoir, fit-il en raccrochant.

Une voiture de location. C'était donc ça le truc de tous ces types qui savaient que je conduisais une voiture louée. La plaque d'immatriculation. Il prit l'annuaire, l'ouvrit aux pages jaunes et il commençait à explorer de haut en bas avec son doigt la colonne de la rubrique Location de voitures quand le téléphone se mit à sonner.

– Warren ?

– Monsieur Hope ? fit une voix d'homme.

– Oui, qui est à l'appareil ?

– Charlie Stubbs. Je suis désolé de vous déranger chez vous, mais j'ai essayé d'appeler votre collègue, et il n'est pas là. Je me souviens maintenant à quoi ressemblait cette voix. Vous

vous souvenez que je disais que c'était celle de quelqu'un de très connu ? Il vous en a parlé ?

– Oui, il m'en a parlé.

– Eh bien, je me souviens maintenant qui c'était.

– Et c'était qui, monsieur Stubbs ?

– John F. Kennedy.

12

Il vivait dans une de ces petites cabanes sur pilotis qui s'alignaient le long de la plage, un peu au nord de Whisper Key Village. À cette époque de l'année, et particulièrement à cette heure de la nuit, un silence fantomatique enveloppait les bicoques de bois. En saison, vous auriez entendu de la musique jusqu'au petit matin, des rires, les bruits que font les jeunes gens quand ils exercent leurs muscles et leurs hormones. Ce soir-là, tout était calme. Les cabanes étaient perchées sur leurs pieux, comme des échassiers, simples silhouettes découpées sur le ciel. Il était près de minuit, mais il y avait de la lumière dans l'appartement du premier étage. Matthew monta l'escalier et frappa à la porte.

– Qui est là ?

Cette voix si reconnaissable, surtout quand vous tendiez l'oreille. La voix de John F. Kennedy.

– C'est moi, Matthew Hope.

– Une minute, s'il vous plaît.

De l'étonnement dans cette voix ; il était près de minuit.

La porte s'ouvrit.

Il était en short de tennis. Torse nu, pieds nus. Quarante et un ans, mais encore l'air d'un adolescent comme de nombreux athlètes de cet âge, les muscles bien dessinés de ses bras, de ses jambes et de sa poitrine, ses cheveux blonds ébouriffés, le sourire accueillant. Le bon petit Américain moyen, modèle standard. Qui n'avait tué que cinq fois.

– Salut, Kit ! fit Matthew. Désolé de vous déranger si tard.

– Pas de problème, répondit Kit. Entrez donc.

Matthew entra dans l'appartement. Un studio avec une cuisinette et un coin rangement fermé par un rideau pendu à une tringle. Un lit double collé contre les fenêtres qui donnaient sur l'océan. Des photos sur les murs. La plupart de Christopher Howell en pleine action sur un court de tennis. Sur l'une d'elles, Christopher Howell en uniforme de l'armée, entouré d'une demi-douzaine de soldats américains, tous souriant au photographe, tous avec leur casque et leur cartouchière au ceinturon, certains avec des fusils d'assaut. Dans le coin, un assortiment de raquettes de tennis contre le mur. Il y avait aussi un fauteuil miteux recouvert d'une housse à motifs cachemire. Un téléphone sur une table de chevet à côté du lit. Une lampe sur la table de chevet. La lampe était allumée. Pas de climatiseur, les fenêtres grandes ouvertes. Dehors, l'océan déferlait sur la plage.

– Je crois que je me suis fait un plan de jeu, dit Matthew.

Howell battit des paupières.

– Vous voulez que je vous dise ce que c'est ?

– Mais...

Il est *minuit*, disait son visage.

– Naturellement, répondit-il.

– Est-ce que vous saviez, reprit Matthew, que toutes les voitures de location en Floride ont des plaques qui commencent par un Y ou un Z ?

Howell le regarda.

– Non, je n'en savais rien.

– Vous n'êtes pas le seul, fit Matthew en souriant. Mais c'est pourtant vrai.

– Je vois.

– Est-ce que vous saviez aussi que les agences de location conservent les coordonnées de leurs clients ? Noms, adresses, etc.

– Heu... Excusez-moi, monsieur Hope, mais il est tard et...

– Plus tard que vous ne pensez.

Dehors, une vague s'écrasa sur la plage dans un bruit assourdissant. Puis le chuintement de l'eau qui battait en retraite. Et de nouveau le silence.

– J'ai donné quelques coups de téléphone avant de venir ici, dit Matthew. À toutes les agences de location de Calusa. Ou plutôt, pas à toutes, parce que j'ai tapé dans le mille au sixième coup de téléphone.

– Monsieur Hope, je suis vraiment désolé...

Yeux bleus débordant d'innocence. L'étonnement peint sur ce visage presque enfantin.

– ... mais je ne vois pas du tout de quoi vous me parlez.

– Oh si, je pense que vous savez de quoi je parle, Kit.

– Non, vraiment...

– Je vous parle de la voiture que vous avez louée.

– Une voiture ?

Sa façon de prononcer ce mot. Son dialecte régional. Voitûûre. Le patois des jeunes gens bien élevés de Harvard, ou plutôt : Haavaad. Comme il avait dû dire *souci* lorsqu'il avait téléphoné à Stubbs. Souci, un peu dans le nez.

– Celle que vous avez louée le 13 août. Une Oldsmobile Cutlass Supreme, numéro de plaque ZAB 39...

La raquette vola dans la main de Howell avant que Matthew n'ait pu finir sa phrase. Dans sa main droite. Solide poignée de main. La raquette bien prise dans sa poigne. Il avait un coup droit puissant et un revers terrifiant. Pour comble de bonheur, il était ambidextre. Matthew comprit tout à coup quel instrument contondant avait défoncé le crâne de Frank Bannion.

– Alors, parlez-moi donc de votre plan de jeu, dit Howell en catapultant sa raquette dans la direction de la tête de Matthew.

Matthew n'avait pas de plan de jeu.

La raquette arrivait vers lui, à plat. Howell n'essayait pas de frapper une balle, il ne cherchait pas à frapper solidement une balle avec les cordes, encore moins en plein centre, le plein centre, c'était la tête de Matthew. Howell ne cherchait qu'à faire mal. Malgré sa légèreté, le cadre d'aluminium de la raquette était assez épais, assez dense, assez résistant pour faire sauter le plâtre du mur. Ce qu'elle fit précisément l'instant d'après, car Matthew réagit de la seule façon possible, il esquiva sur le côté et se baissa. Un gros morceau de plâtre se détacha, mettant à nu un treillis de bois et ce qui ressemblait à du grillage de cage à poule. Howell dansait d'un pied sur l'autre, se plaçait pour le coup suivant.

– Quelle main maintenant ? demanda-t-il avec un grand sourire.

Et il lança sa raquette dans sa main gauche, et aussitôt la relança dans sa main droite. Il rebondissait sur ses pieds nus. Il s'entraînait pour le grand match. Matthew n'avait aucune envie que son crâne ne devienne le U.S. Open.

Si ton adversaire est armé, et pas toi...

La voix de Bloom. Au gymnase, mardi dernier. En train de lui apprendre les trucs du métier. De lui apprendre un plan de jeu.

N'essaie pas de le désarmer. Tu seras mort avant de trouver comment.

Howell rebondissait. Tournait en rond. Faisait valser sa raquette d'une main à l'autre. Quelle main maintenant ? D'où va-t-elle venir ? De la droite ou de la gauche ?

Oublie l'arme.

Mais le coup suivant allait être un ace.

Un coup suivant allait écrabouiller le crâne de Matthew.

Fonce sur le type.

Howell ramenait sa raquette en arrière pour frapper. Le coup allait venir de la gauche, et en revers. Matthew avait vu ce revers en pleine action. Assez puissant pour lui arracher la tête. Le bras en travers de la poitrine, la raquette qui revient, les lèvres serrées, les yeux brillants, le bras tendu comme un ressort, dans un instant il allait frapper, le bras allait se déplier, le bord de la raquette...

Matthew bondit avant que la raquette ne parte.

Il donna un violent coup d'épaule à Howell qui était encore en appui sur son pied arrière. Surpris, Howell trébucha un instant, essaya de retrouver son équilibre, la raquette toujours en arrière, tout son poids sur son pied droit, dans la bonne position pour frapper, tout son corps luttant contre lui maintenant, Howell qui se battait contre la gravité, qui perdait la bataille et qui s'écrasait par terre. Il tomba brutalement sur la hanche droite et se retournait déjà pour se relever quand Matthew lui écrasa le bas-ventre. Pas un coup non, il lui *écrasa* le bas-ventre. Pas avec le bout de son soulier, avec le talon. Il lui aplatit les couilles sur le tapis, comme Bloom lui avait appris à le faire.

Haletant, Matthew se dirigea vers le téléphone.

Howell se tordait de douleur par terre.

Il était un peu plus de 2 heures du matin lorsqu'il arriva à la ferme, au bord de la route de Timucuan Point. Pas une seule lumière nulle part. Ni dans la grande maison, ni dans le pavillon de Ned Weaver au bout de l'avenue. Matthew sonna. Plusieurs fois. Une lumière s'alluma à l'autre bout de la maison. La chambre. Il continua à sonner.

– Qui est là ?

La voix de Jessica. Juste derrière la porte.

– Matthew Hope.

– Quoi ?

– Ouvrez-moi, s'il vous plaît.

– Quoi ? *Quoi ?*

Incrédule. 2 heures du matin.

– Ouvrez-moi, s'il vous plaît, madame Leeds.

Silence.

– Une minute, dit-elle enfin.

Il attendit. Il attendit près de cinq minutes avant qu'elle n'ouvre. Elle était certainement retournée à sa chambre pour enfiler le peignoir qu'elle portait sur sa chemise de nuit. Nylon vert. Sur nylon blanc. Pieds nus. Comme Howell quand il avait ouvert la porte de son appartement.

– Vous savez l'heure ?

– Oui, je sais. Je peux entrer ?

– Pour quoi faire ?

– Parce que la police vient d'arrêter Christopher Howell qui est accusé de cinq homicides. Je voudrais vous poser quelques questions, madame Leeds.

– Quelles questions ?

– Nous voulons tous les deux tirer votre mari d'affaire. Je veux simplement m'assurer que Howell n'essaie pas de le compromettre.

Il mentait.

– Howell ? *Kit*, c'est bien ça ? Le pro du club de tennis ?

Elle mentait elle aussi.

– Je peux entrer, s'il vous plaît ?

– Oui, certainement. Excusez-moi, je... j'étais endormie... et ces coups de sonnette... je ne voulais pas être impolie. *Kit,* disiez-vous ? Qu'est-ce qu'il a à voir dans tout ça ?

L'interrupteur était à l'entrée du salon. Elle alluma et le fit entrer. Elle s'assit sur le sofa de cuir. Il prit place dans un fauteuil de cuir en face d'elle. Il y avait un grand oreiller vert à côté d'elle, la couleur de ses yeux, la couleur de son peignoir. Il se souvint que la petite dame aimait bien le vert.

– Je viens de quitter le commissariat central. On essaie de trouver Skye Bannister qui va venir pour procéder à un interrogatoire en règle. Il est à Sanibel pour le week-end, ils ne savent pas exactement où.

– Skye... ?

– Bannister. Le procureur général. Ses services vont avoir pas mal d'explications à donner.

– Je ne comprends toujours pas...

– Howell a avoué qu'il était le meurtrier.

– Kit ?

– Oui.

– Mais c'est incroyable.

– N'est-ce pas ?

– Un homme si tranquille, si réservé.

– Oui.

– Mais pourquoi... Vous me dites qu'il les a *tous* tués ?

– Oui.

– Il a avoué ?

– Oui.

– C'est incroyable...

Elle se tut. Pas un bruit dans la maison. Assise au milieu du sofa, elle le regardait, les mains sur le ventre. Assis en face d'elle, il l'observait.

– Et vous pensez qu'il pourrait essayer de compromettre Stephen ?

– Oui.

Encore un mensonge.

– Comment ?

– Il pourrait prétendre que Stephen l'a poussé.

– C'est ce qu'il a dit ?

– Non. Pas encore.

– Et... qu'est-ce qu'il a dit ?

– Je vous l'ai expliqué. Il a avoué avoir tué les trois hommes qui vous avaient violée...

– Oui, j'ai compris...

– Et le vieil homme qui avait vu la plaque d'immatriculation de la voiture de location...

– Un des témoins vietnamiens.

– Exact. Et aussi l'inspecteur qui avait découvert le vrai numéro de la plaque. Il les a tués tous les cinq. Il a déjà signé sa déposition.

– Je vois. Je suis désolée, mais je ne suis pas au courant de... De quel inspecteur parlez-vous ?

– Vous n'avez pas lu le journal de ce matin ?

– Non, je regrette.

– Un inspecteur du parquet général. Il s'appelait Frank Bannion.

– Et il avait appris... qu'est-ce qu'il avait appris ?

– Il avait trouvé le vrai numéro de la plaque d'immatriculation.

– Je vois.

– Ce qui l'a conduit jusqu'à Howell.

– Je vois.

– Comme cette plaque m'a également conduit jusqu'à Howell.

– Je vois. Est-ce que... ? reprit-elle après une légère hésitation.

Encore un silence. Elle se demande comment formuler sa question.

– Est-ce que Kit a dit... *pourquoi* il avait commis ces meurtres ?

– Oui.

– Pourquoi ?

– Pour vous.

– Pour moi ?

Elle semblait presque amusée.

– Pour *moi ?* Mais je le connais à peine !

– Madame Leeds...

– C'est parfaitement ridicule. Pour *moi ?* Est-ce qu'il est fou ?

– Madame Leeds, à part les...

– Il a dit qu'il avait fait ça pour *moi ?*

– ... hommes de loi et les policiers qui travaillent sur cette affaire...

– Je ne peux pas croire...

– ... seulement deux personnes connaissaient le numéro de cette plaque d'immatriculation.

Elle le regarda.

– Le numéro que Trinh croyait avoir vu.

Elle le regardait toujours.

– Vous et votre mari.

– Non.

– Si. Je l'ai dit à votre mari, et il vous l'a dit.

– Je ne me souviens pas...

– Nous en avons parlé vous et moi, un peu plus tard, madame Leeds. Vous connaissiez le numéro, et vous...

– Non !

– ... l'avez donné à Howell.

– Vous vous trompez. Je ne connais même pas cet homme, sauf...

– Il reconnaît les faits.

Elle le regardait de nouveau.

– Il dit que vous le lui avez donné.

Elle le regardait toujours.

– Il dit qu'il a tué Trinh *à cause* de ce numéro.

Et tout à coup, elle éclata en sanglots.

Ce soir, il ne peut pas lui en donner assez.

Quatre jours avant Noël, 21 décembre, un jeudi. Dans cette chambre de motel, elle est vraiment insatiable. Elle sait qu'elle ne va pas le voir pendant les vacances de Noël ; elle et son mari partent à New York le 26 et ne rentreront pas avant le 2 janvier. Alors, il faut qu'il lui en donne assez pour qu'elle tienne jusque-là, comme le junkie désespéré qui s'envoie une dernière dose sachant qu'il ne pourra pas se procurer de drogue avant longtemps, elle n'en a jamais assez.

Elle s'est habillée de façon provocante, pour lui. Elle s'habille toujours ainsi pour lui. Bikini noir, avec lisières de dentelle. Jarretières noires. Bas noirs de nylon, avec coutures. Pas de soutien-gorge. Souliers vernis noirs à talons hauts. Il lui dit qu'elle ressemble à une pute de la Zone de combat. Un quartier de Boston, explique-t-il. Un défilé incessant de putes. Elle lui demande s'il a déjà couché avec des putes. Seulement au Viêt-nam, répond-il. Il lui dit qu'il a tué sept personnes au Viêt-nam. Ça l'excite. L'idée qu'il ait tué des gens. Son mari a tué des gens lui aussi, dans la même guerre, au même endroit. Mais lorsque Kit lui raconte comment on coupait les bites, ça l'excite.

Elle le voit depuis près d'un an maintenant, depuis que le club l'a engagé. Le dieu Soleil. Il arrive sur le court, tête penchée, cheveux blonds resplendissant au soleil, il lève les yeux tout à coup, des yeux bleus qui lancent des éclairs, bonjour, madame Leeds, je m'appelle Christopher Howell. Mais on m'appelle Kit.

Oh, hello, Kit, pense-t-elle.

Mais tu es délicieux, Kit.

Vous êtes prête pour votre leçon ?

Oh oui, pense-t-elle, je suis prête pour ma leçon, Kit.

Il y a maintenant près d'un an qu'il lui donne des leçons, au club et au lit. Elle ne peut imaginer ce qu'était sa vie avant de faire sa connaissance. Il a le même âge que son mari, mais à côté de lui, Stephen paraît beaucoup plus vieux. Stephen et son bateau. Toujours ce fichu bateau. *Felicity.* Elle déteste le nom du bateau. Et quand il rentre, il a un goût de sel sur la peau. Ses baisers ont un goût de sel. Elle déteste ses baisers, ils lui donnent envie de se rincer la bouche. Stephen est déjà fort, mais il sera bientôt gros. Kit a le même âge, ils ont fait la même guerre, mais Kit est mince, dur et sauvage, elle n'en a jamais assez de lui.

Abandonner Stephen, ils en parlent souvent tous les deux. Un divorce. Mais les tribunaux de Floride ne sont pas tout à fait aussi généreux qu'ailleurs aux États-Unis, question pension alimentaire. Ici, la plupart des juges n'accordent une pension que pour une période dite de transition. Ensuite, débrouille-toi toute seule, marche ou crève. Elle essaie de trouver le moyen de l'amener à mettre la ferme à son nom. Elle lui a expliqué que si quelque chose lui arrivait, grand Dieu, quelle idée, elle devra payer des droits de succession épouvantables, assez d'argent pour que le gouvernement puisse envahir encore une fois la Grenade. Sans cesse, elle brode sur le thème de la Grenade. Il détestait Reagan quand il était président, il avait été écœuré par l'invasion de la Grenade, le bombardement de la Libye, étrange pour un homme qui avait déjà tué. Essayer de faire mettre la ferme à son nom. La ferme, c'était la fortune. L'amener à la mettre à son nom, et ensuite, tchao, passer le reste de sa vie couchée au soleil avec Kit, en train de faire l'amour avec Kit. Ils en parlent encore ce soir. Ils en parlent toujours. Dans les bras l'un de l'autre, ils parlent du moment où elle laissera tomber Stephen, quand la ferme sera à son nom.

Leurs montres sont posées sur la commode, côte à côte, la sienne toute petite, en or, avec un fin bracelet noir, la sienne massive, en acier, avec un affichage numérique et de petits boutons tout autour du cadran.

Leurs montres égrènent les secondes dans la chambre.

Les minutes.

Les minutes et les minutes.

Sur le lit, en face, ils font encore l'amour, perdus dans leur passion, savourant ces derniers moments avant leur longue séparation, elle n'en aura donc jamais assez. Ils se recouchent enfin sur les oreillers, sa tête proche de la sienne, son bras en travers de ses seins, épuisés, contents, silencieux. Un camion de pompiers fonce à toute allure sur la Nationale 41, sirène hurlante.

Un incendie, dit-elle.

Hummm...

Ils écoutent le hurlement de la sirène qui s'évanouit peu à peu, qui disparaît, et la chambre retrouve son silence, à peine rompu par le tic-tac de la montre de Jessica sur la commode. Elle se demande tout haut quelle heure il est, et elle sort du lit toute nue, elle traverse la chambre pieds nus, prend sa montre et...

Mon Dieu !

11 h 15 !

Et c'est alors que le cauchemar commence.

Pas plus tard.

Maintenant.

À l'instant.

Il lui faudra au moins un quart d'heure pour revenir au centre commercial. Elle va donc récupérer la Maserati à 11 h 30, une heure et demie plus tard qu'elle n'avait prévu. Encore une demi-heure pour rentrer à la ferme, elle ne sera pas chez elle avant minuit ! Tu peux toujours espérer qu'il mette la ferme à ton nom, il va te sortir à coups de pied si tu rentres à minuit ! Il va te mettre à la rue ! Il va demander le divorce dès demain matin ! Comment ont-ils pu être aussi stupides, ils n'auraient pas pu regarder l'heure ? Et elle dit tout ça à Kit tandis qu'elle s'habille, qu'elle enfile à la hâte ses jarretières, qu'elle enfile les bas nylon à couture, qu'elle attache les bas aux jarretelles. Il va me tuer, dit-elle, et elle fait glisser le bikini noir à lisières de dentelle, comment peut-on être aussi bête, puis c'est la jupe noire si courte et le chemisier blanc sans manches, en soie, elle boutonne les petits boutons de nacre sur le devant, qu'est-ce que je vais lui raconter, qu'est-ce que je vais bien pouvoir lui raconter ?

Le centre commercial est fermé depuis une heure et demie quand elle arrive au parking. Une heure et demie qu'elle va devoir expliquer. Le cinéma est déjà fermé, le restaurant aussi, l'enseigne au néon est éteinte, les vitrines sont toutes noires. Le parking est vide, tout est noir, tout est calme, à l'exception d'une seule lumière au-dessus de la porte arrière du restaurant et d'une autre lumière qui brille derrière une fenêtre étroite à côté de la porte. Kit la dépose à côté de sa voiture. Elle ne l'embrasse même pas avant de descendre. Elle réfléchit. Elle se demande encore ce qu'elle va bien pouvoir raconter à son mari. Elle se dit qu'elle ne trouvera jamais le moyen d'expliquer un retard d'une heure et demie, tout est fini, complètement fini, il va la tuer. Fébrile, elle ouvre la portière de la Maserati.

Elle l'a stationnée derrière le restaurant en forme de pagode, celui qui justement s'appelle *La Pagode*. Une voiture de luxe, et Noël dans quatre jours. Avec toute cette circulation sur le parking, un pare-chocs cabossé n'aurait rien de surprenant, mais ce n'était pas sa principale préoccupation lorsqu'elle avait choisi cet endroit désert ; pour une femme mariée qui a une liaison, le moment le plus dangereux est celui où l'on sort d'une voiture pour monter dans l'autre. Elle l'a donc stationnée loin de l'endroit où il y aurait eu d'autres voitures si elle était revenue à temps, elle l'a stationnée ici, derrière *La Pagode*, à côté d'une clôture basse devant laquelle s'étend un terrain vague. Elle s'installe au volant, verrouille la porte et démarre.

La montre de bord indique minuit moins vingt.

Le bruit du moteur indique à Kit que tout va bien, mais elle fait quand même clignoter ses phares, il lui répond en faisant clignoter les siens, un dernier au revoir. Elle passe en marche arrière et commence à reculer. Kit fait un large virage, puis se dirige vers la sortie. Mieux vaut ne pas le suivre de trop près, la nuit a des yeux. Elle attend jusqu'à le voir sortir du parking dans son rétroviseur. Alors, elle appuie sur l'accélérateur, commence à reculer et se rend compte presque aussitôt qu'elle a un pneu crevé.

Le cauchemar ne fait que commencer.

Elle sait changer une roue, elle l'a fait plusieurs fois dans sa vie, elle n'est pas une de ces petites bonnes femmes empotées qui passent leur temps à gober des bonbons sur une chaise longue en lisant un roman à l'eau de rose. Elle ouvre le coffre, sort le cric puis la roue de secours qu'elle pose à plat par terre, derrière le pare-chocs arrière, elle s'agenouille à côté du pneu arrière droit pour desserrer les boulons de la roue. Elle en a défait un qu'elle a posé dans l'enjoliveur quand...

La première chose qu'elle entend, c'est la porte de derrière du restaurant qui s'ouvre.

Puis des voix.

Des voix étrangères.

Naturellement, un restaurant chinois, ils se parlent sans doute en chinois.

Puis trois hommes sortent du restaurant par la porte de derrière. Ils parlent, ils rient. Elle reconnaît les hommes qui fumaient un peu plus tôt quand elle a stationné sa voiture, à 8 heures, quand elle a stationné sa voiture, il y a trois heures et quarante minutes, quand elle a stationné sa voiture. Trois jeunes hommes qui fumaient. « Bonsoir, les gars », avait-elle dit d'une voix enjouée – oui, peut-être un petit peu aguichante ; elle allait voir son amant et une femme qui a un amant pense que le monde entier meurt d'envie de la baiser. « Bonsoir, les gars. » Il y avait trois heures et quarante minutes de cela. Il y avait un cauchemar de cela.

L'un d'eux passe la main à l'intérieur pour éteindre la lumière. Il n'y a plus que la lumière au-dessus de la porte maintenant. Un autre ferme la porte. La serrure claque dans la nuit comme un coup de fusil. Les trois hommes parlent toujours, ils lui tournent le dos, ils ne l'ont pas vue. L'un d'eux rit doucement. Puis ils se retournent et... et... ils... ils...

– Ils s'en allaient quand ils m'ont vue, dit-elle. Et ils... ils se sont arrêtés et... et... le chef, Ho... m'a souri et... et il m'a dit dans son drôle d'anglais : « Oh, bonsoir, les gars », pour m'imiter, pour *se moquer* de moi ! Et alors, ils...

Elle se tut.

Elle prit un mouchoir de papier dans une boîte posée sur la table basse, essuya ses yeux et ses joues.

Matthew attendait.

– Vous savez le reste, dit-elle. Je vous ai dit le reste. J'ai dû mentir pour l'heure, mais le reste était vrai.

– Alors, vous avez pris le risque de faire condamner...

– Oui.

– ... pour protéger votre secret.

– Pour protéger ma *vie* !

– Vous laissez trois violeurs s'en tirer...

– Ils étaient mon alibi.

– Votre *quoi ?*

– Stephen y croyait, c'était tout ce qui m'importait. Il croyait que j'étais sortie du centre commercial à 10 heures et qu'on m'avait violée un quart d'heure plus tard. Il le croyait.

– Le jury ne vous a pas crue.

– C'était un risque à prendre. Sinon, j'aurais tout perdu.

– Vous avez quand même tout perdu.

– Non, je ne crois pas. Stephen va continuer à me croire.

– Mais pas le procureur général. Kit a déclaré à la police que vous aviez monté le coup ensemble.

– Quoi ? Quel coup ?

Il y avait maintenant un léger sourire sur son visage. Il avait déjà vu ce sourire. Sur le visage de personnes qui avaient décidé de bluffer jusqu'au bout, quand rien de pire ne pouvait plus leur arriver. Kit Howell leur avait tout dit ; Jessica Leeds ne leur dirait rien.

– Ils ont sa déposition, reprit Matthew.

– Il ment. En plus, ce n'est qu'un petit gigolo, comme tous ces types qu'on voit traîner sur tous les courts de tennis.

– De toute façon, il a signé.

– Dites-moi... Si un gigolo follement amoureux perd la tête et décide de laver l'honneur de la femme d'un fermier... qu'est-ce qu'on peut reprocher à cette dame ?

– Dame, dites-vous ? fit Matthew. Où ça ?

Et il sortit.

L'interrogatoire eut lieu dans le bureau du capitaine Rushville Decker au commissariat général, à 6 h 25, le dimanche matin, 26 août. Étaient présents : le capitaine, dans un uniforme impeccable, parfaitement réveillé à cette heure matinale ; Christopher Howell en jean et T-shirt bleu ; Skye Bannister, que l'on avait fini par retrouver chez sa sœur à Sanibel, grand et blond, bronzé, très élégant dans un costume tropical bleu foncé, cravate de soie ; Patricia Demming, en robe à petites rayures grises, talons bas, extrêmement belle mais terriblement grave ; Matthew Hope, qui n'avait pas dormi du tout la nuit précédente, mal rasé, dans les vêtements qui l'avaient accompagné la veille ; un sténographe de la police, en uniforme, qui s'occupait du magnétophone et prenait des notes au cas où la machine ferait défaut, de l'air de quelqu'un qui s'ennuie ferme. Bannister informa Howell de ses droits, s'assura qu'il avait bien compris, s'assura encore qu'il ne voulait pas, je répète *pas,* bénéficier de la présence d'un avocat, puis il commença l'interrogatoire :

Q : Pouvez-vous me donner votre nom complet, s'il vous plaît ?
R : Christopher Leslie Howell.
Q : Où habitez-vous, monsieur Howell ?
R : 2115, boulevard de l'Océan, Whisper Key.
Q : Un numéro d'appartement ?
R : 2A.
Q : Monsieur Howell, un peu plus tôt aujourd'hui, vous avez fait une déclaration volontaire à l'inspecteur Howard Saphier de la police de Calusa, c'est exact ?
R : Exact.
Q : Regardez ce document et dites-moi s'il traduit fidèlement la déclaration que vous avez faite ?
R : Oui.
Q : C'est bien votre signature qui figure au bas de la déposition ?
R : Oui.
Q : Et la date qui se trouve à côté de votre signature est bien la bonne ?
R : Oui.
Q : Monsieur Howell, si vous le permettez, je voudrais

revenir avec vous sur certaines des choses que vous avez dites à l'inspecteur Saphier. Pour bien m'assurer que tout est en ordre.

R : D'accord.

Q : Vous avez déclaré à l'inspecteur Saphier, sauf erreur, que dans la nuit du 13 août, vous êtes parti avec une voiture de location dans le quartier de la Petite Asie, que vous avez attendu, puis que vous avez assassiné trois Vietnamiens dont les noms... Pat, vous avez ces noms, s'il vous plaît ?

R : *(Mlle Demming)* Oui, monsieur Bannister, tenez.

Q : Voyons un peu... alors... Ho Dao Bat... et Ngo Long Khai... je ne suis pas sûr de la prononciation... et Dang Van Con ? Ce sont bien les hommes que vous avez assassinés ?

R : Pas dans cet ordre.

Q : Je vous demande pardon ?

R : Ho était le dernier.

Q : Monsieur Howell, il serait peut-être bon de repasser les événements de cette soirée dans l'ordre chronologique. Je parle toujours du 13 août, la nuit où ces trois hommes ont été assassinés.

R : Par où voulez-vous que je commence ?

Q : Vous avez dit à l'inspecteur Saphier que vous aviez téléphoné à la marina Riverview...

R : Oui.

Q : Et que vous vous étiez fait passer pour Stephen Leeds...

R : Oui.

Q : Et que vous aviez parlé à un homme du nom de Charles Stubbs...

R : Oui.

Q : Vers 9 heures du soir environ.

R : Oui. Pour lui dire que j'allais sortir avec le bateau.

Q : D'où avez-vous donné ce coup de téléphone ?

R : De mon appartement.

Q : Et qu'est-ce que vous avez fait ensuite ?

R : J'ai attendu le coup de téléphone de Jessie.

Q : Vous voulez parler de Jessica Leeds ?

R : Oui.

Q : Quelle était la teneur de ce coup de téléphone ?

R : Elle m'a dit que la voie était libre.
Q : Pour aller où ?
R : À la ferme.
Q : Vous voulez parler de la ferme Leeds ?
R : Oui.
Q : Qu'est-ce que vous avez fait après ce coup de téléphone ?
R : Je suis allé là-bas.
Q : Pourquoi ?
R : Pour prendre quelques objets.
Q : Quels objets ?
R : La voiture de Jessie, pour commencer. La Maserati.
Q : Qu'est-ce que vous avez pris d'autre ?
R : Le blouson et la casquette de son mari.
Q : Stephen Leeds ?
R : Oui.
Q : Autre chose ?
R : Les clés du bateau. Et son portefeuille.
Q : Le portefeuille de qui ?
R : De son mari.
Q : Êtes-vous *entré* dans la maison des Leeds pour prendre tous ces objets ?
R : Pas la voiture. La voiture était stationnée dehors.
Q : Pourquoi souriez-vous, monsieur Howell ?
R : C'est que... la voiture ne pouvait pas être dans la maison, n'est-ce pas ?
Q : Et vous trouvez ça drôle ?
R : Oui. Que vous m'ayez demandé si j'avais dû entrer dans la maison pour prendre la voiture.
Q : Et les autres articles ? Le blouson, la casquette, le portefeuille, les...
R : Oui.
Q : Vous êtes entré dans la maison pour prendre ces objets, c'est bien ça ?
R : Oui.
Q : Et où étaient M. et Mme Leeds pendant ce temps ?
R : Jessie m'aidait. Son mari dormait dans la chambre.

Q : Il dormait tout le temps que vous avez été dans la maison ?

R : Il est resté endormi jusqu'au lendemain matin.

Q : Monsieur Howell, avez-vous dit à l'inspecteur Saphier que vous saviez que M. Leeds dormirait parce que sa femme lui avait donné des somnifères ?

R : Deux capsules. Dans son verre. Ils buvaient un verre après le dîner quand le film a commencé. Elle m'a téléphoné dès qu'il s'est endormi.

Q : Savez-vous de quels comprimés il s'agissait ? Le *nom* du médicament ?

R : Il s'agissait d'un médicament délivré sur ordonnance. C'est tout ce que je sais.

Q : De quel film parlez-vous ?

R : D'un film loué. Ils se sont mis à le regarder après le dîner.

Q : Bien... M. Leeds était endormi lorsque vous êtes arrivé...

R : Oui.

Q : Quelle heure était-il ?

R : Environ 10 heures.

Q : Dormait-il toujours quand vous avez quitté la ferme ?

R : Oui.

Q : Comment avez-vous quitté la ferme ?

R : Dans la voiture de Jessie.

Q : La Maserati ?

R : Oui.

Q : Vous avez laissé votre voiture là-bas ?

R : Dans le garage.

Q : À quelle heure avez-vous quitté la ferme ?

R : Vers 10 h 10.

Q : Et où êtes-vous allé ensuite ?

R : À la marina Riverview. Sur Willowbee Creek.

Q : Pourquoi ?

R : Pour prendre le bateau. J'avais son blouson et sa casquette...

Q : Le blouson et la casquette de M. Leeds ?

R : Oui. J'espérais que si quelqu'un me voyait partir avec le bateau, on penserait que c'était lui. C'était le plan. Qu'on me voie et qu'on me prenne pour lui. J'avais téléphoné à la marina. Nous sommes à peu près de la même taille. Il est un peu plus fort, mais nous sommes à peu près de la même taille.

Q : Quand vous dites « C'était le plan... » Le plan de qui ?

R : De Jessie. Et le mien aussi. Notre plan.

Q : Vous faire passer pour Stephen Leeds ?

R : Oui. C'était l'idée. Et c'est pour ça que j'ai pris la peine de téléphoner à la marina pour leur dire que j'allais sortir avec le bateau, que j'ai pris ses vêtements, que j'ai laissé tomber son portefeuille là où j'étais sûr qu'on le retrouverait. Tout ça faisait partie du plan.

Q : Et quand avez-vous pensé à ce plan ?

R : Lundi matin.

Q : Lundi matin ? Le jour des *meurtres* ?

R : Oui. C'est mon jour de congé. Le lundi.

Q : Pourquoi souriez-vous, monsieur Howell ?

R : Je pensais simplement que ce n'était pas si mal comme plan, pour quelque chose que nous avons décidé comme ça, selon l'inspiration du moment.

Q : Vous voulez dire que vous vous êtes assis avec Mme Leeds le lundi matin...

R : Nous étions au lit, en réalité.

Q : Je vois.

R : Nous avions l'habitude de nous voir le lundi.

Q : Je vois. Et vous avez élaboré...

R : Oui, tout, tout le plan. D'une pierre deux coups.

Q : Qu'est-ce que vous voulez dire ?

R : Faire la peau aux niacs qui l'avaient violée et nous débarrasser de son mari par la même occasion.

Q : Donc, vous êtes allé à la marina dans la voiture de Mme Leeds...

R : Oui, ça faisait aussi partie du plan. Pour être bien sûr que quelqu'un voie la voiture.

Q : Avec le blouson et la casquette de M. Leeds...

R : Oui.

Q : Et vous êtes sorti avec son bateau...

R : Le *Felicity*, oui. J'avais les clés, vous comprenez ?

Q : Et où êtes-vous allé avec ce bateau, monsieur Howell ?

R : Au *Kickers*. C'est un restaurant un peu plus au sud, au bord du canal. Juste après la balise 63, près du pont de Whisper. Willowbee Creek est à la hauteur de la balise 72, le trajet ne prend pas beaucoup de temps, surtout la nuit quand il n'y a pas de bateaux. Nous avions laissé la voiture de location au *Kickers,* dans l'après-midi.

Q : Nous ?

R : Moi et Jessie. J'ai loué la voiture et je suis allé au *Kickers* avec elle. Ensuite, elle m'a ramené chez moi.

Q : Pourquoi avez-vous laissé une voiture de location au *Kickers*... c'est bien le nom du restaurant ? *Kickers ?*

R : *Kickers,* oui. Pour que je la prenne en descendant du bateau. Parce que nous ne voulions pas qu'on voie la Maserati dans le coin où habitaient les niacs. La Petite Asie.

Q : Et c'est là que vous êtes allé avec la voiture de location ?

R : Oui, à la Petite Asie.

Q : Et qu'est-ce que vous avez fait là-bas ?

R : Je me suis occupé des niacs.

Q : Quand vous dites niacs, vous voulez parler des hommes dont j'ai donné les noms tout à l'heure ? Pat, voudriez-vous relire ces noms, s'il vous plaît ?

R : *(Mlle Demming)* Ho Dao Bat, Ngo Long Khai et Dang Van Con.

R : *(M. Howell)* Oui, les trois niacs.

Q : Vous dites que vous vous êtes occupé d'eux. Vous pouvez m'expliquer ?

R : Je les ai poignardés. Je leur ai arraché les yeux. Et je leur ai coupé la bite. Excusez-moi, mademoiselle.

Q : Et ensuite ?

R : J'ai laissé le portefeuille par terre.

Q : Le portefeuille de M. Leeds ?

R : Oui.

Q : Et ensuite ?

R : Je suis revenu au *Kickers* et j'ai laissé la voiture de location dans le parking. J'ai repris le bateau et je l'ai ramené à Willowbee. Ensuite, je suis reparti avec la Maserati jusqu'à la ferme et je suis rentré chez moi avec ma voiture. Voilà, c'est tout.

Q : Pourquoi souriez-vous, monsieur Howell ?

R : Parce que tout marchait comme sur des roulettes. Ou plutôt, ça aurait marché si ce vieux niac ne m'avait pas vu monter dans la voiture louée. Il a mal lu la plaque, mais il ne s'était pas trompé de beaucoup, et je me suis dit qu'il finirait par se souvenir du bon numéro. Alors, il a fallu que je m'occupe de lui aussi. En fait, nous en avons discuté, Jessie et moi, et nous avons décidé qu'il fallait le mettre hors d'usage. Qu'il fallait le tuer. Et c'est ce que j'ai fait.

Q : Vous ne semblez avoir aucun remords ?

R : Vous savez... C'étaient des niacs. Vous comprenez ce que je veux dire.

Q : Quand vous dites niacs, vous voulez dire Vietnamiens ?

R : C'est ça, des Viets.

Q : C'est une expression que vous avez apprise au Viêt-nam ?

R : Oui, naturellement.

Q : Pendant la guerre ?

R : Oui.

Q : Vous étiez au Viêt-nam pendant la guerre ?

R : J'étais dans l'armée, oui.

Q : Vous avez vu le feu ?

R : Oui.

Q : Combien de temps êtes-vous resté là-bas ?

R : Je suis arrivé juste à temps pour l'offensive du Têt.

Q : Je vois.

R : Quelque chose qui ne va pas ?

Q : Non, non.

R : Pas de mal à servir son pays.

Q : Je me demandais seulement... Vous n'avez manifesté aucun remords pour la mort de M. Bannion non plus. Et il n'était certainement pas ce que vous appelez un...

R : C'était différent.

Q : Comment cela ?

R : Il était *là* ! Le type se pointe... bordel, excusez-moi, mademoiselle, je suis désolé. Il se pointe à ma porte, il me montre son insigne, il me dit que tout est fini, il sait que c'est moi qui ai loué cette putain de voiture, excusez-moi. Alors, qu'est-ce que je dois faire ? Me laisser faire comme ça ? Et tout laisser tomber par terre ? Nous avions réussi, vous comprenez ? Les niacs étaient morts et le mari de Jessie était en prison. Elle allait avoir la ferme, et tout le reste. C'était un plan fantastique, je suis sérieux. D'accord, quelques petites choses n'ont pas marché, mais ça ne veut pas dire que ce n'était pas un bon plan. Ça aurait dû marcher. J'en aurais mis ma main au feu.

Q : C'est ce que vous avez fait. La main et le reste.
R : Quoi ?
Q : Monsieur Howell, souhaitez-vous ajouter quelque chose ?
R : Non, rien.
Q : Des corrections ?
R : Non.
Q : Donc, aucune modification ?
R : Non.
Q : Eh bien, c'est tout. Merci.

Le sténographe arrêta le magnétophone. Le capitaine Decker appuya sur un bouton et un policier en uniforme entra. Il lui fit un signe de tête. Le policier s'avança vers Howell.

– Suivez-moi, monsieur.

Howell se leva.

– C'était un bon plan, dit-il sans s'adresser à personne en particulier.

Puis il sortit avec le policier.

– Vous devriez envoyer quelqu'un ramasser la femme, dit Bannister.

– Tout de suite, répondit Decker qui décrocha son téléphone.

Bannister se retourna vers Matthew, l'air contrit ; il allait certainement faire un bon politicien.

– Qu'est-ce que je peux vous dire ? fit-il en étendant les bras, les paumes en l'air, les doigts écartés.

– Vous pouvez dire que vous abandonnez toutes les accusations contre mon client, répliqua Matthew.

– Mais naturellement. Nous procédons immédiatement aux formalités, n'est-ce pas, Pat ?

– Oui, monsieur.

– Merci de vous être levée de si bonne heure, dit-il en la prenant par l'épaule, en bon camarade.

– Matthew, reprit-il en tendant la main, vous êtes un bon avocat et un type bien. Je l'ai toujours su.

– Merci, répondit Matthew d'une voix glacée.

– Faites-moi savoir s'il y a des difficultés, Rush.

– Naturellement.

– Je vous verrai demain, Pat, dit-il avant de sortir.

Patricia regarda longuement ce dos qui s'éloignait.

– Je vous raccompagne, dit-elle à Matthew.

Le soleil était levé depuis près d'une demi-heure.

Dehors, tout était trempé de la rosée du petit matin.

Tout sentait bon, propre, frais.

La Floride, celle des cartes postales.

– Vous prendriez le petit déjeuner avec moi ? demanda Patricia.

Il la regarda.

– Mes peintres ont terminé, reprit-elle. Nous pourrions ouvrir une bouteille de champagne. Pour fêter votre victoire.

Il la regarda un peu plus longtemps.

– Merci, mais je suis complètement crevé. Une autre fois, d'accord ?

– Bien sûr. À bientôt.

Il la regarda se diriger vers le parking, derrière l'immeuble. Mouvement assuré des hanches, longue foulée, cheveux blonds où le soleil faisait des reflets dorés... *Est-ce qu'il y aura vraiment une autre fois, Matthew ?*

Est-ce que nous finirons un jour par nous connaître ?

Il y avait une cabine téléphonique au coin de la rue.

De mémoire, il fit le numéro de Mai Chim. Elle répondit à la cinquième sonnerie.

– Allô ?

Sa voix chantonnante, un peu enrouée par le sommeil.

– Tu viendrais prendre le petit déjeuner avec moi ?

Composition P.C.A.
Bouguenais (L.-A.)

Impression réalisée sur CAMERON par
BRODARD ET TAUPIN
La Flèche
pour le compte des Éditions Ramsay
en novembre 1995

Imprimé en France
Dépôt légal : novembre 1995
N° d'impression : 6715M-5
ISBN : 2-84114-143-8
50-0684-6
RAR 657